十年书

SHINIAN SHU

徐春林 著

中国文史出版社

图书在版编目（CIP）数据

十年书 / 徐春林著. -- 北京 : 中国文史出版社,
2022.3
ISBN 978-7-5205-3499-4

Ⅰ. ①十… Ⅱ. ①徐… Ⅲ. ①散文集－中国－当代
Ⅳ. ①I267

中国版本图书馆 CIP 数据核字(2022)第 046480 号

责任编辑：全秋生

出版发行：中国文史出版社
地　　址：北京市海淀区西八里庄路 69 号　　邮编：100142
电　　话：010－81136602　81136603　81136606（发行部）
传　　真：010－81136655
印　　装：北京温林源印刷有限公司
经　　销：全国新华书店
开　　本：787mm×1092mm　1/16
印　　张：15.75　字数：248 千字
版　　次：2022 年 5 月北京第 1 版
印　　次：2022 年 5 月第 1 次印刷
定　　价：58.00 元

目录

CONTENTS

第一章　祖先的节气

第二章　第一滴露珠

第三章　昨夜西风凋碧树

第四章　千年江湖　十年夜雨

第一章　祖先的节气

我的祖先，生于黄河，死于江南。我并不觉他们的离开是一种逃避的耻辱，相反我认为那是一个回归黄河没有隐喻的根基。我感觉黄河离我的祖先越远，她眺望着未来的目光就会更长。

祖先的黄河

白日依山尽，黄河入海流。

黄河无疑是源远流长于世界的大河，她像条巨龙浩荡着祖国的万里河山。

我的祖先据说是从黄河的中下游河南段来到江西的。不知道从何时起，黄河的中下游河南段的人们陆续迁离，这是黄河水患造成的。因此，祖先极力想法子离开。我在朝着黄河水逆流而上时，唯独在祖先的族谱上寻找到一些模糊的印记，大约是一千五百年前，我的祖先从黄河中下游河南段迁往湖北通山县南林桥镇，当时是逐步南迁，大约是几代或者十几代都是朝着一个方向。一百多年前，就迁入了湖北境内的通山县，在那里居住了许多年后，又因其他原因迁入江西。那时，拖着一家人南迁，人、马、驴踩着泥土飞扬。死亡却遍布每一寸土地。

我奇怪这种迁徙的方式，在整个过程中方向是一致的，始终没有朝回走。在一个到处光明的地方，竟然无处容身。

每到雨水多的季节，黄河两岸就会被洪水淹没。很多家庭历经浩劫，不得不背着全家人离乡。风调雨顺的时候，则为鱼米之乡。无论是岸上的庄稼，还是水中的鱼都是吃不完的。由此黄河岸边的人们，过着的是富裕和贫穷交杂的日子。然而洪水退去后，人们始终难以接受这种起落，图的也就是一个生活的安宁。他们开始朝着高处走，朝着一个方向走。漫无目的地朝前，想象着未来的生活。

黄河是祖先的河流，也是祖先起始的地方。

他们迁徙的时候，离我的出生还遥遥无期，有关我的消息更是久远。没有人能考证他们具体走动的时间，估计就连历史也无法记起来。他们零散地走着，一代代人，不停地繁衍生息。最后也就落脚到了我出生的地方，赣西北溪口镇罗家窝村。

后来，还是由于地理环境的原因，全村人举家移民到了修水县城。这算是一次距离短小的迁徙，不过我这次是沿着修河的源头，朝着修河流域行走。在这短短的上百年间，这已是我的家族第二次迁徙了。第一次是从湖北的通山县南林桥镇迁到罗家窝村。那时是一种自由的寻找，找一个适合生活的落脚处。现在又发生了变化，搬到修水县城是一种农民向市民身份的转换，最主要的变化是没有了土地。

仔细想想，奇怪地发现人们在地球上活动，始终没有立足在同一个地方，他们就像黄河水后浪推前浪，不停地改变着生活的样子。即便是不停在怀念，但离开是一种必然。目的还是生活的需要，其中不乏人的制约。我在想，没准我成为祖先后，后来人又会去了别的地方？每一代人有每一代人的故乡，每一代人有每一代人的生活方式。他们在改造生活的同时，还在不停地建立故乡的意义。不停地寻找故乡，也是一代人一代人的责任，也是人在生活中构建的本能。

会不会在更久远的将来，那些出走的人们又会回到了黄河中下游的河南段呢？也许真的是回不去了，地壳发生变化，那时的黄河或许早已变成了陆地，而陆地又变成了黄河。

很多时候我怀疑历史，所谓历史的清白，大段大段的，随着黄河水的奔流似乎贯穿始终。而那其中的隐喻，像是时间磨洗出来的结果。那种微小的颗粒，无论怎么放大，在宇宙里还是短暂的光阴。

有一点，祖先是怎么也没想到的，我会遇到多年前去世的一个亲人的坟墓，当然我已经认不出了他是谁，可他的后人还牢记着自己的来处。蜡黄的族谱星星点点地涂画着一些墨迹。黄河的水像是从天上来的，涨水的时候漫漶而下，简直没法收拾。那大概是黄河的性格，或者说是一种情绪。我把当时的那些艰险都归咎为历史的凶险。黄河始终是善良的。

几千年来，黄河的故事模糊不清，即便是我们看到一条泱泱大河从天地间穿行，但作为母亲河的黄河倾其全部都无法还原历史的清白，怎么听起来像是擦不干净的灰渍呢？其实，自然是需要爱护和保护的。然而，黄河的水，从时间深处而来，无不警醒着世人。历史是从来不会死的，黄河以“自将磨洗认前朝”的姿态，把灵魂和骸骨钙化在一起，于是多少年后，我在江南的修水怀想着祖先的光荣，那也是对黄河的仰慕。他们跌宕起伏的人生才值得一过，他们所经历的地理变迁，却是意料之中的合理性。他们把爱转折到后来人的身上，那也是心灵隐秘处的无奈。一个人无论你朝着哪个方向走，无论你出走多少年，每次远行的目的都是为了灵魂的回归。我想，那条黄河也就像血脉一样川流不息地在挺进，她的流向自然是大海。而大海的水，通过蒸发又会洒向山川河流，就这么周而复始地变化着。但每次变化的过程，又会是另外的一种人生。

但当时的离别，自然会给孩子们带来身心的伤害，孩子看世界眼光会小，离开了家内心就会觉得害怕。他们总会想着那些童趣，想着属于自己的土地。对于大人而言呢？生活就是行走，不能安定时，出走就是希望。一份家业，一份生活，都得重建。在黄河水的张力和博弈中给孩子们的心灵带来了长久的暗示，他们凹凸不平的性格里装着的却是善良。

我自以为我的祖先是黄河生育出来的最卑微的人，但他们的内心里有着梦想之光。离开黄河的故乡后，意味着不再在那里盖房子打鱼，也不再打扰黄河的清净。这算不算是在保护黄河呢？这种方式对生活中的人们来说，也许有着太多的不可思议，但那时终究是水太大，浪太大，大得简直有些不近人情。

实际上是黄河以另一种方式把自己的孩子托付给了大地。我和黄河之间的关系，至今都无法道明。黄河和人类一样，经历了孕育、诞生、发展的过程。据史料记载，以地壳变动产生的构造运动为外营力，以水文地理条件下本身产生的侵蚀、搬运、堆积为内营力。在成河的历史过程中，运动不息，与时俱进。黄土高原的水土流失与黄河下游的泥沙堆积在史前地质时期就在进行，史后受人类活动的影响与日俱增。根据多方面的研究，古黄河有三个发展阶段：第三纪至第四纪的早更新世为古黄河孕育期。第四纪中更新世（距今 115 万年～10 万年）为古黄河诞生成长期。晚更新世（距今 10 万年～1 万年）黄河形成海洋水系。历史上黄河下游河道变迁的范围，大致北到海河，南达江淮。据历史文献记载，黄河下游决口泛滥一千五百余次，较大的改道有二十多次。

那么这样说来，人类的活动的确是难辞其咎。黄河来到人世间，广施福泽、创造奇迹。她在咆哮的同时，从不攀高弃低。她在淘洗着世间的微暗时，也给善良的人们指明了出行的路。

如今的黄河一切皆好，一切都会变得越来越好。居住在河岸的人们可以俯视河流两岸，沿着历史一程一程地回溯，有着足够的耐心和慈悲。黄河给他们的儿女树立理想，他们也过着平常的一日三餐。

我想，我的祖先活在另一个世界里，也一定改换了容颜，体态从容，坦然以对。

一段时间，我一直在写祖先，写祖先之外的黄河，也是我的生命之河，写黄河流域的祖先。当我的作品出现在刊物时，拿到样刊的那瞬间，我看见所有的人都在看着我笑。

为什么总是坚持干着这件事情，我自己也弄不太明白。一条奔跑的河流，一直在警醒着世人。黄河流域到底与我的祖先有着怎样的关联，到底发生了怎样的故事？我感觉那些故事一直在我的身体内生长，甚至未来还会更长，不停地生长。但我没有深刻体会那时的世态炎凉，祖先所经历的绝望我一无所知。

昨夜和前夜我突然梦见了爷爷，看到他时他还活得自在。在梦里我不知他去世了几年，可这是他去世后第一次走进我的梦里。我发现为了生活，很多人会不惜去做些事情。比如，我的祖先当年离开他的祖居地。

我只能写我祖先简单的故事。于此，我写不出黄河的其他内容，包括我祖先离开黄河前的任何消息。理由是我对黄河还不够熟悉，也许在未来我还会重写黄河。那时，我想黄河在我的眼里又会不一样。

记得我学写文字时，就想着努力把一些事情记录下来，怕的是过段时间就忘得一干二净，以免留下太多的遗憾。一个人在年富力强的时候，总得做些事情，拖沓或者懒散很容易会被时光遗忘。这是最可悲也是最可怕的，但每个时段人的思考和观察都是不一样，这也是黄河和人们的对峙，也是黄河变化的规律。我觉得如今生活在黄河两岸的人们，经历过黄河的历史浩劫后，更应该有主见和担当，以善良来回报黄河的恩赐。

无论迁徙去了什么地方，祖先的祖先依然还在那里，这是无法改变的事实。黄河太长，五千多公里，这么长的路，用脚步来丈量，不知道多少代祖先的脚步接力才能走完。每个人的寿命长短不同，没有人能够估算出准确的时间。

我的祖先，生于黄河，死于江南。我并不觉他们的离开是一种逃避的耻辱，相反我认为那是一个回归黄河没有隐喻的根基。我感觉黄河离我的祖先越远，她眺望着未来的目光就会更长。

祖先还是祖先。风波无间，黄河黄河。

祖先的节气

一

布谷鸟叫黑了夜晚。

太阳从山脉起来，又从山脉落下。在这一起一落间，祖先从湖北迁徙江西已有上百年了。他们活着时我还没有出生，有关我的消息杳无音讯。他们在村庄里行走着，偶尔一脚灰飞起来，我就在那细小的灰尘里。

我是个早产儿，生下来时缺氧。背上和手臂上长着黑绒绒的毛，像是个小怪物。

爷爷查看《择吉通书》后，给我取名“木”。木有“曲直”的意思。这个以农业和乡村为特点的命名，可能就是我一生的谶言和宿命。

我从小熟稔祖先的节气，能闻到他们的气息，听见他们的声音。

我的祖先从湖北南林桥镇迁来时，村子里还是一片云雾缭绕，像是沉浸在自然的春梦中尚未醒来。花虫，鸟兽，保持着原有的狂野的生活方式。

祖先来到这里后，很快就适应了这里的空气，他们嗅着太阳运行的足迹，忙着劈柴、挑水、喂鸡、养羊。

太阳从树梢跳上屋顶，再从屋顶漫过山头。他们周而复始地追赶太阳，然后把村庄打理得井井有条。

忙碌让他们寻找到了生活的意义。无论怎么忙，都不会忘记娶妻生育，繁衍后代。

夜色稍昏暗的时候，村里发出春的呢喃。那声音忽远忽近，忽高忽低，像是从天堂传来的交响曲。

夜半和天明时，又会有声音响起。村里人找到了“听春”的三个时间，黄昏、半夜和天明。那声音，听得少年心里怪痒痒的。

生孩子是一件痛苦的事情。有些女人盆骨小，不好生育。古代有些女人生育时会遇上难产，在这种情况下，有经验的接生婆只好把婴儿的锁骨折断，好让孩子顺利出生。既保住了大人的命，又保住了孩子的命。

孩子见着光哇哇大哭。男人抢先抱起来，来不及嘘寒床上的女人，在院子里兜圈，呜呜地摇着，不论怎么摇，哭声都很刺耳。

村子里生育小孩死亡是见怪不怪的。有些孩子就算顺利生下来，也会因为后期的感染而死亡。

我祖先这样死去的人有很多。比如我太曾祖母就是大人和小孩难产而死。我曾外祖婆八岁时因高烧而死。

生孩子不易，养孩子就更难了。村子里缺少耕作的土地，家庭人口越来越多，超出了俸养的能力范畴。

但由于祖先非常重视香火传承的问题，所以对男孩特别的重视。村里人常说，“嫁出的女，泼出的水”。意思是女儿出嫁后，就再也没有赡养父母的义务了。

但如果只养一个男孩的话，孩子夭折的可能性非常大，所以总想多生几个孩子。

我祖辈历经七代无子。不是生育上的问题，生下来后都没有养成。对于一个家庭来说，的确是永久而漫长的疼痛。

村里的大人都把孩子看得很紧，十三四岁之前是不许孩子随便出门的，不让爬树，也不让下河。即便是玩，也得在大人们的眼皮子底下。

对于孩子来说，当然是憋屈得慌。他们总想着自由，像天上的飞鸟一样。

我爷爷的父亲，也就是我的曾祖父。他是个关不住的孩子，总是干着一些顽皮的事情。一不小心就会消失得无影无踪，而且怎么找都找不回来。这点让我的祖先们伤透了脑筋，把他视为调皮的无用人。

可他有理想，萌生着一个可怕的念头，他想放把火烧毁整个村庄。他想，只要把村子烧毁了，大人们的那些破规矩就不会存在了。除此之外，他还有别的奇怪想法，比如把自己变成蚯蚓，钻进大地的内部，戳穿整个地球。

他的这些想法，没有人知道。他不会说话，大人们也不懂，任由他怎么想，怎么疯长。

不过，他有自己的天赋。天生就会默写字，扎靶子。他的字写得很好看，靶子也扎得活灵活现。

可这一切都没有人看得见。大人不喜欢，孩子也不喜欢。

黄昏时分，村子里刮起了风。孩子们都三三两两地聚拢在一起，追赶着乡村的月亮。

可他不理不睬，用冷眼看着。眼睛深邃得像见不着底的苍穹，在那里只有他一个人长跑。

他没有真正的伙伴，他的朋友是树上的鸟，地上的虫，他会和它们聊天，唠家常。可这些，除了那些鸟和虫之外，再没有别人能听得见。村子里的人对他都另眼相看，都认为他是来村里讨债的。他不在意别人的眼光，依然干着那些无聊的事情。

深夜，村子里特别安静。劳作了一天的大人们，渐渐地已进入了梦乡。村庄的上空回荡着呼噜声，还有孩子的梦话声。他还躺在晒谷场上，瞪着圆圆的大眼睛看天空，数着跑道和星星间的距离。

终于有人按捺不住了，给他取了个作死的绰号“孤败”。心想，他再牛也斗不过地球。

在曾祖父的心里的确没有那么大的战斗野心。可在他心里有着一条恣意汪洋的河流，这条河流荡漾着村庄的今生和前世，也荡漾得他热血沸腾。

曾祖父离开村庄时十四岁，正是可以脱离大人们视线的年龄。

爷爷说，他是偷卖了家里的农具后，害怕被挨打逃离村庄的。

这只是大人们的说法，事实并非如此，在他的心里一直种着一团火焰，他想把那团火焰点燃。

他是第一个走出村子的少年。在这之前，村子里没有人走出过大山。他们仰着脖子望天空时，就以为世界只有碗口这么大。

他就像是一阵风消失在村子里，谁也不知道他真正的去向。他是从一条布满荆棘的山道上消失的，走得特别快，几个人都没有追回来。

他离开村庄时，我曾祖母正和村里的一个男人完婚。那也是个简朴的婚礼，没有嫁妆和新衣服。

曾祖父出走半个月后，族人结群朝山外找，一个个累得像丧家之犬般回来。

都说他死了。

开始村子里还有些议论的声音，没过多久，再也没有人提起。

太阳一溜烟从山头滑落，村子里慢慢地静了下来。

二

那年夏天，村子里的河流呼啸起来。

是的，一条野生的河流，从来都没有在大地上温顺过。他脚下的土地与河流构成了激烈的对抗关系。羸弱的庄稼，在猛兽一般的洪水面前不堪一击，河堤垮塌，百姓疾苦。

村子里开始骚动起来，人们当然不会被自然征服，更不会向自然俯首称臣。大水过后，他们依靠着自己的手，修建河堤，把大块的石头从山上搬运到山下来，堆砌起了坚固的护堤“长城”。

村庄也就是在这个时候被历史记忆的。

曾祖父是洪水过后回来的。砌完河堤，村民们开始朝山外挖路。偶然会有些村民到集市上买些布料和杂货回来，也有货郎挑着杂货来到村里。

曾祖父回来时，站在村口朝村庄敬了个庄严的军礼。

村民们用奇怪的眼睛远远地看着他。他已经不再是当初那个少年，变得高大威武，英姿潇洒。

最关键的是他身上穿着的衣服，像是有着特别的象征。谁也不知道他去山外干了些什么，还以为他在哪偷的衣裳，谁也没有在意他所做的行为。

一些天真活泼的孩子，胆怯地跟在他的屁股后头，活蹦乱跳的。他回头时，做着怪异的鬼脸，呵呵呵，孩子们就像是被风吹乱的影子，不停地来回跳跃。

村民们说，他没有变，顽皮着咧。

曾祖父回来后，教会了孩子们老鹰抓小鸡的游戏。在这之前，孩子们只会玩碰撞膝盖的“斗鸡”。

村民预料到曾祖父不可能屈于生活。不久，曾祖父又干了件惊天动地的事情。这件事，把宁静的村子搅得七零八落。

他要和村里大他十三岁的寡妇结婚。

这个消息如晴天霹雳，在村庄的上空响起。

“刘三元是个什么女人？她是克星。”村里的人都说，她的丈夫是她克死的。

刘三元是我后来的曾祖母。

她的丈夫意外死亡，按照村里的风俗，她不得再婚。

曾祖父根本不理会，把村民们的话当放屁。

曾祖母也保持着不可商量的反对态度。一天半夜，曾祖父像头疯狼踢破了寡妇的门。没等寡妇反应过来，已经撕烂了她的衣裳。

一个女人，身子一旦给了男人，她的心也就服从了男人。

婚礼比之前还简单。天地和草木为证，相互磕头，抱着一个地滚。就这样，我的哑巴曾祖父和寡妇曾祖母成了名正言顺的夫妻。鸟雀在村子里到处喊，“哑巴和寡妇结婚啰，哑巴和寡妇结婚啰！”像是祝贺，又像是嘲笑。

六月六，麦子黄。曾祖父和曾祖母结婚时，村子里响起了清脆的童谣，拉开了夏季收割麦子的序幕。

麦香被轻风吹得满村子跑。

曾祖父和曾祖母婚后的半年，曾祖母就生下了一个男孩。也就是我爷爷的哥哥，我的大爷爷。

我大爷爷不是我曾祖父的种。是我曾祖母和前个男人怀的。

曾祖父比画着，意思是说，不管是和谁有的，现在都是我的。

曾祖母流着热泪，躺在曾祖父的怀里。此刻，她不像大曾祖父一轮的姐姐，而是个小女人，温驯得像只羊的小女人。

曾祖母很聪明，心灵手巧。长得也十分秀气，眼睛大，屁股圆。

她会织毛衣。竹篾针在她的手里磨来磨去，变得麦黄而光泽，像是皇宫里布着的物什。

秋分刚到，曾祖母就忙着织毛衣。毛线是她用手镯从集市上兑回来的。

第一件毛衣是织给曾祖父的，第二件是织给孩子的，最后才是织给自己的。

曾祖父已是一名战士，出去一趟，得好久才能回来。

每次出行前，曾祖母都要帮他做万分准备。除了衣服外，还要捎些吃喝的东西，包括捆绑鞋子的草绳。

那年春天有点冷，村子里的杉树皮屋檐上还挂着冰凌，地上到处积着厚厚的雪。“都什么时候了，这雪还不见得化。”曾祖母自言自语地说。她是在担心曾祖父出门的行程。

炉火烧得旺。曾祖母把织好的毛衣搓洗过，借着炉火烤干。毛衣洗过后会缩水，这时才能比较出大小。曾祖父穿着，尺寸都很合身。

曾祖父提着曾祖母为他准备的东西，走出了村庄。他的身影在山路上忽隐忽现，曾祖母还会远远地喊着话，“路上小心”。

曾祖父走后，曾祖母的眼皮子不停地跳。

她感觉有些心神不宁，于是拿起织毛衣的竹篾针在眼皮上来回地刺。

这次曾祖父出去了半年才回来。这次回来时，村外响起了枪声。

曾祖母蹑手蹑脚地起床把门打开，屋内静静的。曾祖父比画着，这次回来时间吃紧，明天天明时就得离开，不要告诉孩子。

曾祖母连连点头。

夜半里，曾祖父睡得很安稳。曾祖母不停地给他盖被子，生怕他冷醒。

直到天明时，才急急地完成了春欢。

漆黑中，曾祖父比画着，如果有了孩子就一定生下来，取名仪卿。名字已刻在玉佩上，然后拿出两块玉佩，一块挂在曾祖母的脖子上，另一块留给了自己。如果日后和孩子见面，就以玉佩相认。

凌晨时分，外面稍微有丝光亮了。曾祖父穿着那套黄色的衣服，恋恋不舍地朝村外走去。

曾祖母悄悄地跟在后头。

快到马路的时候，曾祖父突然停住了脚步。他回头时，看见曾祖母站在暗处。他没有看见。

曾祖父永久地离开了村子。这是他们一生里的道别。

曾祖母站在那里，就像是时光的雕塑。一直等到太阳出来，她才缓过神来。

时光慢慢地流逝着，村里没有人知道曾祖父回来过，更不知道他走了多久。也不知道他现在干些什么，即便是有人问起，“一个哑巴能干什么？”就像风一样把问话给堵了回去。

三

曾祖父离开时正是白露。

曾祖母十月怀胎后，生下了我爷爷。是顺产。

那天中午，曾祖母在屋外搓洗衣服。肚子翻江倒海起来，靠在门框上，全身上下汗如雨露。她知道要生了。家里没有帮手，只好深吸几口气，慢慢地朝屋内移动。

她感觉下身要张开了。用力一使劲，痛喊一声，孩子掉在地上。是个男孩，她很高兴。

村子里有些好心人，拿着鸡蛋上门看望。也有咒骂她的，怎么又生个孽种。

曾祖父少时干过一些坏事，让村民们无比地生气。也有人说，那还毕竟是个孩子。

曾祖母谢过大家。不愿把鸡蛋收下，逐家给退了回去。

曾祖母吃过不少的苦。这一切曾祖父是不知道的，但他能够想象得出来。

她一个人，带着两个孩子，要料理家里家外的事情，就连下地也得手里抱一个，背上驮一个，到了地头把孩子放下，让他们各自玩着泥巴。

爷爷从小就会捏泥人，捏得活灵活现。

曾祖母白天操心着孩子，晚上得想念着丈夫。哪怕是日子越来越艰难。可悲的是，她又变回了寡妇。

村子里有些坏男人开始打她的主意，夜间偷偷地躲在门缝里偷看她洗澡。

只要不闯进来，想看就让他看吧，曾祖母知道，不让他看，说不定还会干出别的事来。

但是，想干出得寸进尺的事来，恐怕也是不可能。在曾祖母的洗澡盆边，挂着一把雪亮的菜刀。刀在微光的照耀下，依然寒气逼人。

时光在不停地转着。

有一天，村子里到处流传着曾祖父的蜚语。说他在外面有了女人哩，一个威风凛凛的男人，就像头小牛犊，春风一吹就发情，他能忍受杨柳的诱惑？也有人说，他和将军的女儿结了婚。前者曾祖母只是呵呵一笑，说到后者时，她隐约感觉有种不祥的征兆。

“我家哑巴，如果真有这等好！我高兴喽。”

曾祖母最担心的还是曾祖父的安全。只要人活着，就算是背叛了她，她都没有半点怨言。

不过曾祖母也有后悔的时候，她悔恨那天不该让曾祖父走。可是，她后来想过，大家和小家比起来，她受的苦算得了什么？想到这儿她就释怀了。曾祖父依然潇洒地活在她的心里，他不再是个哑巴。

爷爷没有见过曾祖父。

他问起曾祖母时，曾祖母只会挑着讲。讲他在村子里的一些事情，那些爷爷都听烂了耳朵，村民们不知道说了多少遍，他始终不知道曾祖父是个什么样的人。

关于曾祖父的传闻后来有很多版本。有的说，他贪生怕死，背叛了共产党做了逃兵。有的说，他早已成了炮灰。

有着这些传言的时候，村里来过解放军，村民们熟悉曾祖父穿过的衣裳，都知道他干了件大事。

有人说他是英雄，也有说他是胆小鬼。

曾祖母偷偷地留过一张曾祖父的照片，藏在悬梁下的裂缝里，某天她去掏出时，照片花得看不清了脸。但是站立的样子，还能看出来，那是曾祖父在村外带回来的照片，也是他刚刚出村时拍的，腰上系着的是一条五角星的皮带。

爷爷梦幻着曾祖父。他从曾祖母的描述中，大概知道了曾祖父的模样。曾祖母说，爷爷的眼睛特别像曾祖父，额头和下巴像他哥哥，脸有点儿锋锐，眼睛特别明亮，能看得清楚夜间的事物。

四

春分接近，曾祖母就病倒了。

这时她已经是个体弱多病的妇女，连个铁栓都捡不起来。她已经不再挣扎了，只好把剩余的日子交给时间。

爷爷身子还很瘦小。他出生时就有胃病，吃什么，吐什么，吐得翻江倒海。曾祖母被折腾得半年没睡好，她得半夜爬起来，一勺一勺地喂中药。中药有些苦，她掏出乳头挤些乳汁在里面混着吃，孩子睡得迷糊分辨不出味道来。慢慢地，爷爷吃食就不吐了。

曾祖母拉着爷爷的手说：“孩子啊，母亲对不起你，没有看着你长大。”说着眼泪顺着床沿落在地上，与地上的灰粘在了一起。

爷爷的脑袋像是装着空气飘忽着，他还听不明白母亲的话意。

曾祖母一松手，他就不见了影子。他还想着燕子在屋檐下做泥窝，还想着地场上成群飞舞的蝴蝶。

那天下午，大爷爷把爷爷拉了回来，说：“娘吐得不止，她想看看你。”

爷爷又回到了曾祖母的病床前。

曾祖母的脸色发白，嘴角上还勉强挂着微笑。曾祖母不停地和大爷爷交代一些事情，说今后兄弟俩要和气，相互帮忙。

大爷爷不停地点头，随即就哭了起来。

那时大爷爷刚刚满十岁，爷爷六岁。曾祖母用手比画着，当年曾祖父就是这样和他比画着的，意思是说，爷爷再过两年就和哥哥一样高了。

比画完，伸过手来拉着爷爷的手。爷爷感觉曾祖母的手特别的粗糙，就像是锋利的锯齿，刺得他的手心疼痛。紧接着，像是一股寒风刮来，有种钻心地冷。

她用微弱暗淡的眼神看着爷爷，仔细地瞧着，这张几乎被她熟透了的脸，此刻她感觉还没看够。

爷爷看着曾祖母，内心有种异样的东西在蠕动。那个东西多少年，直隐藏在他的胃里。

曾祖母的眼睛一直看着爷爷没有移开，直到后来彻底地闭上了。

大爷爷连喊了两声娘，不见动静，立即扯起衣角擦干眼泪，随即从床底拖出废弃的铁锅，把床头柜下的一叠薄薄的火纸取出来，用火柴点燃，跪在铁锅前一张一张地朝锅里扔。嘴里不停地说着："娘，这是给您的钱，您都要带走，这是您路上的盘缠。"幼稚的童音在烟气里旋转。

爷爷站在旁边，见哥哥跪着，也跟着跪了下来。他不知道大爷爷在干什么，以为是曾祖母怕冷，给她烧纸取暖。

曾祖母先前和大爷爷有过约定，说她走后，不允许他哭，也不许弟弟哭，说眼泪不能落在铁锅里，这样会对她和家人不利，在外的父亲就永远回不来了。大爷爷忍着眼泪，心里却在不停地抽搐。

夜越来越深了。爷爷慢慢地进入了梦乡，睡梦中他感觉曾祖母把他抱了起来，搂在怀里给她喂着吃的，味道很香很甜。

第二天，爷爷醒来时屋里空无一人，他还是睡在原来的床上，旁边放着曾祖母为他织的布偶。

屋外挤满了人，十分热闹。他搓揉着眼睛，想看清楚点什么，可他太小，被杂乱的身体挡着，只见几个肥大的屁股，来回地荡着。

不一会儿，一个怪异的声音在厅堂前响起，"起啊!"紧接着一群人抬着一副黑色的棺木，朝对门的山头上挪去。爷爷说，那声音好似以前在哪儿听过，他的心里特别害怕。

当他爬起床追赶人群时，突然听见前面的大人说，"你这孩子是木了吧，你娘死了都不哭？"农村里有风俗，死人是必须哭丧的。随即听见大爷爷喊着娘的哭声。爷爷的脚有些不听使唤了，本来以前爷爷都是和曾祖母睡的，那天夜晚，曾祖母突然说爷爷满六岁了，不能再和娘睡了。爷爷听了曾祖母的话，每晚曾祖母都会起床给他盖被子，那时他还没有睡着。每次盖完被子后，曾祖母总要在他的额头轻轻吻一下。

娘真的死了吗？爷爷怀疑自己的耳朵。跑回了家，推开曾祖母睡的房门，扯开破烂的蚊帐，床上空荡荡的。

顿时他的心像个气球，无限地放大起来。

“娘，娘……”找遍了所有的房间，也没有找见曾祖母。

厅堂前的桌子上放着曾祖母的照片，上面摆着香炉，插满了香火。

爷爷这才知道，这回娘真的没了。他不停地朝人群赶去，脚却没有了气力，躺在地上翻滚起来。他那撕心裂肺的哭声，像是要掀开，就连鸟雀也跟着叫了起来。村民们都说，这孩子真的命苦，没爹没娘的。好心的大婶把她抱起来，搂在怀里，可怎么也搂不住，他就像泥鳅一样甩在地上，直到哭得昏睡过去。

从那以后，爷爷就像是变了个人。像是一个夜晚就长大了。

曾祖母的头七，他跪在地上不愿意起来。大爷爷说，你这样跪着娘也不会高兴的。

可他说，只有跪着娘才会回来。每次都不知道要跪多久，他多想和曾祖母说说话，多想她还能拉着他的手。

在爷爷的梦里，曾祖母是慈祥的。他开始白天晚上都昏昏欲睡，说只有在梦里才能见到曾祖母给他盖被，盖得牢靠结实，寒风怎么也钻不进来。他不停地想抓住曾祖母的手，可醒来时依然看不见那张脸。

在爷爷成长的日子里，不仅记得母亲的慈祥，还有着父亲的高大。他想看清楚父亲的脸，当他努力擦着眼睛时，却什么也看不见了。

村里人说，这孩子怕是出了问题。这么下去，会疯会傻的。有人出主意，打算把他送给条件好点的人家，也许往后不用过得那么苦。

大爷爷知道后，说啥也不同意，说，“俺阿爹会回来的，我得带着弟弟等。我娘说的。”村里人听了，只好作罢。

也许在曾祖母的心里已经有了答案，可她还是想给孩子们留点盼头，那样日子就不会觉得太苦。

实际上，谁也不知道，曾祖父在离开村子的第二年，在一场战斗中，为了保护排长，献出了自己年轻的生命。

临死前，交给排长一个信物。那是别离时留下的一块玉佩，上面刻着的是我爷爷的名字。

我大学毕业时，才把曾祖父给找回来。

他和我曾祖母整整阔别了五十余年。

那些年岁里，爷爷唯一的亲人就是大爷爷。虽然村里有人说，他们只是同母异父的兄弟。可他们从没有在意过，说这是村民想拆开兄弟俩的阴谋，不可能会让他们得逞。

两个孩子守着一个家，在日复一日的等待和盼望中长大。

爷爷是个心胸宽阔的人。他的内心有片恣意汪洋，从小就懂得宽厚仁慈。

在他的心里，曾祖母是个大英雄。

曾祖母其实是个悲苦的女人。可她还是完成了哑巴，也就是我曾祖父交给她的任务，为他生下了孩子，她用自己生命仅有的力量，完成了一个对爱情的誓言。

曾祖母走后的第二个春天，整个村庄不见一点新绿。风刮到我家的梁柱上时突然停住，屋檐里的烟尘沙沙地掉落下来。一块玉佩从柱梁上掉在地上，摔成两半，那是曾祖母和曾祖父的信物，一个挂在曾祖父的脖子上，后来永久地收藏在纪念馆，另外的两半，爷爷传给了我们。

家里紧缺粮食，面袋抖了几遍，灶上的锅里浮着几片菜叶。只能喝空气和水，几粒麦子要吃三餐。本来玉佩还可以换点油盐，可大爷爷说啥也不愿意，说那是曾祖母留给爷爷的念想。

不下地不行了，光靠大爷爷一个人，连粥都没得喝。

爷爷七岁时就下地了。蚊子在他的脚踝处嗡嗡作响，隔着衣服也能吸血。他一点也不畏惧，也不怕苦累，干活卖力。大爷爷翻地，他就除草。他的气力太小，连锄头都拿不稳，可还是铆着气力干，一不小心锄到脚踝，鲜血直流。大爷爷心疼得流泪，可他当作什么都没有发生。

夜晚风大的时候，村子里鬼哭狼嚎般叫，兄弟俩都是脸贴脸，背靠背，一直到天明。

就这样两根草绳紧紧地拧在一起。

五

一到小暑，村子里就热得像蒸笼，四周密不透风。

大爷爷把堆放在楼板上的竹垫取下来，用黑布巾来回地搓，直到搓得一尘不染，发着光亮才肯罢手。

然后把竹垫铺在院子的地场上，这是个四方形的地场。

爷爷盘腿坐在上面，大爷爷则躺着。仰望着天空下的星星，说父亲在星星上，母亲在月亮上，比谁先睡着，“睡着了娘就会给我们捎话来”。

“睡着了吗？”

“睡着了。”

其实这时谁都没有睡着。慢慢地再也听不见了彼此的声音。

兄弟俩相依为命，日子难免有些悲凉。无论怎么勤劳，一年到头还是吃不上半餐肉，就连饭也不得饱。

只好寻找些别的粮食来补充，山里的野地菜和梧桐叶，采摘回来用热水泡着吃。有些时候也会用荞麦做些饼，换些口味也会吃得很香。

爷爷的心中有个梦想，想通过自己的手画出父亲和母亲。他想通过这种方式，可以日夜和父母见面。担心日子久了，特别是父亲的样子，肯定会忘记。

但是他没有作画的能力。大爷爷知道爷爷思念心切，决定送他去山外读书。一来让爷爷圆梦，二来希望他将来有所出息。

村子里没有学校，学校在五公里外的另一个村子里。不能寄宿，只好早上去，晚上回来。

那天早晨，鸡开始啼叫。大爷爷把爷爷喊醒，兄弟俩爬上山包，点亮了一堆照亮黎明的篝火。

一路上，爷爷闻到了当年曾祖父出走时的气息。

学校很破烂。上学是不得安宁的。村里自然灾害频发，爷爷根本静不下心来。

学校条件也很差，一间被风穿透的教室，用土坯搭着台子当课桌。一排就是一个年级，老师进行复试教学。教完前排再教后排。

教室太破了，一到雨天，到处摆着接水的盆子，叮叮当当地响个不停。

遇上冬天，教室内就像个冰窖，冷得刺骨。

孩子们的衣裳都穿得很薄，有些半边屁股露在外面。没有地方取暖，只好靠跺脚搓手抗寒。

每次回到家时，已是半夜，脚肿得厚厚的。可他忍着，从来都不说出来。

换作是休息的日子，回到家还得帮大爷爷干点农活，比如放牛，拾柴火。放牛的时间是最适宜读书的，骑在牛背上，牛走到哪儿都不会丢失。

爷爷十分珍惜这来之不易的机会，由于花费的工夫太多，到考试时头发掉得所剩无几了。

爷爷考的是国立奉新师范学校。那时还没有大学，国立师范学校是最好的学校。

当他考上师范时，他没有高兴地把录取通知书拿回家。

大爷爷追问时，他说还没有消息。

其实那时，爷爷已铁心放弃学业。从小学到初中，为了他的学业，家里可谓是一贫如洗。大爷爷的肩头被磨得结上了茧子，脸上被荆棘划得到处是伤疤，他已经不忍心让大爷爷再为自己操劳了。

那天晚上，大爷爷坐在黑暗中，脸色比黑夜还要黑，说，“如果没考上，就送你去学门手艺吧！”

“不学了，回家种田吧！”爷爷坚定地说已经想好了。

“瞧你这点出息？”

爷爷知道，这张通知书如果永远不拿出来，大爷爷是不会死心的，有可能还会逼他回学校复读。过了好些日子，才把通知书拿出来。

大爷爷斗大的字不识，都不知道录取后不去报名，属于自动放弃学业。他还在张罗着送爷爷去学校，可怜披星戴月赶路，赶到学校时，肩头的一担茶油吃去了一半，另一半是留作学校的伙食费的。

一个戴眼镜的老头，一再叹息：“你的成绩这么好，一直不见人来，我们已经补录了。”

爷爷赶到学校时，离开学已经过去将近半个学期。

大爷爷虽然很不甘心，回来一路上宽慰爷爷说，你学到了知识，不怕无用武之地。

爷爷回到村子后，开始自办学堂。免费给孩子们讲学，后来又增设讲堂，讲《红楼梦》《水浒传》《三国演义》和《西游记》。一些玩野了的孩子，开始慢慢地坐进学堂。还有些成年人和老人，也慢慢地坐到了教室的后头听得津津有味。

在爷爷的耐心教育下，村子里升起了五星红旗。

后来，国家来了政策，爷爷可以转正为公立老师了。

区教育组的意思是他可以去乡中学任教。爷爷再三考虑，拒绝了上面的好意，还是决定留在村里。他是担心自己走后，村子里的学校就得关门。

从那之后，他成了村里的唯一一名老师，一个人坚守着一所学校。在村里整整待了四十余年。白天守着孩子，晚上仰望着天空。

六

爷爷和奶奶的婚姻说来有点意思。

奶奶比她小十四岁，是爷爷的学生。属于奶奶求婚。

有一天，奶奶找爷爷说事，说她父亲没有儿子，想把她留在家里招亲，村子里没有人愿意上门来，问他愿不愿意？

爷爷开始没有答应，说这事得回家和哥哥商量。奶奶担心商量会发生变故，干脆就跟着爷爷回家了。见到大爷爷时，她开门见山地说，她是爷爷的女人。

这突如其来的表白的确让爷爷满脸绯红，大爷爷很高兴，说弟弟能找你这么貌美如花的姑娘，这是娘在天有灵。

爷爷本来还想争辩的，大爷爷都说到娘了，爷爷只好默许了下来。他知道，自己年龄不小了，大爷爷也还没有结婚，兄弟俩总不能打一辈子的光棍吧！

白露刚过，爷爷就和奶奶结婚了。婚后两人很幸福。

我小的时候，和爷爷一起上学。晚上回家时，奶奶会用蒜蒸鸡蛋给我补身子。

日子慢慢地流逝着。我长大后发现奶奶总是唠叨着什么，好像是在怨恨爷爷。

父亲知道内幕，说还是为了工资的事情。

在没有和奶奶结婚前，爷爷的工资是分成两份的。一份救济大爷爷，另一份留给自己。

结婚后就把工资分为三份。一份依然救济大爷爷，一份给奶奶做家用，另一份留给孩子们。这是结婚前和奶奶说的约定，当时奶奶没有反对。

可后来奶奶患了类风湿关节炎，爷爷给她的那份不够医药费，留给孩子的那份也不够家用，所以总会有些磕碰嘴的时候。

奶奶知道爷爷的不易，闹着也就一会儿，瞬间又会向爷爷道歉。

大爷爷是个苦命人，身边没有孩子。

大爷爷有过一婚。他媳妇刚刚怀上孩子时，他从板栗树上摔下来，折断了腿，变成了残废。他成了废人，他媳妇就明目张胆地和村里的一个男人好上了。

年轻时，他还能勉强下地劳作，可也是让人心酸不已。

爷爷一直想帮他找个合适的女人，无论怎么找都没有人愿意上门。

大爷爷已经不在乎这些了，他一瘸一瘸地在村子里走着，想起曾祖母对他的交代，他总有些愧意。

七

那年春分，我妻子临盆分娩。爷爷奶奶知道后都跑来了医院，等在手术室的门口，脸色急得发黑。

一会儿护士出来了，说孩子缺氧，“唉，缺氧。”奶奶着急得跳，“急什么？”爷爷在一旁呵斥着。

一会儿护士又出来了。说如果有问题，只能保大人。

“保大人，保大人。”奶奶说。忽然猛地坐在地上，“这是我曾长孙。”

“站起来。”爷爷又呵斥着。

护士这回出来时说：“大人和小孩都平安，是个男孩呢！”

“快给我抱抱，乖乖。”她抢上去接过了孩子。

很快出了难题，孩子上户口时老两口争吵不休。爷爷说，这孩子得跟我姓。“曾长孙，应该跟我姓。”

“凭什么跟你姓，他是来续徐家香火的。对不，乖，真的像爸爸。”

两人争来争去，争得不可开交。爷爷的态度非常明确，他是上门女婿，大爷爷没有后，如果孩子不姓夏，他就没有继承香火的人。奶奶更是非常明了，她在家招亲的目的是为了继承香火。

谁都不愿意妥协。爷爷卷着被子搬到了大爷爷家去了。我们去接了好几回，他都不愿意回来。这回大爷爷也偏向爷爷，说叫我们要为爷着想。

几十年来的夫妻，因此事闹得分离。

我给奶奶做过工作，她说没有商量的余地，除非她死了，要不然这个主她做定了。

爷爷也是铁了心要斗到底。他说，孩子不姓夏，他死后都不会和奶奶埋葬在一起。

他还动了真格，提前看好了墓地。

奶奶的脸气得灰白。

那时计划生育抓得紧，还没有放开二胎，想再生个孩子是不可能。我只能宽慰爷爷，如果再生孩子，无论是男是女都跟他姓夏。

我们生下孩子的第六年，奶奶突然离开了人世。

奶奶走后，爷爷搬回来和我们住在一起。他经常会去奶奶走过的巷子里徘徊，还想寻找到一些奶奶的足迹。

很多个夜里，爷爷都不得入睡。我们都不知道他在干什么，看到了什么。

爷爷和我们在一起住了两年。那天晚上，母亲给我打来电话说，爷爷连着几个晚上呕吐得厉害，吐的全是黑便样的东西。

我送他去医院，他说啥也不愿意去，说自己这般岁数了，没有必要再折腾。

后来，全家人做工作，他去了医院，检查结果很快就出来了，胃癌晚期。医生开始说还可以动手术的，可他说什么都不同意。

那天下午，爷爷把我叫到医院的楼下。和我交代一些事情，说他可能要走了。“孩子的事情就随了你奶奶吧！否则我见到她时还不好交差。”说着抱着头呜呜地哭起来。

我们都以为他还在为孩子的事情伤心。

这时国家放开了二胎。我说，再生的孩子一定跟你姓。

他摇了摇手说，“姓什么不都是我的孩子吗，是我老糊涂了。”我们这才明白，他是真的是想奶奶了。

夜已深了。爷爷躺在床上，口里的鲜血不断朝外喷。他已经不能说话了。

爷爷的手突然伸了过来，紧紧地抓着我的手，再也不愿意分开。眼睛不停地搜寻着来人，我猜测是不是还有没见的人。

只好像哑巴猜谜，一个个地问名字。他不停地摇头。说到大爷爷时，点了点头。

我说，大爷爷不能走了，你走后我去把他接来一起住，他竖着拇指，然后又摇了摇手，意思是让他一个人生活。

接着，从胸前的口袋里掏出三百块钱塞给我，示意我转交给大爷爷。

长兄如父，在爷爷的一生里，没有见过父亲，他早已把哥哥当成父亲了。

在我幼小的年岁里，经常会选择个好天气，站在高高的山巅上，眺望起伏群山的深蓝天空。高喊曾祖父的名字，会看见天空下，缓缓移动着的银色帆影，我以为那就是曾祖父的归来。

我奶奶呢？站在门槛上遥望了一生，她是替爷爷在遥望的。爷爷经常说着梦话，在他的梦里有他的父亲。

门槛被踏成了半圆状，我坐在扁的地方。闻着香炉的烟，嗡嗡的诵经灌进耳朵。我奶奶喜欢这种声音，说这声音有形，能够传到地底下去，祖先能够听得见。

爷爷走了。他没有埋葬回夏家，我们把他和奶奶埋葬在一起。这也是他临死前留下的遗言，他说奶奶怕黑，怕蛇，怕虫蚁，死后还得守护在她身边。

我把爷爷留给大爷爷的三百块钱给他送去。他见着我，已是泪水涟涟。

“卯啊，怎么走在我前面呢？”卯啊是爷爷的小名。说着就呜呜地哭得像个孩子。

八

走着走着，村子里就黑得不见了人。

爷爷奶奶都走后，就连村里最后的几个老人也走了。一群到村外的年轻人，逐渐在外面过上了安稳的生活。

爷爷和奶奶走后，名正言顺地成了我的祖先。在另一个世界里，享受着后人的祭拜。

村子里就只剩下风和月亮，还有不计其数的萤火虫，以及我祖先的坟墓。他们像是某种脉系，灌进了村庄的内部。

爷爷在世时带我认过一次祖坟。

窄窄的山路。四围是一片青绿。

山高路陡。那时，我还是个幼小的孩子，光靠年少的脚力，不可能完成那次行走。爷爷把我驮在背上，每朝前走一步，脚就会朝后滑。

坟墓被荆棘掩埋着，根本找不到位置。爷爷用刀把茅草割开，直到那座矮小的坟堆露出来。坟头已塌，墓碑倾倒。我数了一下，少说也有几十座吧！

我的手被刺了一下，是一棵铃铛刺。

我突然觉得，爷爷是做给我看的。他想着，当他成为祖先后，我还能照着他的样子，把这些事情传给下代人。

又到清明节，当我试图找到那些坟堆时，我儿子已经超过了我当时的年龄。我努力地在记忆中寻找，想找到爷爷给我的路线，就连那条上山的窄路都找不着了。

一片神秘的丛林，到处是枯枝烂叶。我没有勇气像爷爷当年那样，不顾一切地砍出一条路来。没有将孝心送达，只是象征地烧了点香纸。这片林子已经有很久没有下雨了。周围的茅草太深，只要起点风就有烧毁森林的危险。

我儿子站在路旁对着林子撒了泡尿，只听见哗啦哗啦的响声，尿水很快就不见了，一股烟雾朝林中跑去。

许多年后，我回想起这条迷失的路，怎么也忘不掉村子里的生活。

我仿佛看到曾祖母抱着孩子，裸露着乳房在给孩子喂奶。反复地喊着爷爷的名字。

那时，我已离开了村子，在外面四处求学。

有一天晚上，我失眠不得入睡，拿着爷爷给我寄来的学费，想着他读书时的情形，内心就五味杂陈。他是我人生里的一个漫长的夜，我努力地想着黑暗中的光明。

我有过回到村庄的念头，但是始终没有勇气回去。

爷爷可以放下所有，不追逐禄浮虚誉，过着微云淡月的日子。但我却做不到，我知道，我的梦想很难在村子里实现。

我大学毕业后，回村支教了一年。

村庄的天空很洁净，水清如明镜。我坐于水边，以天真的眼睛，看水流的样子。感觉看到了生命的本体，看到了村庄存在的真理。只有村庄才能还一个人的乡愁，圈养着一些鸡鸣狗吠。

和我一起长大的孩子，现在都已离开了村庄。为了实现理想，他们去了四面八方。不论走得多远，小寒过后都会回来，走在村庄的路上，说着外面的光鲜世界。

回首村庄里的岁月，或明或暗，将人生的许多悠长变得缥缈。

那串祖先留下的长长足印，在气节中慢慢被封冻，又慢慢地壮阔起来。时光割不断村庄的情感，也割不去人事的悲欢。

我想让我的时光回到童年的村庄里，点着炉火，像往常一样，听爷爷讲故事，奶奶站在灶台前，铁勺和瓷碗摩擦着，发出叮叮当当的声音。

出　戏

小寒在节气中，无疑是最冷的时候。比大寒还让人畏惧和害怕，手指窝在裤兜里拿不出来。日照山野的时候到处冒着浓浓的白色气体，犹如袅袅云烟形成的一层层雾。又如一条蚕丝裙带，系在女人纤细的裤腰间。几个月、一岁的孩童抱在大人的手上，用棉花缝扎成的棉毯包裹着。棉花是当年新收起来的，抗寒能力相当强。躲藏在棉毯里的孩子，转动着圆溜溜的眼睛。两岁、三岁的孩童坐在门前的小矮凳上，荡着小腿。鼻子上流着糨糊般的鼻涕。其他的男人、女人、老人和小孩都早早地来到了台前，准备着一些道具，各自为一些角色在脸上涂鸦。炭火开始还是红红的，仅一会儿上面就覆盖着一层白色灰末。这时节祠堂门前的树丫是冻死了半截的，树叶也是一片都不剩了。辣椒、花椒，总之一咬上去能够挤压点火辣辣的味道的食物，都成了人们的抢手货。

那是一九八一年七月，是我刚刚出生后的几个月里。这是我父辈讲给我听的一些事：我父亲从大队部回来，脸色发青。说是明天要他上主角，这怎么得了。今天一天的气温都好低，一天都是雾罩着的。冷是不用说，连情绪也受到了影响。家里一点炭火都没有了，砍回来的柴也不是好货，都是一些不易燃烧的大叶婆，最主要的还是半湿的。没有等到坑干，就要放在火炉里。满屋里都是烟，咳嗽声一片。

“去百云那里担几担炭来吧。”百云是我姑父，烧炭的。我父亲与母亲商量着。“炭是需要炭啊，可是没有人去担啊。”

“这没有炭，日子怎么过得下去。”父亲说着，打着杉皮火出了门。

土窑是上半年开始点火的，这个时候就火了起来，山头上到处冒着青烟。卖炭翁挑着沉甸甸的担子，走东家，跑西家，扁担压在肩膀上格格地响。人家冷得蜗居在家中，他则摇头晃脑地走在山路上，满头大汗的。

这些日子土窑不知道出了啥问题，卖炭的人都不上门送炭了。本来进入立冬，卖炭翁就上门送炭了的，今年与往年不一样，没有等到送炭的人。

去百云姑父家要翻两座山，父亲去时还是上半夜，回来已是下半夜二更时分了。走进家门时，挑了一大担的木炭。脸上到处是一片黑，就像是包公一样。把炭火放在火炉里点燃，整个房间就是春天一样温暖。父亲坐在椅子上烤着火，就睡着了。母亲帮父亲盖上棉被，就让他这样睡着。呼噜声，一波接着一波，实在是太累了。这一出戏也赚不到几个银子，大家是轮流着上台，主角的负担比较重，谁都不愿意上主角。

黑皮是在这个季节到锅庄的，他就像是一个傻子，傻乎乎地坐在戏台前的那条破凳子上哆嗦着，就像是寒号鸟一样，一副可怜巴巴的样子。戏开演之前是要清场的，一些非演戏的人员都要到场外去排队买票。门口有人专门负责收取铜银，收了铜银后再逐个进场。坐下后稍过两分钟，戏台上就龙飞凤舞起来。

父亲拿着大枪对着那扇灌满着风的门口时，看见了那双眼睛。一台戏累了半死，得到的收入不过于一个铜钱。回到家，后面还跟着个乞丐。不用父亲怎么说，母亲就大抵知道了咋回事。

星星点点的火光把房内照亮了，有一种红薯烧焦的味道。母亲把唯一的半小洋瓷碗米饭从锅里取了出来，周围横七竖八围着几只大红薯。火炉里的薯是刚刚放下去的，火炭是父亲昨夜从姑爷家挑回来的，那可是最好的木炭。放在楼角里大半年了，干过骨了。这炭还是陈年木炭，今年百云姑爷家的土窑还没点火。

黑皮是广东人，皮肤黑黑的，黑得就像是一只乌鸦。其实黑皮还有个大名，是我父亲叫习惯了绰号。我那时还小，也不知道他的大名到底叫什么。

那阵子广东还不富裕。黑皮到内地来找工作，想混口饭吃。他没什么手艺，也没有知识。之前在家里只会用楠竹做一些竹椅，生意不景气就干脆跑了出来。

那年头锅庄并不富裕，锅庄的大戏可是远近闻名。花一两个铜钱来饱眼福的人那是一拨接一拨，就像是流水一样从来没有间断过。这黑皮也不是演戏的料，父亲也根本就没想过让他上台。要是演砸了，那会影响锅庄的。这块戏牌有一百多年了，传了好几代都不衰。唱的腔还是原来那个调，那味道就像是陈年老酒。

后来我知道了黑皮是来锅庄打工的，那也是锅庄里第一次出现的代名词。以前没有人说过“打工”，也不知道“打工”是干什么。后来我们都知道了“打工”就是外出找活干。我就是有点想不通，像锅庄这样的穷地方居然都有人来“打工”。那年头不要说是锅庄穷，全国都穷得揭不开锅的地方多如牛毛。说是“打工”，实际上也就是出来混饭吃。

我母亲缺少奶水，在兜里我总是哇哇地哭个不停。小脸蛋红红的，母亲说不是冻红的。是火气太重了，吃的都是麦糊。黑皮抱着我喔喔地跳着，好像是自己的孩子一样蹦着。

黑皮来到锅庄之后，他一直想学戏。其实他真是块演戏的料，演包公不用涂鸦。这是锅庄唯一的绝活，是用来维持生计的。一个外来人，哪敢传授给他。这也不能完全怪父亲，村子里的规矩就是条约。

没有加入戏团总得混口饭吃，他就在村子里干起了绝活。锅庄的苦竹是成山的，多得没办法派上用场。黑皮会用苦竹做凉席，做出来的凉席那可是耐用又美观。给我家做了一床之后，村里好多人家都请他去做。那个下午，他回来了。像是一只被人惩罚过的羔羊一样，母亲问他吃没有，他说吃过了。母亲知道他没有吃饭，在火里烧了几只红薯给他。他狼吞虎咽般吃了下去，吃完后就去收拾东西。一个包，包里夹着几件衣服。我父亲不在家，他对母亲说，嫂子我走了，你们的恩情我一定会报的。母亲拉不住他，也不想拉他。我家的锅里也没有剩余的口粮，自己都是凑合着过日子。他说要走，母亲也就没有挽留。毕竟留住他意味着父亲就得多出几场戏，手得多裂几道口子。

那年冬天，炭火成了我家的稀奇事儿。黑皮以前没有烤过这样的木炭，成天提着装着火炭的破洋瓷碗去看戏。每次蹲在台下笑得总是前合后仰，还比画着一些戏台上的动作。那阵子本来是父亲最不想出戏的时候，有了黑皮这个戏迷他也就重新燃烧起了那团火焰。

黑皮在我家住的时间就是那个冬天，春天花开的时候他就走了。父亲说，他像是一阵风一样，随着风来的，后来又随着风走了。黑皮离开锅庄之后，锅庄的大戏也凉了起来。我家也是相当困难，父亲也被迫去了外地打工。去了一年多才回来。爷爷都以为他回不来了，是不是已经死在了外面，母亲已经是伤心过度了。就在我们不再期盼的时候，父亲回来了。他黑得不像样了，人也瘦得像是一把干柴。与黑皮来时的样子有几分相似。

回来了就好。母亲说。

是啊，回来就好。差点就没命回来了。

那次回来之后，父亲就没有再走了。他也没有出戏了，做起了凉席。你别说，锅庄的大戏还真没这凉席值钱。

许多年之后，我知道了父亲在外面差点饿死。幸亏他遇上了黑皮，是黑皮救了他一命。父亲说，他是走路回来的。在路上没有吃的，没有喝的，他打算死在外面的时候他爬到一家茅舍外躲避寒冷。茅舍里住着的人就是黑皮，广东那时也不富裕。黑皮把唯一的口粮给了他，黑皮说父亲是他的恩人。

当然，黑皮之后再也没有与我家有任何往来，父亲这辈子中留下了个天大的遗憾。最后悔没有教黑皮演大戏，黑皮却教了他做凉席。

大　雪

锅庄的大雪来得很突然，没有一点征兆。在我小时锅庄的大雪一年都没有停过，都是在十月半下的。一夜之间大雪把锅庄裹得严严实实的。

沉寂的夜晚，风很大，从屋外传来枝丫发出叽喳的声音。光秃的树木最不容易受伤，四季常青的树木会被风拦腰刮断。反正在这样的冬季是逃不过大雪的遭遇的，厚厚的大雪把天地间全部覆灭。苦竹、柞树这些骨节脆弱的树木，雪过后都会让人目不忍睹。

大雪在我很小的时候，是经常可以看到的。一个冬季下来，尺把厚的雪至少要下两场。除此之外还会不择日纷纷扬扬地飘雪花，这些雪一下也是好几天。本来雪总会给人们带来好的兆头，对于锅庄来说下雪就是不幸的事儿了。

在锅庄，冬季人们取暖用的都是木炭，烧饭的都是木柴。这雪一下，没有备足柴火的人们是苦不堪言。大雪一般是半个月才化，化雪之前雪都覆过了家门槛。除一些调皮的孩子会去雪地里堆雪人、打雪仗外，大人们是连戏都不会出的。看戏的人都是村旁边十里八村赶来的，这样的雪天谁还会来赶戏。你别说，无论雪多大都会有个小戏迷出现在戏台上。这个戏迷就是我儿时的小伙伴，叫蔡秀娟，比我大一岁。蔡秀娟算得上是个美人儿，很小的时候就长得有模有样的。

蔡秀娟住在我家屋背的半山上，几间破破烂烂的土方房子，还盖着一些枯黄的茅草。雨雪天房内到处漏水，环境极其恶劣。还不如人家的牛栏。她爷爷是一个杀猪的人，也是锅庄唯一的屠夫。牛高马大的，还留着粗糙的胡子。

我很小的时候，经常看见他顶着大雪去砍柴。本来村子里两姓人家是向来不和的，徐家唱戏，蔡家卖肉，井水不犯河水。蔡家只有他一户人家，徐家却不同，兴旺发达，子孙万代。到我那一代已经是十九代了，人口已是三百多号。说是井水不犯河水，那也只是片面之词，徐家只出戏子，没有杀猪的屠夫。到了过年还得请姓蔡的杀猪，这个任务就全部落在了粗胡子身上。他是跑东家，串西家。生意是大好，天黑了还在人家忙碌着。生意好并不意味着日子就会跟着好，屠夫的工钱基本上都是猪肚子里面的小肠，他杀完一头猪就把猪肚子里的小肠取走。没饭吃不能吃猪肠过日子，蔡秀娟在学校里吃的菜就是辣椒炒猪肠。那猪肠都是早上炒好的，等到中午拿出来吃时已经成了“豆腐干”。不过她吃起来的样子却不是那么痛苦，反而挺自在的。

那些年岁，她家吃不上一粒米，都是吃红薯过日子。帮别人家杀了一辈子的猪，自己家却从来没有猪肉过年。想想那日子，真是酸楚的了。

蔡秀娟是个很不错的小姑娘，我们都很喜欢她。把她当成是锅庄的形象，锅庄的大戏只属于徐家的。可我还是经常看见蔡秀娟在后台涂画着，徐家从来没有允许她上过正堂。有些戏是需要小孩子当配角的，比如我就演过“孤儿”。我虽然有演戏的机会，对演戏兴趣却不浓，都是大人逼上台去的。戏完了还要挨骂。

你来帮我演配角吧。我对蔡秀娟说。

不行，这是你们男人的事。

蔡秀娟爱戏，对戏的感情也是很深的。戏散人尽的时候，她会一个人站在台上扭着脖子。我会是她唯一的戏迷。她虽然生来与戏台近在咫尺，却与戏无缘。

我觉得蔡秀娟真是块演戏的好料子，她那姿势，她那身段，她那表情都与演员相关。我不是演戏那块料，就像我父亲说我不是读书那块料一样。

睡懒觉是我小时候一个很不好的习惯，每天还在被窝里就听见了她的叫喊声。我母亲总是唠叨着说，娟在喊上学。娟的好我记得，她总是像催命鬼一样催我上学我也记得。甚至平常的喜欢在那一刻全都成了憎怨，骂她不近人情。

走在上学的路上，我走在前头，她走在后头。我有意把她甩得远远的，有一阵子我对她嫉妒。她学习成绩好，而我偏偏是孺子不可教。父亲总是拿她来打比方，说我就是不如她。之后，上学的时候我总是与她隔着距离。就像她的学习成绩与我的差距一样。

锅庄那山真是高，路也陡峭。本来这样的雪天我们是不会去上学的，有时候去了之后才知道今天老师都没有来。娟是比较倔的，只要雪下得不大，她都会去上学的。她去我也得去，好像我们两个就是鸳鸯。雪天我们是手拉手走着的，那天我只顾自己一个人往前走了。下一个山头后，我听见了后面大叫的声音。紧接着一声巨响。那一刻，我没有多想就往回跑去。等我喘着粗气站在她面前时，她蹲在地上呜呜地哭着。脸上还残留着一道血口子，鼻子里也流出了鲜血来。我吓得站在旁边乱了方寸。

那次是我拉着她的手回家的，她笑得特别开心。我问她还痛不？她说已经不痛了。

你家的条件比我家好，我根本没条件读书，你以后一定会有个好的将来的。蔡秀娟说。她说那话时，脸上的表情悠悠的。我的成绩那么差，怎么会有未来呢？我用奇怪的眼睛看着她。以后晚上就来我家一起做作业吧。之后她还真的帮我补课，在炭火炉前写写画画。现在想来，我的心里还是痛的。

那年我知道了蔡秀娟的父母其实早已离婚了，她母亲还没有找到下家，所以就还与他父亲住在一起。也就是那年，她母亲离开了这个家，带走了与她朝夕相处的妹妹。放学回家后，她四处寻找，哭得死去活来。看着她那样子，真的是让人心疼。母亲说，没娘的孩子真是苦。她母亲离开锅庄没多久，那杀猪的爷爷也去世了。那个晚上杀完猪回家的时候在一个叫雷公崖的地方摔了一跤，这个地方的路很窄。下面是万丈深渊，一不小心是会掉下悬崖的。等到众人赶到的时候，她爷爷是一点气都没有了。就像是锅庄的大雪一样，来得很突然。屠夫的死对这个寒酸的家庭那可是雪上加霜，冷得让人心寒。

我上小学三年级的时候，那天早晨我照常去邀蔡秀娟上学的时候，发现她已经不在家了。之后，我再也没有见到过她。她就像是人间蒸发了一样，好些年我都是一个人上学，然后一个人回家。孤孤单单的，那种失落煎熬得难受。村里人开始传着一些有关她的事情，都说她母亲找了个有钱的男人把她也接走了。我不太敢相信这是事实，我知道她是个有骨气的人。她那么热爱锅庄，不会随便离开这个地方的。我希望能够再次看到她，希望她能够回来跟我一起上学回家。

之后的几年，我也长大了。我打听过她的消息，还发表了寻找她的文章。我的那些文字最后都只成为纸页上的一个符号。我甚至还会站在锅庄那长满茅草的黄土坡上高声呼喊着她的名字。

好多年之后，我听到一些有关她的消息。版本都不一样，有人说她现在已经是一名老师了，也有人说是一名医生。不管是什么，我听后都很高兴。至少她已经摆脱了那份苦不堪言的生活。

现在的锅庄气候发生了翻天覆地的变化，已有好些年没有普降大雪了。说来还真奇怪，今天一觉醒来发现锅庄已是大雪纷飞。

惊　蛰

我时常怀疑，锅庄不是个好地方。满山遍野都是苦竹，苦竹的用途很小的，因为太小基本上派不上用场。庆幸的是几场大雪过后，苦竹还能抬起头来。

我一直以为徐晓琪的死与苦竹有关。我很小的时候经常与他在一起玩。他父亲叫徐世林，与我同辈分，我叫他世林哥。徐晓琪长我十多岁，我与大人一样直呼其名。这点不光是在锅庄，全国各地都是按辈分来称呼的。在锅庄，数晓琪的辈分最小，可他的年龄比我大得多。

世林哥其实是一个善心人，在锅庄人们都知道他不仅老实本分，还做了不少善事。邻居家的鸡丢了，牛挣断拴绳跑了，他都热心帮着去找。一些人家，要办什么红白喜宴他都是主动帮忙。锅庄一直流传着这样的口头禅：好人是有好报的。我就想不通，世林哥那么好的人怎么就没好报。

世林哥在世的时候，我家就很少与他来往。他人瘦得像只猴子，好像只要风一吹就会像芦苇一样歪倒。最主要的是他有个咳病，一天到晚咳个不停。让人真有几分后怕。父亲怕他这种病传染，家里就算有事需要帮忙也会瞒着他。母亲说，要是让他知道肯定会主动来的。所以我家做事总是偷偷摸摸的，生怕世林哥来帮忙。

有些时候，世林哥也会主动来我家玩。他来的时候基本上都是接近黄昏的时候，听见咳声他已经坐在门前的石礅上。我们家是极不热情的，泡碗茶用两号杯子。给他泡过的茶杯，母亲总要用开水泡。生怕他喝过的茶杯上会留着病毒。他微弱地讲着一些自己的事情，父亲冷冷地搭上几句。有时他会好奇地问上几个问题，父亲从来都没有回答过。他什么时候来的，我们都知道。他什么时候走的，就像是风一样。他走路的脚步很轻，我们怎么也听不到。只有听到在对门路上传来的咳嗽声，才知道他已经走远了。父亲这才大声地说上几句，你得多吃点药，不吃药这咳病会要你命的。世林哥听见父亲喊话会停下来，站在那里望着父亲。随后又低着头，慢慢地朝前走。

后来发生的事情，印证了父亲这句话。世林哥的死还真与他的咳病有关。他这咳病是天生的。年轻时候咳的次数没有现在这么频繁，现在是隔三岔五就会咳。尤其是冬天，咳起来没完没了。夜半里，他的咳嗽声在锅庄的上空盘旋着，找不着点。

庆幸的是世林哥有个好老婆，叫金莲。金莲会夜半起来帮他盖被子，煎药，浓烈的药味会把人从睡梦中熏醒。

我们都叫她金莲嫂。金莲嫂做事非常卖力，在家做女人，在外做男人。那几年世林哥的病是一年比一年重，可真是苦了金莲嫂。本来我们都以为她会改嫁的，她没有这么做。她说，既然嫁给世林哥，一切都得听天由命。嫁鸡随鸡，嫁狗随狗吧。金莲嫂这么说也不无道理，要是她离开了这个家不仅孩子可怜，世林哥也没有了生活的希望。金莲嫂是个好人。

本来这样的两个好人不该是短命鬼，不是说好人一定有好报的吗？

世林哥天生的命，可金莲嫂呢？

那天晴朗，碧空无云。对门的大屋突然传来啼哭声。是金莲嫂的声音。母亲说，不好，世林可能出事了。

父亲正劈柴，差点劈到脚趾。丢下斧头与母亲火速往对门跑去，我也跟在身后跑着去看热闹。

世林哥还活着，脸上青一块紫一块的，父亲扑上去抓着世林哥的手。脸上的肌肉紧锁着眉头，泪水在眼眶里转。我有些吃惊，父亲不是说不能接近他吗？看着父亲那攥紧的手，我有些费解。世林哥喘着粗气对父亲说了一句让父亲悔恨终生的话，叔，我一辈子的遗憾就是没有帮过你家。父亲眼圈里的泪水倾泻下来，傻孩子，是叔叔没有帮到你啊。看着父亲那一本正经叫着孩子的样子，我又觉得滑稽可笑。父亲比世林哥还小，却还要叫他孩子。世林哥死得很意外，本以为他会还有些日子的，本以为会选择一个雪天。母亲说苦命的人都是死在雪天的，他的咳病雪天会更严重。没想到会是艳阳高照的暖春，河岸的柳条儿正长得嫩绿。也许是老天爷给他最后的一点照顾吧！

世林哥去世后，金莲嫂没有因为少了人口而活得轻松。相反是神情恍惚，一天不如一天了。大家都知道她内心痛苦，却不知道如何去安慰。

那阵子也是天不逢时，都说锅庄是要变天了。大旱几乎是让锅庄颗粒无收，好多人家都揭不开锅。金莲没有劳力，生活举步维艰。我家借过几筒米给她，还借过几两油。金莲嫂是个脾气倔的人，是见晓琪满脸水痘才碍着面子来借的。

晓琪成了金莲嫂活下去的希望。她和我母亲来往密切，和我母亲掏过心里话，婶，等我晓琪大点的时候，我会去陪世林的，我经常看见他一个人在下面挺苦的。听着金莲说的这些话，母亲流下了酸楚的泪水。

晓琪十二岁那年，锅庄发了一场大火。苦竹一夜之间变得枯黄，满山的苍翠成了不堪入目的风景。

人们都传说是晓琪放的火，父亲也是这么说的。你别瞎说，不要冤枉可怜人。母亲想打住父亲的话。父亲用眼神狠狠瞪了母亲一眼说，你知道个屁。起火的时候有人看见他从火点跑出来。母亲听父亲这么说，就没有再说什么了。

金莲嫂气得几日没有出门，在屋内不停地叫骂着。你这天收的，怎么做这种事，只要你敢进家门我就打断你的腿。本来锅庄那些刁人还想去她家生事的，结果谁都没有去。这事就这么平息了下来，晓琪是吓得躲在村外的戏台下。

金莲的死我并不清楚，她死去几日后我才回到锅庄。金莲死时我正在锅庄外的中学上学，回到锅庄经过那座石桥时才发现路旁多了一座坟。坟头上插着几朵白花。没立碑记。她的死就像是那几朵白花，苍白得看不见任何颜色。

许多年后，我得到确凿的消息。那把火跟晓琪没有半点关联，放火者自己承认的。

世林哥和金莲嫂走后，安静了好一阵子。晓琪一直在忙着做件事情，想方设法盖房子。

锅庄至少有十年没人盖新房吧！连饭都吃不饱，谁家还有钱盖房呢？

我父亲多次劝导过晓琪，说你才十八岁，根本没有能力做房子，再等等吧，或者等有点积蓄也不迟。

晓琪哪里听得进去，他说要是没有房子，哪家的姑娘愿意跟他过。他说的是实话。一栋泥土筑成的房子整整做了一年，就像是乌鸦筑巢一样，简简单单的。但是他挺高兴的，靠自己有了新房子住。锅庄的好些人也都还住在破破烂烂的草堂里，都挺羡慕他的。

半年后，我听说晓琪病重的消息。那时他躺在病床上，整个房间都变得阴森潮湿。身体比平常肥胖了许多，皮肤透着光亮。

父亲经常去看望他，劝导他卖房去看病。命都没有了，留着房子有啥用？晓琪没有意识到，这病会要了他的命。他性格倔强，说就算是死也不卖。人活着都是为了一个意愿，这个意愿是人身体内的决定。

晓琪的死在意料之中。父亲说，这孩子重走了世林的路。这是天意，谁也无法违背。

晓琪死的前一天，他拉着父亲的手说。“叔公，我想卖房子。”父亲点着头，又摇着头。在这之前，父亲劝过他卖房。可村里谁又有空余的钱来买房呢？再说就算是卖了，也没有办法挽救他的生命。

晓琪去世的时候在冬季，是父亲出戏回来的黄昏。父亲坐在门墩上抽着旱烟，不停地拭着眼角的泪水。他死得没有一点声响，辈分大的人是不用哭的。

第二年春天，锅庄到处是生机。苦竹葱翠。

上 学 记

“考不上学，只有回家看牛。”父亲说。

多年前的那个早晨，天刚亮。父亲把我喊起来下地。我瞬间感觉空空的绝望，也看到父亲脸上的肌肉在颤抖。就连说话也有些卷舌，显然内心的情绪很悲愤。他左手不停地抓脸颊上的皮疹，喘着阴冷的粗气，还得擦额头上的汗珠。右手挥舞着锋锐的刀，挺着身子割着地坑上的茅草，没一会儿就一扫而光。

他感觉自己有些累了。坐在地头的茶莞下歇歇，脸上的肌肉绷得很紧。我知道他此刻很是失望，也知道迟早会把气发泄出来。他最大的骄傲，就是希望我刻苦用功，将来考所好的学校。现在呢？我落榜了，对他来说是个沉重的打击。

他的眼睛里满是悲哀。这种粗糙的伤害是他多年来堆积起来的，由于太过于期望，当要坚定地面对时，就变得那么的脆弱和失望。

原谅我吧！我在心里向父亲道歉。可他是听不见的。

“赶紧割。”我的身子吓得抖了几下。

“你是电触了吧！”母亲一直护着孩子，但作为支撑着家的男人，她还是会体谅和宽容。

父亲跌跌撞撞地站起来，朝手掌吐口唾沫，又抱着地坑的茅草不停地割。

夏天的阳光，像火焰般燃烧着。天空纯蓝，万里无云，太阳就像个火球挂在天上，狠狠地摧残着大地，不见一丝凉风。像是太阳与土地之间有着深仇，非要把庄稼烤死才肯罢休。

地坑上的茅草是烤不死的，在与太阳的抗争中疯狂地长得更加茂盛。我的心像是系在滚烫的油锅边上，烦躁不安，好像什么都是伤心的。父亲并非恐吓我，身为四个孩子的父亲，他不得不考虑将来的问题。姐姐刚考上中专，两个弟妹都在上小学，仅学费半年就得一千多块钱。

他的脸色越来越黑。那个上午，整个天空就被他黑着。有些声音在喊着他，可他没有注意到。他一时半会儿还很难明白过来，一些事情明白需要过程。

母亲能完全体会为什么。父亲是教学点的老师，也是大半个农民。白天除了按时给孩子们上课，休息时间还得下地劳作。他的一天被各种大小事情吞噬，根本抽不出时间来教育我们。

不过今天，他突然想起了些事情。开始叽里咕噜地和母亲说着，接着毫无掩饰地对我发火。

我有些委屈。村里实际上没有学校，全村只有二十七个孩子，两个教学点，一个办在山头上，另一个在我家。各一个复式班，小学五个年级。

父亲让我去山头上的教学点上学，来回走路得一个多小时，这让我受尽了苦头。他说，吃得苦中苦，方为人上人。可他不知道，我的脚力有限，走起路来非常吃力。幸好，我的老师是个活泼、聪颖、风趣、令人崇拜的女人。

她除了讲课绘声绘色外，还会唱歌，我大概明白父亲让我去山头读书的用意。有时候，他也称赞她的课讲得活泼。可惜的是她是位代课老师，月工资仅仅三十六元。

父亲的工资比她高很多，每月是一百一十九元。学校没有教学经费补贴，所以黑板是他用木板做的，用墨汁涂黑，上面写着人民币的大小算法。

他经常会为孩子的学习焦心，总想找套简便的教学方法来。但不可能每只鸟儿都能够高飞，当他意识到这点的时候，隔着窗户安静了下来。有些问题，注定不会有答案。他感觉人是坚强的，不会那么脆弱。他见过拍不死的蚊子，一只蚊子飞到他跟前时，合拢手掌拍上去，蚊子已在手掌中，可以轻而易举地把它拍死，但松开手时，蚊子却毫发无伤地飞了出来。

这就是他的弱点，他总想着这些孩子，想着他们长大后会有所成就，或者说，哪怕回到村里当名医生或者老师，那也是非常理想的。那样的话，村里会有很多的知识分子，不会像他现在这样，学校只有一名公办老师和一名代课老师，而且分布在两个山头，连说话的机会都没有。他当农民时，村里有很多聊天的人。他们聊的都是一些牛事、狗事，很少有人提到曹雪芹、罗贯中。

我还是个懵懵懂懂的少年，根本不知道什么是志向。可我厌倦了土地，不想一辈子和泥土打交道，更不想和父亲手里的刀打交道。父亲的手臂被太阳炙烤得漆黑，脸上的皮肤如脚下的土地龟裂着。身体弯得像弓，终日在土地里刨着，想想，这是多么可怜、凄苦的事情，你见过这样的乡村老师吗？可他很满足，从未发过半点牢骚。

“叫你读书你就是不读，成天只知道玩。现在好了，别人读书，你回家种田。”父亲不依不饶地说着。我憋着气，一句话都不敢说。我知道父亲特别在乎的那张录取通知书一直没有来，我没有让他骄傲，反而让他羞愧。

可是我的乐趣真不是读书，在学校里成天打瞌睡，听不进老师讲课。耳朵嗡嗡地响，像是小提琴家在演奏。放学回家时，一路上追赶野兔、捕捉蝉。我觉得有很多的事情，都比读书好玩。我是被那个女人逼着读书的，读着读着又进入了梦乡。我现在开始觉醒了，可是为时已晚，我就是个超级混世魔王。我在心里不停地祷告，愿上帝给我带来奇迹。

“蛇。”父亲刀尖上一条青蛇卧在茶莞处。我吓得魂飞魄散，站起来就跑，仿佛后面的蛇是千军万马朝我追来。

“跑啥啊！”父亲的怒声震停了我的脚步。我回过头，父亲用失望的眼神看着我，“男子汉大丈夫，岂能被小小的一条蛇吓成这样，太没出息了！”我发现此刻的父亲变了，变得野蛮，不讲理。这还是我的父亲吗？

我想着离开这个村庄，到山外去。不是说三百六十行，行行出状元嘛！真的除了读书，就没有别的出路吗？那些木匠、篾匠、剃头匠，我都不感兴趣。我想想，如果连初中都考不上，估计这辈子可真完了。“一条蛇就吓成这样，今后还要在农村待一辈子呢，你打算怎么过？”父亲的话像块坚硬的石头击中了我的内心。

天啊，如果一辈子都要我在这里干农活，这可怎么得了呢？我想着今后漫长的一辈子，眼泪委屈得决堤般往外流。

“不要再说孩子了。”母亲说。

“你知道个屁，护着他有什么用！”父亲不愿意停顿下来。

日头从东边升起，又从西边落下。地坑上的草长得繁茂，像是在和我做着一场赛跑。

我有了第一次逃离村子的计划，可是去哪儿呢？父亲常说外面很危险，有人被拐骗，也有人被残忍杀害。

一九七八年，我们村里一名叫谷山的中年男人，一个人去了深圳，走出村子后，再也不见回来，村民都传言他被人杀害了。

我还是个小孩，哪来的勇气外逃呢？我趁漆黑，试着朝山外跑过一段山路，周围寂静得能听见虫蚁的说话声，草丛里野鸡不时翻个身，吓得我魂飞魄散，只好又乖乖地跑了回来。

第二次逃离时还是一个夜晚。我逃到公路边时，听见有人拿着砍刀追着一个人砍。这次是母亲把我找回来的，我已经迷失了回家的路。

在别无选择的情况下，我只好硬着头皮干着农活。茅草特别深，一不小心就会把胳膊划得鲜血直流，汗水流在伤口上非常难受，苍蝇趴在上边嗷嗷地吃着血。我的内心不停地颤抖着，可还是强忍着不敢发声。

父亲不再发怒，可我不想看见他的眼神，我不停地劳作着，用这种方式来向父亲赎罪。我觉得只有这样，父亲的内心才会好受，我也就不会受到责骂。

我开始封闭自己，不愿意说话，内心无比地疼，像是一个人活在针尖上，我发现没有人救得了我。那天黄昏，茶饭过后，我听见母亲和父亲轻言细语地说，孩子太小，还是让他复读一年吧！“复读又顶个屁用？不愿意读，怎么复读都没用。”听着父亲的话，我的眼睛像是被盐渍腌过。母亲担心我患上抑郁症，四处借钱，她还想送我读书，她私下里和我有过一次长谈，说她只有借钱的能力，没有还钱的能力，借来的钱得等我以后来还。我使劲地点头。

日子如天上的流云般消逝。母亲早晨天还未亮就出门，晚上半夜才回家。连续去了几天，都是空着手回来。父亲不开口，即便亲戚家有钱，也不会借给她，家庭主妇是借不到钱的。话又说回来，即便是父亲开口，别人家也未必有多余的钱借。

其实父亲完全可以让我跟着他复读，少报个学生数不就得了。可他从没有这么想过，没有交钱，他是不允许我坐进教室的，即便那间教室晚上便成了我的卧室。

那天下午，村里刮着狂风，鸟雀在乌黑的天空中盘旋着，铺天盖地的热气朝我那瘦小的身体压来。再过两天就要开学了，孩子们都兴高采烈地准备着开学的事情。我躺在田埂上，任由风吹打着，内心焦急得滚烫，我希望这场风能把我卷走，卷到一个没有忧愁的地方去。

村子里躁动起来，村民们得赶在暴雨来临前，把地场上晒着的粮食抢进粮仓。我听见有人在喊我，声音是从乌云的缝隙里传来的，光亮和黑暗不停地抗争着。谁也不愿意退让，突然“轰隆隆”一声炸雷巨响，万箭朝着大地倾泻而来。干旱了好些日子的稻田，到处是裂开的缝隙，这显然是一场及时雨。

“木，快点回来，录取通知书来啦！”这是母亲的声音。我仰望着天空，黑色的云团像艘航空母舰，离我越来越近。太阳从云朵走过的缝隙里有意无意地刺射着我的眼睛，我的心跳得特别厉害，眼前突然一团漆黑，肌肉里发出强烈的刺激信号。“通知书来了！”是在喊我吗？我一遍遍地确认，是不是耳朵出了问题呢？一声炸雷再次响起，我的泪水和雨水一道倾泻下来。我的天，乡中学补录名额，那年意外地扩招了五人，而我，是其中之一。录取通知书就像是从伤口里钻了出来，放在箱角上。

我考上中学的消息如蒲公英的种子，在村子里的上空到处流传。其实全村仅有三个孩子考上了初中，我是代课老师教学点唯一录取的学生。

不过父亲的脸上始终保持着往常的严肃，还增加了不少的晦涩。二百多块钱的学费，得让他操心好一阵子。

母亲开始给我张罗被褥，这回她是挺着腰杆的。她对这张姗姗来迟的录取通知书，表现出强烈的兴奋。从邮递员手里接过通知书后，她就再也没有停歇下来。

父亲坐在门口的板凳上，板着脸，吸着旱烟。吸一口又添加点烟叶，接着又吸一口，烟筒里咕噜咕噜地翻滚着，烟从鼻孔里溜出来。吸两口，烟斗里的烟叶就变成了灰烬。父亲焦虑地抽起烟，将烟屎抖落在地。他在想着学费的事情，母亲不便打扰他，把破旧的布条找出来，朝衣服的窟窿上比对，比例协调就剪下来，贴在破的地方用针线来回缝补。然后把垫在床底下的被子翻出来，这是几年前买的旧棉花翻新做的被子，也是为我上学早做的准备。有好棉被，没有好被套。母亲只好把几床旧的分成几块，面上的比里面的好，把几个面子裁剪下来，重新缝成一个被套，看上去就像是新的。有了被子，又没有衣服。她又把箱子和橱柜，里里外外翻了个遍，没有找出一件像样的衣服来。

“猪仔卖掉吧！”父亲先叹了口气，然后回过脸看着母亲说。母亲正在缝补着被套，她脸上的肌肉抽动了一下，针就不听使唤地扎到了中指，她迅速把指头放到嘴里，轻轻地吸了吸，有种咸咸的味道从咽喉一直进入胃里。她沉默了好一会儿：“过年怎么办？”母亲还在想有没有别的办法。孩子多的人家，就想着过年。父亲放下烟筒，把头埋在裤裆里。看来已是别无选择了。“卖掉就卖掉吧！”母亲干脆地说。在她眼里上学事大，过年事小。

“上周听说姨夫要猪仔，叫他明天来赶。”父亲又说。“他不一定有现钱。”母亲说。

“哦。”父亲又开始沉默。

“上屋的起贵不是也要猪仔吗？柳春说打算这几天去黄沙买。”柳春是起贵的妻子，和我母亲常有往来。

“那就卖给起贵吧，他刚去湖北卖了木桶，有现钱。”父亲说。

第二天黄昏，我听见起贵来我家猪圈里放猪。猪不停地哼叫着，几个人都拉不出来。

父亲说：“喂了半个月，按照买来的价钱给你的，你不亏。”

起贵并不太高兴，说只能先付一半的现钱，半月后再来付清：“还不知道你这猪仔有没有问题呢？”

喂食半个月喝了不少粥水不说，就挑回来的脚力都花了一天。父亲突然就不想卖了，可转念一想，绷着的脸立马松弛了下来，不卖学费怎么办呢？

“要不是孩子上学缺点钱呢，说啥都不会卖，你要是不想要，过段时间我把钱还你，猪仔我去牵回来。”母亲说。

“我哪有闲钱借给你？”起贵的脸红一阵黑一阵。

猪仔总共才九十六块钱，付一半不到五十块，还是不够学费。父亲又好说歹说，才说妥了七十块钱。父亲知道，要起贵付清是不可能的，他从夏长贵家买来时，还欠了十三块钱。

起贵碍着柳春和我母亲的关系，再加上家里还有个小孩不日要来读书，两日后把剩下的钱又送上门来。

父亲又东挪西借，总算是凑齐了学费。

一九九一年的九月一日，是新生开学的日子。母亲把被褥捆在一头，装着衣裳的箱子捆在另一头，给父亲准备好了沉甸甸的一担。

出门前，不停地和我唠叨着，要尊敬师长，团结同学，晚上多穿衣服不要着凉了。

父亲挑着母亲准备好的担子，领着我朝山的另一边走去。重峦叠嶂的山，崎岖不平的路，来回有二十多华里的路程，少说也得走两三个小时。

一路上，父亲走在前头，我跟在后头。我用足气力，都赶不上。

“停下来歇歇吧！”我还是大着胆子和父亲说了一句话。

“哎。”父亲放下担子，解开扁担两头的绳索，横亘着放在路中间，让我坐在扁担上歇着。我的屁股刚坐下去，就被汗水黏住了。父亲说：“在学校里要安心读书，只要你能考上学校，就算是家里砸锅卖铁也要送你读。”父亲说完，嘘了口气。他的身体黏糊糊的，这才感觉下肢酸痛得厉害。

此时，我感觉父亲没有那么可怕。

父亲给我滔滔不绝地讲“头悬梁锥刺股”的故事。说只要功夫深，铁棒磨成针。他像是在和我交心，知道我能听进去。

说实话，我的顽皮已被巨大的魔杖压在了心底，就算是有孙悟空的本领，我还是愿意把自己关起来。武士也要克柔，只有这样才可能取胜。

已是秋天，路两旁的玉米熟了，散发出淡淡的清香。我仰望着天空，看着碧空万里无云，顿时便心旷神怡起来。

可以看见上庄中学的门牌了。门前挂着“欢迎新同学入学”的条幅，用红纸写着张贴在学校门口。

一所砖木结构的学校，背靠巍巍的大山，门前是一条深不见底的河流，两层低矮的教室和几栋破旧的楼房被围墙圈着。一个四十多平方米的操场，中间立着一根旗杆，一面褪色的红旗在风中飘扬。

一楼最左边的门口挤满了人头，全是前来报到的学生家长。父亲放下肩头的担子，在教室外的台阶上坐下来。走了半天的路程，他有些饿了，也有些渴了。

我像个侦察兵四处搜寻着，找宿舍和班级。教室的门顶上挂着一块灰白色的木牌，上面写着各个班级的名号。三个年级六个班，初一年级三个班，初二年级两个班，初三年级一个班，越往高年级班级就越少。造成的原因有很多，一是家庭越来越困难，到后来交不起学费。二是学习越来越难，孩子产生了厌学心理。家长几乎没有强迫孩子读书的，万一读不下去就回家种田。

父亲想说点什么，话到嘴边却没有说出来。

我想着，三年后我能从这里升入另外一所学校吗？

我正沉思着，父亲说，宿舍在那儿呢！一排二十世纪七十年代盖的杉树皮房。门口贴着禁火令，严禁学生带火种到寝室。禁火令用红色的油漆涂着，再调皮的孩子也不敢违背禁令，所以学校里没有发生过火灾。禁火令的字体上，像是被调皮的学生用墨水涂过。

寝室内像是被人打扫过，一尘不染。风吹过，却还是有股刺鼻的霉豆腐臭味，从鼻孔钻进胃里翻江倒海。有些家长发牢骚，说这哪里是人住的地方。有些还找到校长理论，校长笑着说，现在只能将就着住，等上面有拨款来了，必定盖栋高高大大的楼房。

空间不大，有点挤。四面墙都是铺架，分成两层。个头小的睡上层，个头大的睡下层。我分在上层，刚一站起来，“嘭”的一声响，头撞到了屋顶，同学们都哈哈大笑起来。

大家都担心晒得干枯的树皮很容易爆裂，雨天会朝屋内漏水。所以一到下雨天我们就提心吊胆，奇怪的是一滴水都没有漏下来。

倒是有一年五六月间，寝室内成了水塘。到处是汪汪的水，漂浮着各种杂物。同学们在四个墙角处挖了洞，才把水排出屋外。父亲在屋里屋外转了一圈，他说这屋子地基牢，墙脚都是砖石，水浸泡多久都不会塌下来。

我铺好被褥后，父亲又去国营商店给我买来了搪瓷杯、饭盒、双喜脸盆、牙膏牙刷和毛巾，并教我用碗量米。

落日的余晖照在校园的树梢上，像是涂抹着一层凄迷的颜色。

父亲开始收拾着绳索准备离开。学校里的光亮了起来，一半照在父亲的脸上，另一半照在黑暗中，显得无比的遥远。父亲的衣服还是湿漉漉的，有几处破烂的地方还没来得及缝补。

父亲一回头，我感觉眼泪差点迸出来。

说到底，我没有离开过家。这次是我人生中第一次与家人分开，一个人在一个新的地方生活下来，真的很难排遣内心的孤寂。

"一切都得重新开始。"老师的话像铁钉般扎进了我的心里。我喜欢这句话，我在村小教学点时没有太过用功，这回重新站立在起跑线上。

可是，我觉得我还是和那些同学有距离。

我的班主任叫张伟光，个头不高，身板薄弱，十六七岁的样子。他是我报到的那天新分来的，教我们语文、音乐和美术。

他留着薄薄的头发，特别精神，也讨女生们喜欢。

他是个博学多才的人，会背很多古典诗词，还会弹吉他。不过，他的声音有点沙哑，他的吉他弹得很好听，从没见过他唱歌。听说他的嗓子是读书时留下的后遗症，做过三次手术。分配到中学来之前，教育局打算把他留在机关的。可他坚决要来，他的理想是当一名优秀的人民教师。他说如果不能站在讲台上，那将是他毕生的遗憾。

"从今天开始，我就是你们的羊头，你们得跟在我的后头奔跑。"他的声音不够响亮，但非常有力。

我的耳朵里嗡嗡的，注意力没有全被他吸引，偶尔能够听见一两句，还是特别想家。不单是我，连续一个星期，寝室内很多同学都夜不能寐，翻来覆去，弄得大伙都睡不安稳。张老师经常会来查房：“来到这儿，就没有小家，这里只有大家，听到了吗？”

“听到了。”同学们异口同声地说。

“要是谁不睡，站到月光下赏月，没有意见吧！”寝室内一片沉寂。他经常会站在寝室门口站到半夜，这种方法的确奏效，可耽误了他不少的睡眠时间。

学习任务让我感觉越来越吃紧，除语文、数学外，还新增加了英语和物理、化学、政治等课程。就连体育和美术课都不容忽视，毕竟师范学校设有体育和美术专业，毕业后同样是铁饭碗。少数的同学选择学体育和美术，很多的同学还是赶大潮流。

各科任老师都见了面。印象最深的是张兴柏老师。他年龄最大，个头最高，眉毛粗糙，精瘦精瘦的，走起路来摇摇晃晃的，有种自命不凡的高傲。

他是二十世纪七十年代末与高考失之交臂的优秀高中毕业生，从区农中毕业后便来到这里当老师。他的数学功底好，总是昂着头走路。他的课从不带教材，每页都是熟稔于心。他的课堂也生动有趣，爱说笑话，引得哄堂大笑。尤其是缺掉的那两颗门牙，讲着讲着唾沫就从门缝里飙出来，他立马倾着身子想把唾沫捞回去，手在空中画了道弧线，唾沫已经紧紧地贴在前排同学的脸上，这时他会红着脸很不好意思地连连道歉。

兴柏老师是上庄中学成立时来的第一批老师，后来的老师都是来一批，走一批。有的待了三四年就走了，有的四五年，最长的七八年。他哪儿也不去，计划在这里待一辈子。

他家在学校旁边的地凹处。整个乡政府机关所在地是块丘陵，房子也都是建在山上，就连条街也是弯曲着盘在山沟上，形成一个斜坡式朝上延伸。一栋两层的泥巴房，墙体刷得一尘不染。师母是个生意人，除卖点香烟和冰棍外，还卖点面条早餐。

兴柏老师和师母平常看起来很恩爱，师母圆润的身体像个水桶，兴柏老师瘦得像根火柴，每天晚上，两个人总要挽着手在街上走走，像是在秀一场街舞。

不过，他们也有不和谐的时候。两天一小吵，三天一大吵是常有的事。和美的两个人，瞬间会变得水火不容。师母手上挥舞着雪白的菜刀，追在兴柏老师屁股头后跑。见着母老虎发威，兴柏老师只能是跑。“躲得过初一，躲得过十五吗”？能躲过，事情一过，气也消了。唯有一次，兴柏老师没有躲开。路不争气，跑着的时候地上一滑，再爬起来时，菜刀横飞过来恰恰砍中手臂，鲜血流了一条街。那一刀砍碎了兴柏老师的心，他是个胆小的人，见不得流血。自这之后，他就像是变了个人，眼睛里常常冒出鼠光。

那天晚上，外面的风很大。教室里没有灯，一片漆黑。有些同学点起了蜡烛，微光在风里忽隐忽现。我和很多的同学一样，端坐在黑暗中开小差。门突然开了，随即风灌了进来，本来就微弱的烛光，一下子全熄灭了。一个黑影站在讲台上，我猜测是张伟光老师。

“我给大家买蜡烛来了。”

教室里瞬间光亮起来，我好奇地看着他的脸。这不像我们平常见着的张老师，他的眉头锁得有点紧，看情势，必定是有什么特别的事情。

张老师站在讲台上，一句话也不发，沉默了好长一段时间，开始有学生咳嗽。他才慢慢地缓过神来说：“我要离开大家了。”他的话音刚落，教室里就鸦雀无声。

不是说不离开我们的吗？记得开学时，他曾信誓旦旦地说要和我们战斗到底。他的话让全班的同学都很失望，同学们都埋着头，谁也不愿意再睁眼看他。

有女生开始抽泣起来，“我给咱们班买了窗帘，明天晚上会送来，天气马上变冷了，希望有了窗帘，大家能够安心学习。”

接下来，教室里一片哭声。我已经听不清楚他说什么了。

那晚回到寝室，同学们再也不像往常交头接耳地讨论问题。大家都变得异常安静，头挨头，脚挨脚碰在一起，彼此呼吸心跳相闻。

第二天凌晨，有同学早早地守在学校门口。谁也没有见着张老师离开，他的屋内空空的，还没有等学生醒来，他就离开了学校，显然他也不愿意看到悲伤的场面。

张老师的咽喉问题越来越严重，他已经不适宜当老师了。强留在学校里，对我们对他自己都不是好事。

他就像是秋天里的风，从我们的心灵的田野上吹过。

他走了，很长一段时间，我都十分难受。

他是我的作文启蒙老师，一个半月的时间里，他要求我写过十二篇日记，五篇优，七篇良。我对别人眼中枯燥无味的作文，产生了极大的兴趣。

“铃铃铃。”星期六下午的铃声响起，孩子们归心似箭，快速地装好书本，欢呼雀跃地跑出教室。

“回家喽！”

着急也没用，还要列队，校长还要训话，反复强调路上安全，不准去河边玩水。

走完几个小时的山路，到家时已近黄昏。

远远地看见一个人影朝我走来，是母亲，每次回家时她都要来半路接我。

见我跑来，帮我把背上的书包取下来，挎在自己的肩膀上。又从兜里掏出几块冰冷的麦饼给我，硬硬的。我确实饿了，几口便咽了下去。那时正是身体的发育期，肚子里长期是空荡荡的。

这个星期天，母亲格外忙碌。秋风起，天气变凉，她得赶在秋分前给我补几件像样的衣裳。母亲手巧，做工精细，她缝补的衣服看不见针脚。我又临时交给她几个新任务，炒些辣椒与酸菜，多放点盐，这样可以多吃几天。再煎几个麦饼，用着半夜充饥。学校的菜是两毛钱一勺子，父亲每周给我两块钱。我想攒着，家里困难拿不出钱时，或许可以拿出来救急。

傍晚学校门口有一块明亮的月光。我赶到学校时，教室里乱哄哄的。大家七嘴八舌地说唱着，十分热闹，教室里突然肃静起来。

“新班主任来了。”有人叫着。

紧接着，一个个头高大的男人堵住了门口。他叫蔡米糊，脸黑得像锅底，眼角上长着颗黑痣。这是我们新来的班主任，他是从区中调来接替张兴柏老师的。

“谁在认真地学习，谁在乱说话，我心里一清二楚。这次就放过你们，下次小心被我抓到，有你受的。”第一次见面就放出狠话。

同学们的脸憋得通红，连屁都不敢放。

从这之后，只要进了教室，就没有人敢大声说话，大家总是提心吊胆的，感觉有一双眼睛在门缝里偷窥。

蔡老师终于叫我去他的办公室了。在这之前，很多的同学都被他叫去过，每个去过的同学回来都得意扬扬，他们像是得到了蔡老师的奖赏。我也渴望着，能与蔡米糊有一次深入的交流，或者听听他的教诲。这种渴望，主要是想缓解内心的焦虑。我小心翼翼地走到办公室门前，心里像是在荡秋千，有种莫名的害怕。

"进来。"是蔡老师的声音。

房间不大，一张床，一张桌子，一把椅子，桌子上堆满了七零八乱的书。墙壁上挂着两张女人画像，地上放着体育器材，蔡米糊坐在地上做着仰卧起坐。见我进来，翻了个跟斗，站了起来。

"最近学习怎样？"蔡米糊问我。

我不敢说话。

"有什么兴趣爱好，喜不喜欢体育？"

我摇了摇头。

"不要成天埋头读书，多参加运动。"蔡米糊说。

我说，我喜欢文学。蔡米糊听了，眼睛睁得很大，示意我在椅子上坐下来。

"你看，文学这东西，怎么说呢？总之是太虚无，怎么来着，好像总有点不着地。"就连他也说不清楚文学是什么，显然他不能满足我的兴趣。

学校里几乎找不出文学爱好者，不可能单独给我开兴趣班。蔡米糊热爱体育，很快就组建了一支球队，很多男同学和他打得火热，一些女同学也成了啦啦队员。每天黄昏时分，他们在操场上活跃着，尖叫声像浪花翻滚着。

我的兴趣只能成为梦想，于我而言是多么无趣。校园里缺乏了我的生活味道，我开始偏科，想让蔡米糊来改变对我的态度。慢慢地，我的作文在班上露出了尖角。蔡米糊也经常公开表扬我，说我的作文是文采飞扬。听得我心里美滋滋的。

我的英语老师叫汪海霞，和蔡米糊一样都是来接力的。英语老师是稀缺的，听说调了好几次都没有人来。

汪海霞只有十八九岁，扎着马尾辫，有着一双水灵灵的大眼睛，身材好，衣服也漂亮，走起路来，飘然顺溜。说话的声音特别清脆，像画眉鸟的叫声。我们不仅欣赏她的美，更多的是喜欢她身上那种蓬勃的朝气和活力。她办公室的门总是闭着的，用她的话说，“不在课下释疑”。随着时间的推移，我感觉汪海霞似乎很害怕我们向她请教。一旦谁问她问题，就紧张得像个孩子，鼻尖上冒汗，解答起来，吞吞吐吐很不流利。这个时候我就特别怀念张伟光老师，他教学生的能力毋庸置疑。“学高为师”嘛，孩子们都喜欢这种老师。有几个男学生故意抱着课本去求教，结果碰了一鼻子的灰。我对英语毫无兴趣，认为中国人无须学英文，上课时，无力地趴在桌上昏昏欲睡，等到她偶尔提问我，我被同桌推醒后，摇摇晃晃站起来时嘴角上还挂着唾液，却恍若隔世，茫然不知所措，张口结舌，不知所云。久而久之，我真成了扶不起的阿斗。

第一次阶段考的成绩出来了，我的英语成绩很不理想。汪海霞看我的眼神冷到了心骨，我从来不敢看她的眼睛。好像那双眼睛极具魔性，能把人深埋进地宫。时间久了，有同学摸清了她的底细，说她高中落榜后，被她做教育局局长的父亲安排到了我们学校，而且是短暂的停留，不久会调往县城的其他学校，这里只是块跳板。知道这一切后，我更加讨厌英语，视英语为仇家。

第一学期很快就过去了，班里虽然没有排名，但是每个人的学习情况，老师是心知肚明的。蔡米糊在班会上语重心长地说：“过去的辉煌都已过去，就像是长跑比赛，大家同在一条起跑线上，发令枪响后，尽显自己的能量。”蔡米糊再次重复开学时张伟光说过的话，我还在质疑原先成绩好的就一直会好下去时，他的话再次让我感到一切皆有可能。

跑步就是这样的，考验的是脚力和毅力，那些开始跑在前头的，慢慢地掉到了后头，有些想停下来歇歇，有些掉队后干脆就不跑了。我知道自己属于哪一类，会紧盯着那个目标锲而不舍。

学校放秋忙假了。正值农忙时节，放假的目的是让孩子们回家帮大人们秋收。父亲说什么也不让我下地干活，他要我在家里专心致志地看书。我怎能如此呢？我家好几亩地，别的孩子都在地里帮忙。

可我无法说服一向像驴一样倔的父亲。父亲从庄稼地里回来，脸被太阳晒得黝黑，手臂被玉米叶锋利的锯齿划得伤痕累累，嘴唇干裂出很多的缝隙和黑壳，我心如刀绞般隐隐作痛。父亲却微笑着：“各种成绩都要齐头并进，一门都不能掉队，缺哪儿补哪儿。”

“养兵千日，用兵一时。”到了期末考试的时间。静悄悄的考场内，只听见笔尖在考卷上沙沙地响。我一抬头，见旁边的考生手里捏着小纸条，偷偷摸摸地抄着。放眼望去，还有几个考生也在做着小动作。我收回目光继续审题，我不想作弊，宁可考差点也绝对不抄。尤其是我讨厌的英语，考高分反而是我的耻辱。

成绩很快就揭晓了，我的语文九十七分、数学八十九分、英语五十二分、政治七十五分、化学八十三分、物理九十六分，全班排十九名，语文单科第一名。全班总共五十名学生，排十九名算是中上游。这个成绩父亲还算满意，他知道我的底子薄。

不知道为什么，我还是倍感失落，灵魂孤独得像是游荡在荒野。

天气越来越冷了。母亲得赶在大雪来临前帮我做好一双布棉鞋，一件布棉袄。

冬天的周末学校是不允许孩子们回家的，老师担心路上发生危险，所以让家长把衣服和食物送到学校来。

母亲做好布棉鞋和布棉袄后，把腌制的酸菜和事先做好的蛋汤装好，冒着风雪给我送到学校来。山路被冰封着，一些杂木被压倒横躺在路上。路上还结着厚厚的冰，踩在上面咔咔地响。走着走着，冻僵的手被丝网兜勒得生疼，换手时脚下一滑，“哗啦”一声掉在地上，瓶子里的菜和汤四分五裂地散落在冰凌的路面上，母亲的手还被划破了一道血口子，这样的结果是母亲没有想到的。

母亲又重新走回家，把橱柜里的咸菜取出来，又从母鸡肚子下摸出个鸡蛋来，做好又重新上路。在我上初中的三年里，她不知道一个人走过多少这样的夜路。

我不愿意吃菜，也不愿意买菜。拿着母亲送来的菜，我哭得就像个女孩子。血肉里没有了男人方刚，我偷偷地端着碗躲在操场的白杨树下吃着净饭。无意中，我发现背后有双眼睛一直在看着我，回头时是悄悄拍打肩头的风。

父亲的话，再次给我敲响了警钟。我开始给自己制订计划，一个人躲在教室的墙角里背单词。夜晚静静的，蟋蟀和壁虎都已熟睡了。

我感觉头昏眼花的时候，就跑到操场上的水龙头边，冷风飕飕地朝脸上扑，打开水龙头，掬起一束冷得沁人心骨的水抹在脸上，顷刻间睡意全无。

我合拢书本时，发现汪海霞的屋内还透着光，一束微光从汪海霞的屋内透过来，随即又收了回去。我好奇，这么晚她在干吗呢？我甩了甩胳膊，晃了晃脑袋，回到了寝室。

漫漫长夜，在我的坚守中变得短暂。我习惯了在夜晚读书，感觉那个夜晚就属于我一个人。

初二那年的冬天，雪累了一夜，换来早晨短暂的歇息。大地全是白色的光芒，吱呀呀的门响过后，便是惊讶的叫声，好大的雪，把门都封了。我全身滚烫着，手脚不停地踢打说着梦话。

醒来的时候，一道阳光照进了房间。我躺在病床上，蔡米糊正在向汪海霞发着脾气，说我在梦里说着英语成绩不好。汪海霞站在旁边，脸冷静得不见血色。她没有委屈，也不见愧意，感觉这一切与她无关。

随即便听到了吵闹声。过了一会儿，医生来帮我检查。说发现我的喉咙内长着个包块，建议先打几天消炎针，如果不得消退，得转到区医院去做手术。我从隔衣层里把平常节约下来的钱都掏出来，说如果打针能好就不用通知家人。汪海霞走上前来，用怀疑的眼睛警惕着我："这是你节约下来的？"我无辜地看着她的表情。"你真是个好学生。"她的话里带刺。

屁股每天打三次针，半边屁股肿，半边都打得麻木了。可咽喉不仅没有好，相反连说话都困难。医生也有些着慌了，说这病不能再拖。得转院，时间久了恐怕不好治了。我没有半点恐惧和害怕，感觉死神还离我很远呢。我不愿意去做手术，一是担心家里经济困难，二是害怕耽搁学习。这次我得感谢汪海霞，她是城里人，自然是见过世面能拿主意的，她和教育局联系，让城里派名医生来帮我做手术。

蔡米糊还在责备汪海霞，其实跟汪海霞真没关系。城里的医生是连夜赶来的，拿着电筒让我张开嘴朝里照，检查完后说不用做手术，给我打了几瓶吊水，吃了几片药，几天后咽喉就好了。不过再三叮嘱我，近段时间尽量少发声，复发起来就难以避免手术了。汪海霞见我没事了，脸上舒展着微笑。我把她的微笑后来理解成了奖赏和包容，我还得好好感谢她。许多年后，我才知道那次是汪海霞垫付的药费。

我多么恨自己，为什么英语不能考个高分？一周后，我决定打开母亲给我送来的菜，冬天里这些菜能存放很长时间，吃起来仍然很香，我感觉吃到了母亲的味道。同时也开始改变对汪海霞的态度，甚至当别的同学说她的坏话时，我还会站出来辩驳，那些从前的声音逐渐在同学们之间又有了新的变化。我发现对她的崇拜感依然还在，学习上便萌生出无限旺盛的欲求。

我始终觉得自己还是个孩子，孩子就是这样的，只要有点温暖就会改变内心。当然，汪海霞不是来收买人心的。她已经不在乎我们的议论，也许她听见了，故意装作没有听见。

又到英语课了，很多同学的英语背得支离破碎，汪海霞点到我的时候，我站起来流利地把一篇文章从头到尾背了下来。“世木同学背得好吗？”她提高了半个声调，教室里响起了热烈的掌声。我感觉一阵舒爽穿过了五脏六腑，在心底蔓延，心里很是幸福。

夜晚的风异常寒冷。深夜里，汪海霞房间的灯还亮着。我想起了“凿壁偷光”的典故，我想“隔壁偷光”是否可以省点蜡烛钱。偷偷地站在汪海霞的窗外，借着她房内透出的光，把白天没有掌握的内容，一一过滤，还把第二天的内容一一看过，“啪”的一声，眼前一片漆黑，我愣怔一下，立即清醒了过来，听见里面一声呵欠声，我才晃动着沉重而充实的大脑，蹑手蹑脚地离去。

父亲老说：“不吃苦中苦，难为人上人。”我想只要心朝着一个地方沉下去，就一定能够见着光明。

又一次段考，成绩很快就揭晓了。我的英语成绩排名全年级第七名，这是我初中以来最好的成绩。“功夫不负有心人”，这份成绩是铁的证明。

我没有沾沾自喜。另外这样的成绩，虽然在应届生里算是不错，但远远不能和历届生比，他们各门功课几乎比我们要好得多，历年考上中专、师范的大多是他们，考不上的同学大多回母校补习。我不会有这样的复读机会，但凭我现在的成绩，考入理想的学校，似乎还是天方夜谭。

怎么也没想到临时毕业的时候，上面传来消息，历届生不能参加中专、师范报考，对于我们而言无疑是个福音，我们鼓掌、欢呼，要知道考上了中专或者师范，就预示着端上了铁饭碗，对于祖祖辈辈是泥腿子的人家来说，那可是光宗耀祖的事情。

有人欣喜有人忧，历届生垂头丧气到了极点，他们本是铆足气力，打算一显身手的，可怎么也打不开希望之门。想想他们也真够可怜，没日没夜挑灯夜战，最后只得丢弃梦想。

各科都在积极复习，连星期天都在补课。只有周六下午放半天假，争取回家拿点换洗的衣服。

这个周末原本高涨的心陡然落了下来，学校里号召同学们买一套学习资料，大家都争先恐后地报名，我难过得低下头，装着很安静的样子，拿起书来读。其实我的眼睛在书上，一个字都看不进去。周围乱糟糟的气氛，使我烦乱的心绪四散开去，我想买的心和他们一样迫切，可是这本书要八块钱，这对我和家人来说都是极大的负担，但是我又不甘放弃。

我回到家时，母亲躺在病床上几天了，屋里一片狼藉，冷锅冷灶，连个下脚的地方都没有。她见我回来，抬起头，指着橱柜里扣着盖子的碗说，那里的面还热着，你趁热吃了吧！我饿极的肚子突然没有了食欲，眼睛一直瞪着母亲，嘴咧开着想说着什么，却怎么也说不出来。父亲从地里回来了，已是疲倦不堪。他说这周你们都放假了，你妈病了，地里的事情忙不过来。他每天要下地劳作，还要给母亲买药，他的辛苦都写在黑瘦焦虑的脸上。“这学不上了，不如回来帮着干点事情。”我和父亲说。“啪！”我的脸上火辣辣的滚烫，眼前一阵昏黑。母亲的身体一半落下了床沿。这一巴掌是母亲扇过来的，一个病人，我不知道此刻哪来的气力。

往日我会风风火火地朝着学校赶，这回双腿如灌铅一样慢得移不动，每走一步，好像就离梦想远了一步。我拉了拉衣服的领子，已经是春天了，春寒料峭，冷冷的风直往衣服里钻，我的腿有些软，怎么走就是迈不开步子，一路上思索着回校怎么和老师说。

果然，当我说要退学时，学校里的老师惊讶得和藤野先生听说鲁迅弃医从文一样的表情。听说我要回去照顾母亲时，又被我的孝心感动了，但还是不停地做我思想工作，开始是蔡米糊，后来是汪海霞，包括兴柏老师。他们的话总是掏心掏肺，犹如春雨滴入干涸的心田。

那天下午，汪海霞找到我说：“这本书是我奖励给你的！”我无法相信自己的耳朵，惶恐地接过厚重的书。渐渐地感觉昏暗的天空变得明亮。

菜花又黄了，肆意张扬地在路两边的田地里，在绿油油的麦苗映衬下，千娇百媚，如锦缎铺向远方，路两边的农民弓着腰在田里劳作，有人抬起头来轻轻地捶打着腰部，微笑着抹去额头的汗水。

已经是深夜三点了。学校里像是蚂蚁在动，整个夜晚都停歇不下来。

学校进入了紧张的备考阶段，老师们白天黑夜给我印发试卷，改习题，我们便埋头在各种习题中，没得空闲看窗外的季节。为了黎明的这段黑暗，师生都使出浑身解数。

山村里没有神殿，如果有，我猜测很多人会躲藏在那里。说明这个过程是多么熬人，无论我们未来的样子是什么，路被迷雾罩着，有一定的危险，还是要往前跑。

倒计时只剩下最后一周了。蔡米糊给我们做动员工作，说如果你们考上中专、师范学校，说明你们幸运，我为你们高兴，因为你们端上了铁饭碗，万一走不了，我也替你们高兴，说明你们上了高中，三年后考上了大学，这样比中专的档次更高一些。

他的话，有阿Q的味道。但极大地鼓舞了我们的士气，很多预想升学无望的同学，现在像是在世界末日看到了曙光。蔡米糊的话音刚落，一个矮个头的学生慢慢地站了起来，步履蹒跚地朝教室外走去，屋顶上有水溅落在她的身上，可她似乎不在意。她走到操场上，望了望远端，望了望外面的雨和侵入房间地面的野草，身体僵硬地走出了校门。

她没有资格报考中专和师范，更没有准备上高中，只好就这样离开了学校。

开始填报志愿了，我毫不犹豫地选择了一所医学中专。其实，我没有探究过鲁迅去日本学医的原因，也没有他兼济苍生的大志，我只希望多救治些乡村病人，包括我的母亲。母亲长年患病和病魔做斗争，让我惶恐不安，我得让她尽快好起来。

中考成绩出来了，我以全乡第二名的成绩被录取了。拿着录取通知书，我回去告诉父亲时，他还在地里没有回来，村里的学校撤销了，他在家等着上面的安排，从早到晚都在地里干着农活。母亲多日没有出门，听说我的通知书来了，她高兴地从床上爬起来，让我扶着到外面走走。“你考上了。”她很得意，像在炫耀。

我搬来凳子让母亲坐下来，端着药一勺一勺地喂。

假期很快就过去了，我去了城里上学。父亲这回像是换了个人，脸上的皱纹和白发斑斑仿佛都不见了。

离别的前夜，我守着母亲，她拉着我的手说笑着，好像完成了一生的大事。

“去睡吧，夜已经很深了。”父亲说。我忽然发现父亲的身材比往常矮小，像一株干草，失去了水分，失去了露珠。

我毕业后，在医院里花费了不少时间，研究一些奇怪的病例。疲惫的时候，辞去了职业。应聘到一家报社，做了一名撰稿人。很多时候，我觉得文学和医学是可以融合到一起的。就像两个人跳舞，略微旋转一下，就能够彼此融合到一起。

遗憾的是，我们所待过的“上庄中学”，后来只剩几名学生，最终进行了撤并。撤并后，学校就空着，一把锁锁了好几年，慢慢地校园里长满了茅草。那些砖瓦的房子，经历风雨的洗礼倒下了。几年之后，就连去学校的路也长着深深的茅草。渐渐地，学校就像是一座无人看管的寺庙彻底地荒废了，那些读书时代的记忆随白云游荡，不知踪迹地去了别的地方。

一所乡村学校就像是道数学题，孩子们都是他们身后的添零。唯有大地自然的美才能够美化一切。

令我刻骨铭心的是，不仅是学校归还了自然，我父亲也成了自然里的眼睛。

他在村子里时，住的是祖先留下的房屋，包括菜园都是继承祖辈的。后来，移民政策的东风吹进村子里时，说他不符合移民政策，不能享受移民待遇。那时他的户口挂到了镇上，没有具体的门牌号码，只是写着“集镇”，一个找不着北的地方，他不能移到城里去，也不能住在村里。移民后，我母亲把我们的旧课本都收集了起来，用箱子装着，她舍不得扔。

我和父亲商量着，今后搬到城里和我住在一起。他说，他的鼾声很大，怕影响到楼上楼下的人。他喜欢生活在村子里，他熟悉那里的一草一木，也习惯了与土地的相伴。村子里的房屋移民后就拆了下来，他想回去是万万不可能。

我回到上庄中学时，很多的记忆缠绕着我。站在校门处，一缕阳光从高处落下，在我的鼻尖上晃来晃去，好像那缕光是只苍鹰，非要叫醒我。我有点不开心，但还是没有冒犯它，我想，也许此刻只有它还在守着这所学校，或者是在等着我回来。我们友好地相处了一段时间，“起来，起来，都起来。”上课铃声都响过几遍了，还有孩子躲在被窝里睡懒觉。

随着脚步声变弱，学校屋檐下挂着一个黑色的东西，上面有一大堆苍蝇，苍蝇“嗡”的一声飞走了，那些东西顿时像不见了一样。随后，我看见一群孩子在操场上追赶着，到处乱晃，没人看管，很快就消失在门和窗户的背后。

哥哥在南沙

春天刚刚过去，夏天还在途中，在这样的一个日子去南沙看哥哥是多么愉悦的事。

我说的这个南沙不是南中国的那个南沙，它在墨西哥。哥哥去南沙好久了。他从南沙跨越大洋寄回的照片上有海，有小山，还有如画般的颜色。那颜色像是秋天，蛋黄色的，那里一年四季都是这样，没有绿色。但是并不缺生机，仿佛那里的草木颜色就是这样的。

黄昏显得漫长，不急，不慢，鸟儿在天空中飞累了，回巢了，太阳才从地平线上消失，这时，天不会很快就黑下来，还要过好长一段时间，在人们的笑声中日光才被黑夜淹没。

哥哥是在南沙的海岸边生活的，他恋着南沙，也恋着南沙那个皮肤黝黑的女子。他给我寄来的照片背景是海，还有椰子树。那海蔚蓝蔚蓝的，像是蓝天。哥哥站在海岸边，光着脚。那女子依在他的怀里，倾斜着脸，眼睛看着远方。我在地图上找到南沙的位置，顺着那眼睛望去的方向，应该是中国的江南，也就是哥哥的家乡。哥哥满脸都是笑容，笑得一点也不吝啬——他是真的幸福。

我时常想象着南沙的夜晚，我不知道南沙夜晚的风会有多大。海潮冲向海岸的时候，那海岸的小屋子会不会被海浪淹没。那小屋看上去并不坚固，是用简易的木棍搭起的，屋上盖的也是一些茅草。我真担心那木屋子随时会被海浪卷走，想着这样的问题我彻夜无眠。哥哥说，屋子其实都是坚固的材料搭建的，只不过是仿着那些茅草的颜色。

南沙的夜晚是平静的，海上静得没有半点声响。海岸上的男男女女踩着软绵绵的沙滩用脚趾试探着地下的贝壳，踩到了就用脚趾头把它钩出来，然后放在篮子里。回家放在火上烤着吃，那香味弥漫在大海的上空经久不散。

在南沙的沙滩边有一片森林，离海岸不足百米。森林密密麻麻，有着各色的树。那群白色的树，树干和叶子都是白色的，与母亲的白发一般。哥哥说那是母亲树，想妈妈的时候就会去到林中，抱着大树，以解思念。远在家乡的母亲这时也能感觉到儿子的脉搏，知道儿子在思念着自己。哥哥时常站在河岸边，背靠着这片森林照相，给家人寄来那白树的背影。

森林的左边是大海，右边是一望无际的丘陵。那云是堆积在那山头上的，那女子站在哥哥的右边，手绕过哥哥的脖子搭在哥哥的左肩上。哥哥脸上是笑容，女子比哥哥笑得还灿烂。哥哥的左肩上挽着一个红色的包，女子的脖子上系着红色的围巾。女子的草帽像是我们老家秋季割谷时用来遮太阳的帽子，但是比我们老家那草帽更好看。照片的背景颜色在阳光的照耀下是满地金黄，有时我在想，南沙这个时候可能不是春天，或者是秋天。可是哥哥的衣着却没有任何变化。

时间划过无数圈以后，我站在了南沙的土地上。泥土的表层是粉末，软绵绵的，小孩在上面走过，留下一串串脚印。留给我的印象是石头特别多，到处都是。当然不是堆放的，是成片的。平坦的石头，像是铺盖的水泥。古城一样的石头像碉堡，到处都是。站在碉堡上看着脚下的行人，就像是蚂蚁一样，在地面上蠕动着。

有时我想，如果南沙人来到中国，来到江南，会有怎样的感受？南沙并不是富裕的地方，它还处在有些原始的状态，条件相当艰苦。哥哥留恋的不是那里的美景，他是十年前去到那里的一所小学支教的。那是很小的一所学校，学校只有两个老师——哥哥与那个女子，却有一百多个孩子。我到南沙之后，才知道那个女子已经是我的嫂子了，他们还有了一个五岁的孩子，孩子已经入学了，他用我们老家方言喊叔叔，我感动得眼泪都快流出来了。

你真打算在那里过一辈子啊？我问哥哥。他摊开双手，你看，我在这有什么不好吗？

又收到哥哥从南沙寄来的信了，里面夹着两张照片。一张是全家福，另一张是与那些孩了在海边照的。海浪在后面追赶着，孩子们正欢快地向岸这边跑来。

树和一座村庄

“生命是个悲剧”，出生不由自主，死去依然言不由衷。我对生命有过思考。会恐惧，会害怕，怕自己坠落成灰烬。某日，我居然对树产生了奇怪的想法。我的恋人是树，是一棵深山里的树。有些树长在高原，有些树种在盆地，有些树生长在岩石的缝隙里。我恋的那棵树生长的环境恶劣，却独特地与天地精神往来。

我亲手栽种过几棵树，都在我家门前的屋檐下。至今枝繁叶茂。我时常会挂念它们，想得深切的时候会疼痛。树一样有年龄，一样会变老。我曾经听一棵老树说过自己的心声，它说自己变老了，变得十分的孤独和寂寞，再也没有人能够读懂它的心。这样树就丧失了生命，有可能枯死，有可能被人利用，制作成器具，或者直接焚烧成烟灰。自由的树，活着的时候自由自在。受到煎熬的树，宁愿变成尘土。于是我写了一部生命书，叫《陪你入土》（后改名《活火》出版）来安放树的灵魂。

我最早写作完全是喜好。是想表现自己，这种表现就如跳舞、唱歌、打球，或者画画是一样的。我至今都不会忘记，蹲在校园里的阶梯上，听广播里念自己文章的情形。内心是澎湃的，无比激动和自豪。记得毕业的前夜，好多同学拿着留言册给我签名。一名王姓大姐说：我签的名将来可以拍卖。在他们眼中，我是一个才华出众的才子。这一切的赞誉都源自之前在广播里念的几篇短文。

某天我突然发现自己把喜好当成了追求和奋斗目标。那一刻我把自己当成了树，一棵成长在自然里的小树。树是人类家园里永恒的风景。一棵幼苗从很小的时候慢慢长大，要经历许多的风风雨雨。也就是这一年，我在家门前栽了好些树，现在几棵已经不记得了，或许是七八棵，或许是八九棵，总之不到十棵。那一夜狂风，门前唯一的一棵老树发出了声音。我以为它会被风雨刮倒的，第二天起来时发现还挺立在那。母亲说，树没有倒下来，是因为没有了枝丫。我总觉得父亲残忍，树一长丫就把它削光。树从来就没绿过，长年累月没有生机。就像是一个掉光了头发的老人，风烛残年燃油已经烧尽。

那年冬天，我最担心的事情终于发生了。树垮塌了下来。似乎命运注定它此时归土。而它也已经筋疲力尽，身体里没有了任何免疫功能。树蔸已被白蚁蛀空，只剩一层单薄的皮。树倒下来后，白蚁也无藏身之地。整个蚁窝都裸露在风雪中，白蚁的家一夜间被摧毁。如果白蚁稍微收敛点，幸许树不会死，它们也不至于逃亡。在冰冻三尺的寒冬，想找个安居之所恐怕很难。

这棵树的去世，我没有太多深刻的疼痛。我为它写过一篇文字，记录的是一个远去的时光片段。我很小的时候它就挺立在那，它的年龄比我曾祖父的曾祖父还大。因此我们都叫它老树。其实树龄长达千年的多得是，只是我们村子没有罢了。我曾祖父都去世好些年，相对曾祖父而言树已是高寿。我最为挂念的是那几棵亲手栽种的树。一棵柞树，其余几棵是杉树。柞树全身是刺，长年是绿色的。我从不担心，它不仅生命力强，而且没有人去侵害它。就算是砍下来当柴火，花费了工夫不说，燃烧起来火焰也很小。杉树不是国家保护树种，最重要的是有很多用途。我离开村子的时候，正是树成长的关键时节。我离开村子多年之后，树已经长成了参天大树。我母亲说，十年树木，百年树人。

地球上有很多适宜人类生存的地方，相对这里而言显然是要艰难得多。生活在这里的人们，没得选择，生来就是在这里。如果有选择的余地，谁都愿意出生在大都市，或者贵族家庭。一些人，由于家庭过于贫穷，没有上学，结果连斗大的字都不认识。一些男人，一辈子没有碰过女人的手。在他们眼中，女人是天上的神，他们只能远远地看着，遥不可及。

县里做出了整体移民搬迁的决定，这算是一次较大的迁徙。村子里任何的东西将与这里世居过的人们无关。按照规定房屋必须拆除，拆除了可以抵城里的房款。树没有了根，自然会枯死。有些人不愿意，愿不愿意都由不得你。在一定的时间内，将会截断这里的电源。天一抹黑又会回到原始社会。也许称王的不会是人类，野兽会再次和人肉搏，输赢很难预料。村民们开始了一次次大扫荡，大批的树木被连根拔起。我千方百计在想办法保护那几棵树。此时，就算是请政府给树挂牌，恐怕也杜绝不了毒手。最后想出的主意是把老屋改为庙宇。我祖辈从不相信鬼神，这样做肯定是不合适。可是除此之外，再也想不出保护树的招数。村民不怕政府，他们半夜偷，政府管不住。庙是个紧箍咒，谁也不敢惹。我有这种念头，最终没有付诸行动。最主要的是，不想让那块土地永远处在灰暗之中。

我的担心某天变得子虚乌有。村人对围屋树忌讳三分，谁也不想去发这笔横财。除此之外，我猜测还有一些别的原因。我是村子里唯一一个在外工作的，而且干的行当是记者。曾经有很长一段时间，村人对“记者”两个字传得很疯。说记者是见官大三级，哪个官都怕记者。传得神乎其神的，我是哭笑不得。没过多向村民解释，好歹一窝兜着。

在写作上，我曾经是个急性子。有点想急功近利。在大大小小的报刊，发表过不少的豆腐块。这些文字，也填补过虚荣。甚至对清除生活的空虚，有了一些别人想象不到的办法。过而立之年后，我对文字有了新的认知，逐渐慢了下来。这与树有着密切的关联。我在想，如果我做了任何过激的行为，可能那几棵树都会灭绝。静可以制动。有些时候，静是最可怕的。重新写作的时候，我选择了一个比较害怕的书名来作为我的起点。《陪你入土》曾经被很多文人看扁，说这几个字不适合作为书名。缘由肯定不是字的问题，是字有点让人害怕。书名只是个符号，就像为刚刚生下来的孩子取名字一样。叫什么都好。当然一个好名字是可能改变人的运气的。就比如很多的作家，会给自己取个笔名。一是便于传播，二是更有内涵，还会有其他意外的收获。《陪你入土》于我而言，是对文学不离不弃。更重要的是赞颂文中主人公忠诚于生命的精神。

村人纷纷离开村子后，我听母亲说起了一件事情。一个半边瘫痪的老女人又搬回了村子。她两个儿子都不争气，把城里的房子卖了。这个地方是不能再盖房子的，这是政府的明文规定。她丈夫只好搭了个草棚，两口子种点红薯安度余生。他们最终会是怎样入土的？我没有过多去想。生命消失的时候，会在这块熟悉的土地上安静下来。这样的归宿于他们而言，别无选择，又没有什么不好。

我的另外一部长篇小说《锯板桥》写的就是一个村庄史。小说以赣西北江西修水锯板桥村为背景，细腻地反映出农村的恩怨纷争。腐朽、愚昧雕刻了农村的情仇。我生活的那个地方，发生了太多不被外界所知的故事。这些故事给我带来过悲痛，也有着欣喜。世居在那里的人们，要脸面。我曾经写过一篇散文，题为《霜降》。写的是死要面子的杰文叔公。实际上杰文叔公只是村庄里的一个缩影，很多人都是《霜降》里的杰文叔公。死去的人我敢写，活着的人碰也不敢碰。我写过一篇小说叫《二叔与他的房子》，结果村支部书记就对号入座。我差点就缠上了官司不得脱身。《锯板桥》里的故事大多是真实的，我写的却是自己的亲人。在外人看来这些故事有点腐朽、愚昧，甚至可耻，我还是想把它们写出来，至少到了我这一代能够明辨是非。我妹妹在深圳买了一辆组装的自行车邮寄回来，结果是可想而知，怎么也装不成。最后是找了个老师傅装好的。隔行如隔山是硬道理。师傅说组装自行车是最简单的事情。我把《锯板桥》里的故事记录下来，我想说的是每个村庄都有不一样的生活史。而这些生活史会随着时光变成灰，任何考古学家都无法呈现。写了《锯板桥》之后，我很自信，相信若干年过去后，还会有人记起在锯板桥发生的事情。而这些事情，把村人的生活脉络透视得五体分明。

生命于我而言，只有在文字的版图里才能得到宁静。于是我喜欢了在文字里寻找，一个自画的世界。这个世界属于我，也属于读懂我文字的人。

写作是一个回归的旅程。当我们无家可归的时候，灵魂只能四处飘荡。时光把一切从天上坠落下来时，我们唯一的只有把握空中那个过程。有点快，让人措手不及，就像流星一样十分短暂。如果你把握住了，就一定会把握了永恒。

村庄的老人

丢失生活意味着背叛。

我们拥有痛苦和欢乐。疼痛的时候有种撕裂感，欢乐时舒畅亲切。旧时的东西给我刻骨铭心，再次返回时像是在昨天。昨天是时间长廊上的一个端点，一个视界，我不知道它是怎样把今天移向未来的，有如长长的流水和绵绵的青山。村庄是怎样被风吹跑的？那棵树是怎样被风吹断的？我断然没有了印象。鲜活亮丽的小巷延伸到大街，濡染楼房的檐瓦被风扯碎，继而是尖锐的阳光包容它的灵魂。

我寻找那神秘的通道。在记忆的深处，挽回生命的衰颓。后来的日子，便是为了捍卫而战。

记得前些年我奶奶去世，在村里办丧事，村里蠕动着好些人，排着长长的队伍，就像蚂蚁搬家。大大小小，老老少少，只要是在家里的人都会来。老人是什么时候来的，我没有注意到。他蹒跚地走到灵堂前，在桌子上捻了几根香，朝着燃烧的蜡烛头伸去，香的末梢很快变得透红。他把燃烧着的香折回来，用嘴吹灭了火焰。然后站着作了三个揖，又把右腿跪下。父亲见状，跑上前去拉住他的胳膊，你都这把岁数了，不用跪了。他耳朵有些失灵，父亲又摇着手示意。他严肃地看着父亲，左腿随即跪了下来。拜完后，在门口那条空着的长凳上坐了下来，手紧紧地攒着撑手棍，眼睛盯着黑色的棺木，幽深幽深的，像是要把日子倒回到许多年前。

我奶奶在村里出生，村里长大，没有出嫁，她是村里的剩女。曾祖父有过三个儿子，都因疾病没能长大。按照传统习俗又不想断了香火，于是把出了年龄的奶奶留在家里招亲。那时村子里，十七八岁的姑娘都生了小孩。可奶奶不着急，一直等到爷爷上门招亲。

爷爷家的条件不好，又可算得上是门当户对。我爷爷和奶奶的祖上都是地主，后来经过洗礼一贫如洗。爷爷六岁时，他母亲难产去世。批斗地主时期，他父亲悬梁自尽。他是伴随着比自己大一岁的哥哥长大的，由于从小好学，后来入奉新国立师范学校念过高师。回乡后一直在私塾当先生，奶奶相中爷爷的知识，两人便有了爱情。

奶奶没有上过学堂，智力却非常了得。她能把乡村的事务全部地自然张罗。甚至还能信口讲出深刻的故事，这些故事从理论上能领会哲理。

奶奶对村庄有着特殊感情，左邻右舍，村里村外，所有的人都与她相处得十分亲和。在村里说到她的名字，没有几个不知道的。太知名了，一个村妇，就这样在村民之间相传。哦，是她呀！奶奶就像个梦境印在村人的脑海里。

老人呢？他比奶奶长二十岁，一个长得像猴子般的瘦老头。颧骨像把闪闪发光的刀，岁月在他的额头上比纸还薄。

可他的骨头耐磨，有着钢材的硬度。年轻时在生产队当过队长。个头不大，力气十足。奶奶叫他兴叔。父亲叫他兴叔公。我喊他兴氏。兴是老人的名，老人姓徐，单名兴。从发黄的家谱里页往外翻，还的确能寻到亲系的来龙去脉。在十二代的时候，老人的父亲和我奶奶的爷爷是嫡亲的兄弟。

不过，再往前翻，整个村庄也就两户人家，而且是亲兄弟。如此说来，村庄里住着的都是一家人。可时间久而久之，隔三四代就不走动了。可老人不这么认为，硬是固执地和村庄里的人往来。

奶奶在家时，老人会经常来玩。岁数比爷爷大，可还是客气地喊“夏老师”。那时爷爷在村小教书，写得一手好字，《三国演义》《水浒传》都是顺背如流。爷爷叫他喊小名“卿”，说喊“夏老师”就欺生了，可他说啥也不听，“老师就是老师”。“今天听《三国演义》，昨天讲到周瑜火烧赤壁了……”

奶奶是六十周岁时离开村庄去县城居住的，按理来说这个岁数该是叶落归根的了，她怎么还会狠心离开村子呢？这是迫不得已的事情，一是奶奶患有类风湿关节炎，长期要到县中医院一名朱姓的医生处治疗。之前吃遍了全国各地医院的药，他对治疗类风湿关节炎有偏方。二是叔叔的女儿也就是我的平妹考上了县城的高中，几年前叔叔和婶婶突然离婚，随后叔叔出走后就再也没有回来，婶婶与别人结了婚，平妹就丢给了奶奶抚养，奶奶想到县城照看。

奶奶是我们村最早进城的村民，离别时奶奶还和村里的“亲戚”说以后还会回来的。奶奶的意思是，等平妹考上了大学，自己不得动弹了就回来。那时，上屋的杰文叔公，对门的心正叔公，上山头的南崖叔公，下屋的石崖叔公这些与奶奶同辈分的人都还健在，他们是与奶奶从小一起玩大的，听说奶奶要走，都很担心，担心她去了外面不习惯生活，担心她没有说话聊天的人。奶奶也是头一回进城，坐车晕车，一路颠簸一路吐到县城。

奶奶到县城后，的确受了不少苦。刚去时，租住在修水三中后面的破屋子里。三中位于修水县南城农民街的尽头，那时城南还没有开发，到处是低洼的山丘。那排砖头砌的破屋子，下雨会有水灌进来。每月的租金是五十元，小得只放得下一张床，在屋檐下炒菜，厕所是公共的。有个晚上起床上厕所，不小心把膝盖摔去了一大块肉。她忍着痛苦，没有觉得委屈，说可以看看世界，离医院、学校都近，随时可以去找医生，平妹放学回来吃饭也方便。本来学校里有食堂的，可她偏要让平妹回来吃，说学校里的饭菜没自己做得好。

奶奶在县城总共住了十五年，从来的那年一直到去世。搬了七八个地方。租住的都是破烂的房子，价格都是最便宜的。用她的话说，只要能住就行。去世的半年前，不小心摔倒，这次没有刚来时幸运，半边不能动弹，成天躺在床上，屎尿拉在身上。本来她每走一步都小心翼翼地，这时腿脚已经不听了使唤。这一倒就再没能站起来。房东不愿意租房给她住了，话说得非常直接，说是担心她哪天会死在屋内不吉利。没办法，父亲托熟人找了个偏僻的废弃仓库给她安顿，房东也提出了要求，人是一定不能死在里面的，发现苗头不对就要立马搬走，否则要找我父亲麻烦。父亲许下承诺，房东这才接应了下来。

奶奶内心很不好受。但她坚决不愿回村子，她说回去她也活不久了。我有些不理解，是不是病糊涂了，刚来县城的日子，奶奶很想念村子。夜半时，她会爬起来看月亮。说月亮能照见村子，看见月亮就等于看见了村子。

她一个没进过学堂门的农村老人，怎么会适应城里的生活哩？头两年，她每年坚持回一趟村子。听说她要回来可热闹了，连接进村的公路路口上蹲满了老老少少。奶奶坐在班车上老远就推开车门焦急地张望，见着几个老伙伴拉扯着手不愿松开。公路离村子有四公里的山路，有老人弓着腰要背奶奶：“你那脚不能行，我背你走一程。”奶奶摇着手说：“你都多大岁数了？还能背我？我自己能走，城里有好药，这脚现在不痛了。”可一趟回来奶奶几天都下不了床。

村里人可客气了。东家请饭西家请茶，总之没得停歇。奶奶呢？罐头、橘子、梨、苹果、饼干、酒，什么都要带点回去。这家分点，那家分点。“你看你，买这些东西回来干啥！你又不是出去赚钱？”奶奶笑着说：“在村里有钱又能买得哪样到手。”大伙都笑了起来，笑得特别开心。奶奶不自在了，很不好意思地说：“每次回来总得麻烦你们。”

“你这话就见外了，你在家时可没亏待过我们。我家还欠你半碗米，我家还欠你半斤油……”奶奶摇着手说，这都是哪的事啊，不提了，不提了。

后来，奶奶的腿脚严重变形，加之村里的山路凹凸不平，行走多有不便，直到去世都没有再回去。在这期间，村里一些她熟悉的老人陆陆续续离开了人世，每次听说某某走了时，奶奶的眼泪就汪汪地往外流。嘴里不停地叙述他们的故事，说小时候她攀爬树干差点掉下来，是谁舍命拉着手不放。说有一次她掉进了河里，是谁把她救起来，自己还呛了好几口水，总之她就像个小妹妹得到伙伴们的爱护。她在城里租住的日子里有几个老人来看望过她，每次来总是滔滔不绝地说个没完没了。奶奶呢，也是的，每次和这些老人道别时，就像是生离死别总要洒几滴眼泪。弄得一些老人回到村里后，总是说她多么多么地想家。

奶奶去世前，村里就只剩下老人一个人了。其他人都搬走了，本来他儿子和儿媳打算留下来照顾他的，可他不同意，说自己能动手一个人活着自在。他过不得好日子，习惯过狗屎命，一清闲就不自在，浑身上下奇痒。就算是儿子和儿媳在村子里的时候，他也是自力更生，从来不麻烦后人。做饭，洗衣服，种地，捡柴火，哪一样不干呢？奶奶常请人口头带话给他，叫他要注意身体，干不动了就不要干了，这把岁数的人，不再是年轻的时候了，说不定哪天在山里滚下悬崖，送个信的人都没有。现在儿孙满堂，吃的喝的孩子都有。要么干脆搬到城里来，晚年也好有个伴。老人一句都没有听进去，他习惯了以前的日子。

有时我被奶奶的固执脾气折腾得冒青烟。爷爷是吃国家粮的，按照县里的政策公职人员去世一定要火葬。火葬是提倡绿色环保，可奶奶生死不同意，她说自己一辈子在村里长大在村里生活，死后也要埋葬回村里，要与那些伙伴在一起。她说着好像真的死后可以回到从前一样。父亲多次给她做工作叫她要解放思想，适应时代潮流，可她就是听不进去。私下托人请地仙回去看了块墓地，那是她儿时玩耍过的地方，如今早已长满了荆棘和茅草。她对这个地方印象很深，地仙说好她也跟着说挺好。

奶奶去世前没有征兆，医生说她这是中风，身体器官都还正常，至少能拖七八年，叫我们做好长远打算。平日里她躺在床上，能吃喝，还时常打电话给我问长问短。问蓉亚的身体怎么样？蓉亚我妻子的名字，肝脏出现了问题。叫我要照顾好她，还有照顾好逸南。逸南是我儿子。我以为她真的会像医生说的那样，还会有几年的时光。那天下午，母亲突然给我打来电话，说奶奶走了。我很吃惊，赶到了她租住的地方。母亲说，不能声张，也不能通知其他人，等到黄昏后悄悄地把她送回村子，要是被房东知道了，恐怕还会引发闹剧。我强忍着悲痛，看着熟睡的奶奶泪水止不住地往下流。“早上没有吃早饭，中午吃了点稀饭就吐了。”母亲说。大约四点钟，看见她手脚发抖，母亲赶紧上前问话，她已经说不出话了。奶奶卧床期间，奶奶的衣食起居，吃喝拉撒都是母亲负责，去世时也只有母亲在床前。

黄昏时分母亲用被套裹着奶奶，这是一床奶奶睡过多年，散发着霉味的被套。她抱头，我抱脚，蹑手蹑脚地把她放进了我的小汽车的后座。生怕被周围的人看见，又怕被房东发现。关上车门，我把奶奶火速送回了村子。农村里的礼仪一点也没用上，冷冷清清的。没有哭声，没有鞭炮声。都说人来世时，是热热闹闹的。走的时候，也得风风光光。奶奶在世时，对这些很讲究。在她的脑海里满是想象，甚至都设计好了去世时的场景。到村里的时候，已经是凌晨一点多钟，黑夜里，三两个村民等在进村的路口。母亲这才号啕大哭起来，紧接着哭声划破了山里的宁静。我将被套包裹的奶奶捧在手上，感觉很重，几个村民跑上前来帮忙。我对奶奶说，奶奶，你已经回家了。

奶奶的棺木放在正堂右边，这是我父亲做的房子。奶奶住过的老屋由于年久失修早已垮塌，只剩下两个石刻门墩。屋前的那棵橘子树还在，奶奶小时候经常爬到树上摘橘子。听说奶奶去世了，全村老老少少都来送别，老人也来了，他来的时候奶奶已装进了棺木。他坐在门口静静地看着棺木，像是在注视着来来去去的过往，然后叹着气说，日子真快啊，那时她还是个孩子呢！

风习习吹过窗台。办公室窗台的兰花草几日忘了浇水，听说兰花草的寿命长可以干旱好些日子。

那日下午，母亲给我打来电话，用沙哑的声音说：晚上我们得回趟村子。我问发生了什么事情？母亲说：老人昨天晚上过世了。我听了顿时心头一酸，想起他给我炒过饭。不是说身体挺好的吗？能熬到百岁没有问题的。之前村里很多人说，老人会活过百岁，他耳不聋眼不花，平常还能喝二两酒，这等身板子肯定会长命百岁。“活那么长干什么呢？”

母亲说。老人一辈子太辛苦，从他出生的那天开始，一直到生命结束，整整活了九十五年，寿命是够长的了，是村子里年龄活得最大的。可他也活累了，活苦了，去世时只剩下六十多斤，只剩下一把无肉的骨头。他几岁开始下地，一直到去世的头天还在地里。年轻时能挑一百多斤，一个人可以种十几亩地。前几年镇政府到村里做调查，向村民征求意见，说上面有政策可以整村移民。村民们听了很吃惊，这么多人，这么个村庄都可以搬迁？这个消息让全村沸腾了好一阵子，因为自改革开放以来村里年轻人成年在外打工，有部分人赚到钱后在县城、集镇购买房子，现在留在村子里的也都是二十世纪六十年代以前出生的村民。大多数村民表示愿意移民，只有少数持反对态度。反对的原因一是留恋这块土地，二是家庭经济困难没有搬迁的能力。移民过后，村里还有几个村民不同意搬走。那年山里山洪暴发，浩浩荡荡的洪水把桥、路冲毁了，很多自然灾害点大面积塌方，供电、供水全被毁，整个村庄一片狼藉。

洪灾发生后镇长第一时间来到村里，给村民送来了大米、食用油。村里的道路和供电是村民迫切希望恢复的，镇长表示会尽快让村民恢复生产生活。第二天，县里来了一个人。镇长毕恭毕敬的，那人在村里走了几步，对身旁的镇长指手画脚。几日后村民找镇里反映道路和供电的事情，镇长说这里不适宜居住，要把剩余的村民全部搬走。说这是县里的决定，他也没有办法。紧接着政府发出通告说上面要求整体移民，不再恢复道路和供电设施。这个消息让久居的村民苦上眉梢，这可怎么办才好？村民们想自己凑钱，算了笔账大家就打消了念头，道路到处被硕大的山石掩埋，要修好这条路得花几十万哩。那些搬离了村子的村民不会凑钱，仅靠几户贫穷的村民肯定是无法解决的。

话又说回来，这里的生存环境的确太恶劣。移民是唯一的出路。

记得我奶奶说过，祖辈来这里居住是躲避战乱。刚来时与野兽为伍，种点农作物经常被野猪、野兔、黄鼠狼等偷袭。养的鸡鸭时常会被猎鹰叼走，很多时候蛇会溜进屋内盘在被褥里。后来人多了起来，田地开垦得越来越多，尤其是几次失火后，山林里的野兽和鸟类都灭绝了。直到移民前，村里的森林资源遭到极大破坏，就连十米高的树都少了。这些都不算啥，关键的问题是这里山高路陡，遇上突发疾病根本抢救不过来。我小时候在村里的时候，春英叔婆就因突发脑出血，连夜送往县医院时在半路死亡的。医生说，她这种病抢救及时是可以活命的。村里的学校在重叠的半山腰上，孩子们上学要爬几座山，每天在路上都要走几个小时，严重影响了孩子的上学时间和学习成绩。最让人头痛的是山外的老师不愿意来村里，在很长一段时间里村里的老师是我爷爷和父亲。由于我爷爷和父亲都是正式老师，后来，外面缺老师的时候，我父亲也调到了山外，村民只好自己凑钱请了名代课老师。代课老师是我表婶，只上过一年初一。

自从上面有了移民政策后，村里开始骚动起来。那年九月村里发生两起命案，我家上屋的美婶伙同水名姨父把她丈夫和下屋的三叔毒死了。沉寂的山村沸腾了，人心不安。说起来关系非常复杂，一时半会理不清头绪。说是美婶和三叔有十多年的奸情，听来谁都不敢相信，三叔没有结过婚，比美婶小了十三岁，一个小男人怎么会喜欢上一个比自己大十三岁的女人呢？都说走多夜路会碰见鬼，怎么一次都没有败露过呢？母亲说，他们走得很近的。因为年龄差距大，所以没有引起任何怀疑，三叔最讨人喜欢，谁家有事都会主动帮忙的，帮过后讨两碗酒喝就算是工钱。他和三婶之间的事就像是堵不透风的墙严严实实的，就连美婶的丈夫也没有觉察到。水名姨父入侵时她丈夫有些觉察了，与美婶有过几次吵闹，三叔呢？他本来是无辜的。美婶毒死她丈夫时，本来打算放过三叔的，她和三叔的关系本来就不一般。能够维系十多年相安无事，可见他们之间也有真实的感情。水名姨父占有欲望非常强，知道美婶与三叔有关系时，鼓动美婶毒死三叔。女人更愿意听从新欢的，美婶痛下决心把三叔也毒死了。

半个月内连续发生两起死亡事件引起了村民关注，毕竟都是两个青壮年，以前虽然也有过青壮年突发疾病死亡的情况，与这次的死法完全不同，两个人的死亡症状是一样的，都是口吐白沫脖子青紫。村里终于有人报案了，警察进村时两人都已埋葬数日，开棺验尸时一股难闻呛鼻的臭味让村民惊恐不已。结果很快就出来了，两人均系投毒身亡。美婶交代了全部经过，水名姨父逃跑了。一起破天荒的惊天案件给村子笼罩上了一层阴影，加之镇政府常来干部动员移民，很多村民都同意搬离村子。

移民实际上不是件容易的事情，政府虽然给出了各种优惠政策，但对于村民来说这是彻底放弃从前的生活从头再来。老人的儿子、孙子都搬进了城里。他孙子在外打工赚了几个钱，没移民前就计划搬去镇里。老人不愿意出来，他说老了去哪生活都不习惯。吃啥也都没有滋味，品不出好的味道来。他愿意留在村里，喝点山泉水，吃点红薯。这些东西吃了一辈子，也就习惯了。村里没有了电，他说可以点蜡烛，现在的蜡烛比过去的煤油灯更光亮。

想念村子的时候我回去过几次，每次回去都没有看见老人。他去了哪儿也不知道，总之屋内空荡荡的。有一次，我在山沟的小路上碰到他，他的背弯得像把镰刀，背上扛着一把柴火。耳朵特别警觉，听见有人走近，转过脸来看我，眼力还好，一眼就认出了我来。放下柴火上前来扯着我的手，粗糙的手满是厚厚的茧。我帮他背着柴火，送他回家，一路上叮嘱他一个人在村里生活要注意安全。他点头，喘着粗气，脸色有些迟钝，转过话题问我的孩子多大了。说你奶奶我都是看着生的，然后又看着你爸爸，后来是你，看着你们一个个长大，然后又一个个去了外面闯荡世界。老人如数家珍地说着，一件件记得很清楚。说我奶奶生下来只有三斤半，我爸爸生下来五斤四两，我最胖，生下来有六斤八两。生我的那个黄昏，奶奶把新买的瓷碗摔在天井石上，我才哇哇地大哭起来。生怕你夭折了，你生下来时还是睡着的。对，你妈妈难产满地是血，后来是村里人送到医院救活的，你要孝敬你妈妈，为了你，她差点丢了命。顿了顿好像在思索什么，又问，现在你的孩了都好大了吧？我点了点头，都快十岁了。你离开村子时也就十多岁吧！那天早晨还是我帮你挑的被窝。是的是的，我点了点头。太谢谢你了。我打算说，你那时的腰还是直的，现在都弯了……话到嘴边，没有说出来。老人又接着说，以前咱们村里住满了人，每到晚上到处灯火通明。

对了，你奶奶现在还好吗？腿脚怎么样了？你奶奶是好得你爷爷有退休工资，不停地吃药，村里几个和她一样的人死了都好些年哩。她是命好，命好。他又滔滔不绝地说，你奶奶也是个好强的人，记得那时大队部集体干活的时候，你奶奶迟到了，就拼命地跑，跑得太快站不稳脚跟，在前面的那条路上滚了下去，他指着对面半山说，手腕划了一大块肉，骨头都露出来了，没有流一滴眼泪。是我用刀刮油茶树的灰止血，在衣角扯了块布帮她包扎好的。包好后她又下地干活，至今手臂上还有道疤痕吧。那里以前是有路的啊？我问。是啊，好宽的路哦，多年没有人走了，山反背的地早已成了荒山。这边一垄好田土都没人种了，谁还管得着那边的呢。

你做护林员多少年了呢？七十余年了吧！我十六岁当大队长，二十二岁参加土改后，县里让我去乡里当集体干部，说我懂工分，会算。我哪是当干部的料，只念过两年私塾。我父亲是国民党的军人，后来逃去了台湾，他走时我只有五岁，后来国民党特务来接我母亲时，母亲带着姐姐走了，我就留给了外婆，说着老人开始抹眼泪。我听爷爷说过，老人的父亲是黄埔军校毕业的，三十多岁就是团部军官。后来国民党战败随着蒋介石逃往了台湾，之后国民党派人来接他母亲，由于他太小，她母亲只好把他寄托给外婆。他还记得母亲走时的情形，夜半时，母亲来到他的床前紧紧地抱着他，紧接着是哭泣声和外婆说话的声音，快点走，孩子我会帮你好好带大的。等母亲离开后，他爬起床站在屋檐下张望，借着月光看见母亲带着十二岁的姐姐和一个陌生的男人消失在了村口。从那之后他再也没有见过母亲，没有见过姐姐，许多年后他收到过从台湾寄来的信，里面还夹着一张照片，照片上有父亲、母亲、姐姐还有两个后来的妹妹。这张照片他一直收藏着，成了他一辈子的想念。“你家对门的菜地里原先是棵大梨树。”老人突然转过话题，不再去回忆那段牵肠挂肚的往事，“可惜那棵树还是被砍掉了。”

那次老人和我聊了许多，都是以前村里的事情。有些是我没出生之前的，有些是我出生后的。有些我听奶奶说过，有些从没有听过。离别时我给老人五十块钱，叮嘱他买点吃的，他把钱拿在手里，没有半点喜悦，用指头在钱的头像上来回搓着，然后又还给了我，说啥也不愿意要。他说，村里没有小卖铺，钱没有用的地方。我这才后悔，该给他带点吃的回来。我后来听说，爷爷有次回村时给他买过撑手棍，他一天也没用就送给了村里的一个搬进城的老人。爷爷说，他是不想受别人的礼。他年轻的时候就是这样的，别人帮过他半天，他就得还一天。那次离开村子，他送我到村口，然后一直看着我走远。我回头时，那个细小的身子就像是只蹲在枝头的麻雀，一动不动地变得极其微小。这是我最后一次见到老人，他的影子一直环绕在我的脑海中。

我问过老人，如果重新有得选择，他是愿意留在村里还是去城里。老人笑着说，年轻人都有梦想，梦想自然要去大地方实现。如果可以从头再来，他说自己也不愿意选择这个地方。不过大家都搬走了，对村庄是有利的，祖辈来的时候这里是一片原始森林，人都走了这里的树木清静了，它们又可以自由地成长。

我回到村子里时，老人已经装进了棺木。我点着香火朝着棺木跪拜，我在心里说，老人家您走了，就再也没了守护村庄的人。

人终究是会死的。老人去世前没有留下遗憾，在他的枕头下放着父亲从台湾寄回来的照片。老人走得很安详。我还是为他难过，希望他活着不老，或者活得更久。可是想想晚年，一个人守着一个村庄是多么孤独和害怕。一个没有得到父母的爱的孩子，最后他选择与村庄相伴。谁会知道他内心的守望和痛苦，他是想把根留住，一切还可以从头再来。

园哥把我拉到边角上说，以后村里有事你都得回来（我的辈分在村里比较大，园哥和我同辈，比我年长二十余岁）。我点头表示同意。村里人虽然都移民搬进了城里，像园哥和我父亲年纪相仿的人，去世后丧事还是想回到村里来办。主要是不愿意去殡仪馆化灰，好像把肉体烧成灰是多么疼痛，多么恐惧，总之谁也不能接受，大家对后人都有过嘱托。其实人死了有什么感觉呢？死后更不会有疼痛。可村里人还是要遵照遗嘱，把老人一个个地送回来。

这次老人去世，村里的人有些回来了，还有一大半没有回来。村民搬到城里后，大部分又去了沿海地区打工。我赶到村里时，还有几个在福建回来的火车上。晚饭时三张桌子没有坐满，冷冷清清的。就连守灵的人也没有几个，老人的媳妇、孙媳妇，其他的亲亲戚戚也都在回来的路上。只有几个就近的村妇木讷地坐在那里，她们的表情凝重，有些黑，像是已经大哭过一场，现在脸上没有了半滴眼泪。远不如从前那样，村里去世一个人，头半夜哭声是不会停的，隔着几座山都听得见。这几个村妇与老人不是嫡亲，没有感情强行挤压不出泪来。

老人是哪天去世的，没有人知道。村里有个村民几日前经过他家时，他还下地干活了，听见他咳嗽。发现老人去世是他媳妇，那天下午他媳妇回去给他送油盐，发现家里的门紧闭，敲门没有声响。老人起得比较晚，一般是晚上睡下到第二天中午一两点钟才起床，自己做饭，一天吃两餐，吃完午饭就下地，黄昏时才回来做饭，晚饭后就一直睡到第二天午后。自从村民搬离村子后，他基本过着这一日两餐的习惯。他吃的菜都是自己种的，有时候媳妇送点油盐回来，还得从他种的菜地里摘点带走。这些菜都是绿色食品，没有打过化肥和农药。他一个人吃不过来，枯死在地里也是可惜。

村庄里的人逐渐搬离村庄时，老人还有些力气，除了自家的田地外还种了他人的田地。他整天乐呵呵地说，走了好，走了好，地主家都没有这么多田地，现在比地主家的田地还多。在他的记忆里，家里仅有的几块田地也都是月亮丘。肥沃的土地是轮不到他的，他一生耕种的都是薄田薄地。他把茅草割来掩埋在田里，把柴火的灰挑来盖在地里，什么牛屎鸡屎猪屎都搅拌在田地里，薄地就变成了肥地，种瓜得瓜种豆得豆，秋季就是大收成。

老人去世后，我隐约地感觉到，村庄将会变得杳无人烟。不久后荒芜的森林硕大无比，再也没有人来这个地方。几百年的村庄史将彻底被岁月摧毁，那些过往的故事会被历史掩埋。可惜的是那些先辈开垦出来的田地现在长满了茅草，那些弯曲的山道变成了丛林。那些过去的生活足迹逐渐变得无影无踪，而村里外出的人们也慢慢地疏远起来，彼此变得互不相识。村庄渐渐地陌生了，村里的人群也渐渐地陌生了。那些离开村庄的后辈人，也慢慢地陌生了。

离开村庄以后，我在外闯荡十多年，走一走没有走过的路，看一看没有看过的风景，等到走累了，不愿意再走的时候，就想原路折回来，过着从前的生活。然而，很难再寻找村庄的记忆了。就连我家屋门前两棵古树也枯死了，那夜一阵狂风过后树干拦腰折断。

我以梦的姿态想着，几百年，甚至是几千后，伤痕累累的山村也许会复活，依然生活着朴实的农民。

夜晚与村庄

从大年三十晚上开始，我所在的修水到处浓郁着硝烟的气味。和平常一样简单的年夜饭，总是吃得很晚。春节联欢晚会开始了，父亲背靠着椅，抽着旱烟，母亲蹲在地上包哨子。一家人静静地待着，谁也没有再说一句话。

修水与湖北通山、通城、崇阳接壤，大广高速公路直达武汉仅两小时车程，修水有直通武汉的快车。“隔壁的贱谷，刚刚从湖北回来。”父亲说。“他是在咸宁打工，不是武汉。”母亲补充说。饭还未放下筷子，我的手机就急促地响起来，是单位打来的，我被紧急抽调到冠状病毒疫情防控指挥部，让我第二天去报到。母亲说：“这个时候，别人都躲来不及，你却要去一线？”父亲板着脸说：“党员就应该冲锋在前。”父亲怕待在城里影响我工作，决定让我连夜把他和母亲送回村里。

我家的房子按照上面的政策，移民后就拆除了，只剩下一堵残缺不全的墙。二叔公没有移民，去世前把钥匙交给了父亲，希望父亲能够帮他照看。他唯一的儿子，二十年前去广州打工，至今都没有回来。

我进村的时候天黑了好一阵子，村子里到处静静的，刚进村路口，突然一个人从茅草丛中蹿出来："嗨，嗨。"我紧张地捋了捋额头，往后退了两步，差点一脚踩空。路旁是个陡峭的山坡，茅草长得老深。不时，夜空中还能听见山雀的叫声，或者看见几只夜行的鸟儿，鸟儿拍打着翅膀朝丛林深处飞。我借着手机的光，看见一张瘦瘦的脸，戴着口罩，眼睛黑黑的，手不停地比画着，说着我听不明白的话。

村子里没有一点光，夜色稠密。我在村子里穿过，一排排的矮屋都已关好了门，里面静静的。

我离开村子多年，哑巴不认识我了，但还认识我父亲，父亲用手在胸前画了个圈，意思是说这是自己人，然后补充说："一个村的。"哑巴"喔喔"几声。从口袋里掏出体温器，在我的额头上测过后，又用手比画了几下才肯放行。

小时候，我和哑巴是好朋友，我们早上一起上学，晚上一起回家。我太熟悉哑巴了，那时，我们还是个孩子，我会和他比画着一些事情，他好像能领会我的意思。再见他时，我有种莫名的惊奇、惆怅和欢喜。我想，要不是夜晚，我戴着口罩，哑巴一定会记起我的。

快到我家屋场时，我看见土崩处，一个黑影坐在上面。我走近一看，是傻子。傻子一直生活在村子里。他在暗处搓着草绳，他不怕黑，也不怕瘟疫。傻子见着我，傻笑着，我看不见脚下的路，却看见白白的眼睛。

村庄像是在隐瞒一些东西，我们这些正常人永远都看不到真实，那些东西只有傻子看得见。

二叔公家的门锁生锈了，老半天打不开。我家搬到城里至少有十余年，其间回来过几次，其中两次是帮爷爷奶奶办后事。爷爷奶奶去世后不久，村子里整村移民后，就只剩下七户贫困的人家。现在只剩下三户了，二叔公去世七年了，青奇公也去世三年有余。前年，县里计划把这几户人家全搬迁出来。已经在山外，帮他们盖好了房子。

二叔公去世后，房屋没人捡漏，墙壁已是千疮百孔，破烂不堪，从外面朝里望，黑黑的，深不见底，我不敢一个人进去，站在门口等父亲。母亲腿脚不好，走在最后头。

母亲一进屋，我就回头把门关上，用木棍牢牢地顶着。我害怕“瘟神”跟着追进来。父亲把楼上堆放多年的木柴装了半竹篮下来，掏开火炉灰，烧着熊熊大火。火光照在脸上，热得发烫。

墙沿上有东西在爬动，烟尘掉在我的脚跟上，我没敢往那里看，好像一个东西在地上蠕动。我回头时，窗台上像有只蝙蝠在绕来绕去，仿佛想要吃掉我。过了一会儿，屋外传来“喔喔”的叫声，像是招魂似的。我总觉得村子里有东西，偷偷摸摸地隐藏在黑夜里，在哪儿呢？我想树和房屋都看得见，树上的鸟儿也看得见，就我是看不见的。

床上的被子很单薄，散发出呛鼻的霉臭味。我怎么也睡不着，耳朵贴着床板，胡思乱想着天亮后的事情。夜半从睡梦中醒来时，一条微弱的光落在床边，像是一条弯弯的茅草路。

我想起小时候的夜晚，春天的白雪把村庄照亮，有时照在屋檐上，照着一只蝙蝠，另一只蝙蝠从屋檐下飞出来，一大一小，在天空不停地拍打着翅膀，像是在大地上寻找什么。我不怕冷，也不怕黑，跟在蝙蝠的后头跑，跑累了，就睡着了，睡得特别的香。睡梦里，仿佛满天是飞翔的蝙蝠，我翻个身，蝙蝠就藏掖在我的身下，发出嘤嘤之音。

武汉感染冠状病毒后，有人怀疑是人吃了蝙蝠引起的。“人怎么会吃蝙蝠呢？蝙蝠能吃吗？”我好奇地问父亲。村子里的人住了几百年，从来没有听说人吃蝙蝠的事情。深夜，我听见父亲，前半夜说着余生的事情，模糊，喑哑，听不清楚，又隐匿着心明无误。

“疫情一定会过去的。”我对父亲说。父亲像是说着梦话，没有回应。我翻了个身，爬起来撒了泡尿，又悄悄地回到了床上。

后半夜，村子里的车灯一晃一晃地闪烁着，很多村民都趁着天黑从县城里搬了回来。不知道什么时候都聚在村子外，哑巴喔喔地叫着，整个村子里都亮了起来。父亲被喊叫惊醒，爬起来坐在地场上喊着：“圆谷，你也回来了？”

“回来了。”

“村子比外面安宁，今年咱们不握手，不串门啊。”

“好，好。”村子里的房屋，一栋隔着一座山。隔着山沟可以对话，真正走起路来得老半天。

第二天，我一早就离开了村子。出门时，公鸡刚刚醒来。一束光穿过树杈，照在那些踮起脚尖的麻雀身上。最早迎着曙色开门的春英叔婆，扶着门槛，探着头老远地朝外望，仅张望几秒钟，又把头缩回去，把房门关上。“孩子，在外注意安全。”我听见母亲的声音像一阵风一样从背后传来。我没有回头，双眼直视着前方，再也听不见任何的声音。村子里的一天，竟然是这样开始的，我想，这只是短暂的隔离，并不能改变长久的生活。

我经过村子路口，看见哑巴躺在路边的白杨树下，满脸胡子，手里拿着体温计，呼噜声一起一伏。他和村里的另三个青年轮班，白天三人，晚上就他一个人。我站在另一棵树下，隔着一层阳光，想和他说点什么，又不忍心打搅他的睡梦时光，只好蹑手蹑脚地从旁边溜走。路旁边的山野上，到处是一片碧绿。

我回到县城，很快就投入应急指挥部的宣传工作，每天奔跑在城市的大街小巷，记录那些在抗疫中付出的百姓故事，党员故事，还会兼顾宣传指挥部下发的抗击疫情知识。车上备着方便面和馒头，县城的店铺全部关了门，钟南山老先生说，唯一的办法是隔离，我要做的事情就是听先生的话，在保证工作的同时，尽量不要接触其他人。

不到两天，热闹的城市突然变得空荡起来，街上只有零星的车辆，偶尔路过的人，都自觉戴上了口罩。在厚重的疫情阴霾下，城市少了节日喜庆的气氛。

我回到办公室时，桌子上放着徐文送来的爱心晚餐。上面写着字条：兄弟，你可以放心吃，这些日子，我们公司负责你的午餐，保重身体。徐文是我在报社时报道过的一位抗洪英雄，他因救一名小孩，失去了一条腿。我愣着，像风中的一片叶子，停在尘埃的颗粒中。我突然认出了，那个看不见的影子，认出了那些碗筷上的细纹，认出了人间的真情味。

白天我们走在城市的大街小巷，用高音喇叭通知疫情的消息，散发疫情防控的通知。看着那些门缝里的眼睛，我想走上前去和他们一一握手，或者问候几句话，当我接近时，又感觉那些不可以交换的言辞，都在眼睛与眼睛之间，横隔着无数的遥远夜晚，在村子里的灯光里，被驴叫声打破了宁静。

昨天晚上，我做了一夜的梦。梦见村子里的一群人，围坐在一起，说着我听不清的话。我看见，村子路口停着牛车，哑巴不知去向。黄昏的夕阳一拃一拃移过村子。那个下午，我看见村子低矮的房屋慢慢长大。天黑得不见人影时，村头的那颗星星闪闪发亮，风把半掩着的门吹得一开一合，我站在门外，等风把门刮开。然后又轻轻地关上。

我刚一进门，听见风声四处在喊，驱赶瘟神了，紧接着黑暗中的呼吸此起彼伏，大爷的鼾声响彻整个小区。

一月三十日，修水县政府疫情防控第一号命令发布后，全县的隔离管理，一日严于一日，仅三天就实行了封闭管理，村组社区、楼房间都进行了隔离。父亲给我打电话来说，哑巴累垮了，现在每个夜晚都有一个醒着的人轮流守着村子，他也加入轮班守夜中。我叮嘱他，轮班完回家一定要用酒精消毒，注意做好自我防护。父亲说，村里还是安全的。大家的自觉程度很高，不串门，坚决切断传染源。

我渐渐明白，无论藏缩在屋子里，还是远在另外一个冬天，瘟神都只可能是落在一段岁月。在我十来岁的时候，趁着小鸟觅食时，把小鸟抓回来，捆着腿倒挂在火炉旁烤熟。奶奶见状夺过小鸟，朝着我的脸狠狠地甩了两巴掌，那是奶奶第一次打我，她痛恨地说："虫蚁畏生死，你怎么这样虐待小鸟。"见着被我烤焦的小鸟，奶奶哭了起来："罪过啊，罪过啊！"奶奶把小鸟埋在土地里，给它堆了个小小的坟墓。从那之后，奶奶吃斋念佛。我开始不知道错在哪里，后来，我渐渐懂得，那些活蹦乱跳的生命，身体里深藏着人性的温暖。我想向那只小鸟道歉，可再也找不着那个小小的坟堆。

我似乎明白，无论是老人还是孩子，是多么期盼春天。尽管春天来临时，天地间还会寒冷。以后春天来时，小鸟还会在村子的上空飞着。

现在，我要做的就是安静地等待。等待着一个花香灿烂的春天。那时，瘟神已经走远了。村民们聚集在树梢下面望着高远的星空，天空上东一只西一只的蝙蝠，在夜幕低垂之前狂欢，在万籁俱寂的深夜里不知去向。

第二章　第一滴露珠

夜晚是万物开花的时候，只要露珠落在花苞上，花苞就会毫不犹豫地绽放。紧接着整个大地就会闻到她身上的香味，香味会唤醒沉睡的动物起来奔跑，唤起树木回想往事。还有比花苞绽放更香的味道，那是漆黑里的果子，闪闪发亮的果子，那些果子像核桃一样好吃。

流浪者，或灵魂书

一个陪你成长的人是你人生里的坐标，我总想寻找一段重逢的情景。无论是奶奶还是曾祖母，还是儿时一个叫晓奇的伙伴，哪怕是内心的一次幻想，我都希望有这个可能。我知道现实的有限性和内心臆想的无限性，是无法让我们实现实体内重合的；但我不甘心，一定要寻找，在心灵里只要不停地寻找，就一定会出现一种东西。这种东西有欲望与情绪，一定会派生出一种物象；然后用灵魂和感悟去召唤，就一定会出现。因为所谓的相逢不仅是指两个事物相互抵达，其实相逢是灵魂的相遇，两个灵魂相遇的人一定是机遇和缘分的自然抵达。

庭院空空的，老者踪迹杳然，我反复而寻，蓦然抬头时那姿势端坐在厅堂的神龛上，不见移动，但情状历历。一袭青衣长袍右手从衣襟岔口处伸出，神情怡然，似指头间夹着烟斗，烟雾弥漫着。我的内心瞬间有震裂的惊讶，想起某个夜里，碧悄声地爬起床。用小手电筒照书桌的反背，厨桌下，门后面挂着的红色睡衣。轻轻地移动着脚步，蹑入门厅，绕着饭桌，搬动椅子，连几个高脚杯都认真地照耀一遍，在屋里约找了两个小时，然后躺在床上睁大眼睛看着天花板。碧是个天性敏感的女人，非常警觉，只要稍有风吹草动就能嗅到，她说屋内好像有什么东西在爬动，会有什么东西？我说，不要疑神疑鬼了，大半夜的你不睡我还要睡呢。她说，你还别不信，真的有东西。她拉开灯，说话变得语无伦次。你到底听到了什么？我问。她四处寻找，沙发、茶几、电视柜、饭厅，就连毛发都没有找到。

碧坐在床沿上浑身发抖满脸泪水，我说也许是耗子，可是屋内不可能有耗子进来的，这是新建的楼房到处都封闭的，不要说是耗子，就连一只飞蛾都不可能进来的。我靠在床头上，她突然指着楼下的旧院说，你看院子里有佝偻的老人走过，这么漆黑的夜，我怀疑她的眼睛是不是出现了幻影，白天看书都要戴眼镜的，这么深的夜不可能看得清楚。我朝着窗户望去，有月光，明亮的月亮，我的心咯咯作响，我不敢再往深处看，只能不停地安慰碧，叫她不必害怕，那是幻影，我看着她的眼睛里有虚幻的重影，一种来自心灵深处的恐惧。

我奶奶在世时经常会在庭院里来回独步，她的腿脚不好，走得非常慢，夜半里跺脚的声音听得清晰。那时我们的心里特别踏实，好像内心某个空荡的安静角落会有人打扫。奶奶去世前瘫痪在床，碧的肝脏不好，经常往南昌治疗，每次回来路过窗台时，听到我们的脚步声，奶奶就会用手撑坐起来，她的内心是明朗的，能够从脚步声判断是谁。实际上那时她的病情已经相当严重了，可并没有表现出来，嘴里喊着我的乳名问碧的病情，叮嘱长叮嘱短的，像是碧的病情比她更严重。

深夜里窗缝逼着一丝寒冷的风，无论是冬天还是夏天都给人寒意。我闭着眼睛不得入眠，进入后半夜听见一种烦琐的话语袭击。我在猜测是不是今夜奶奶会出现在我的幻觉中，睁开眼睛时不见一丝踪迹。阳光挡不住每一个词汇，一副挽联把桌布收拾干净。一座废院逼出那精彩绝妙的死亡气息。粉尘飘忽簌簌落地，门槛内侧踏下一个鲜明的凹槽，院内平铺的砖石已磨得平滑，覆上了一层薄薄的灰，影壁剥蚀得尤其厉害，难以辨认那龙腾虎跃，一边影墙灰色粉皮已经脱落，把青灰色的砖头清楚地裸露在外面。厢房三五间，其间一处顶板是芦苇席编的滑下一角，挡住一侧光线，里面有的半窗而开，或门闩拉开，有虚掩的，也有锁着的，那是青铜锁，如那种举重的锁形石，长条，单锁柱。只有庭门是双合的，铜片护环，锁可套双环，曾经贴过福禄寿喜的字画，不过在重叠的日子里被风雨侵蚀化了，加盖些灰尘后那衰落的颓败让人激动不已，因为它蕴含一切事物结局的妙处，把世界缩写为一种宁静的皈依。

我在旧院里行走，触摸。感觉一切的风华正茂，繁华鼎盛都是可以缩略的。只有那棵庭院中的树木不死，它不在乎痉痂累累。你会把院中的灵魂与树下的灵魂在生与死的交接点上结合起来，仰望天宇，日月星辰，随风飘过，有那长久的吁请，更有那种不可竭泽的百感交集。又感觉一切事物在自身的言说，理论上明证，自身不是对象，对象是他者。灵魂亦是如此。灵魂只能是一种知己，心灵的事实，不被现实所证实，所描绘。与神秘并置理解，灵魂也是神秘，是超验的，一个精神领域里的探索。

我的表哥在乡村待了数十年，那天晚上他消失的时候我姑姑哭得死去活来，以为他被狼叼走了，或是掉到哪个悬崖下早已丧命。几年后，他风光地回到村子里时，姑姑的泪水没有停止，在她的心中钱财与离别相比太微不足道。而长大的鸟儿呢？相比老鸟更有本事，无论如何都想飞越峡谷，就算是冒险，就算是只剩灵魂。

自由是一缕灿烂的阳光。每个人都想去追求，都企图拥有，是每片绿叶对光阴的渴望。我的两个朋友都是作家，一个去了山里酿酒，一个去了南方发展，而我留在了小城。酿酒的成了大师傅，酒味很好，像莫言笔下的红高粱酒香飘万里。去南方的写起了网文，青春类的，通过一个微信公众号赚了一个亿，在广州给家人各自买了别墅洋楼，听来就让我吃惊。而我，坚守纯粹的文学，我的企图就是写部可以安放灵魂的书，用毕生的时间与金钱无关，安静时叙旧，很怀念美酒。

自由是南方湖泊上的一叶小舟，是一星宁静的月光。月光无拘无束地飘洒在湖面徐徐荡开的涟漪里，弥散在青葱柔美的芦苇丛中。我又想起了高峰书院，这是以北宋著名诗人黄庭坚幼儿时读书的书院命名的，这里的老师很漂亮，我随她撑着小舟去对面的小村子里做过家访，这所学校许多年后变成了旅游景点，这里的老师也都进城了，学校搬到了不远的地方，校名也改叫双井小学，而我的内心此刻却失去了自由。

自由是北极村一羽飘动的雪光，永远纯洁地荡漾在他乡的灵魂内。自由在精神的海域里永远没有附加物，它居于人类的肉身又不因此而繁衍，它不标志享有物的奢侈和浮华。自由是自我在月光下一朵芬芳美丽的花真诚无拘地开放，是遥远无际的星空，唯有蔚蓝纤尘不染。我用稿费扶持过的那个小学生如今已长大，亭亭玉立的，我没有问她何去何从，那次去乡村时偶遇她拿着相机在拍照，微笑着问我：你怎么来了？

自由安详而惊悸。居于修水这个地方，时间久了，我便隐于幽暗的寓所，每日如同浸泡在安静的修河水中，时而浮出水面，时而沉入深处进入梦想的王国。那时我便开始对修城世俗生活的品尝，把内心充满的虚无挤出来分分合合，从黄昏起黑暗便慢慢地腐蚀着我的器官，眼睛，鼻子，如同被黑色的乳汁覆盖着我身体任意的地方，它有温度慢慢地舔着我最隐秘的灵魂世界，它是一只吹弹轻柔的羽毛，绒软地拂着我潜意识的精神之桨，哪怕是一个极微的抖动都引起我平静如湖水的心灵里深刻的颤抖，意识在梦想的空间浮游，逐渐从幻想的边缘进入我灵魂的中央。

冗杂的生活和往事，隐约在心脏深处涌动着一股莫名其妙的潮汛，那种微波冲击着四肢麻麻酥酥的，每根汗毛都是一朵疼痛奔跑的雪花。

记得那个年节是热热闹闹的。好奇与冲动，在月光明亮的柳枝下捉蝴蝶或者扑萤火虫。在精致而又荒芜的乡村，一束童年的季节掠过村寨和原野，芦苇在月光下飞翔一生，流浪的人不理会记忆是在伤害生命，更不会理解时间的边界，只要前方的钟声敲响起，旧年的雨水，心底的全部渴望都会与梦想神秘相遇。某天我们告别后没有再如期相遇，吻别成了断线飘零的风筝而天各一方。我独异于无人知晓的孤独和牢笼中，意识到无论是离去或者到来都必须占据一个实地的位置。我希望有一天能够从日子中逃离出来，然后却加剧了人世间的阵阵疼痛。这笔债务永远都没有了还债的日子，灵魂永远被周围的花草气息不休地纠缠。

怀想季节，人世的焦虑和折磨是一种苦难，这种苦难不是肉体的苦难而是灵魂的煎熬。屋檐下的燕子飞走后，那个夜间的守门人，孤独时不懂树对人间的言说。那空荡的院子原本的繁华，却因为日子悄然流失而凋零。可无论时光怎么斗转，即使一切都烟消云散却依然还是斤斤计较。对那些鸡毛蒜皮的小事时刻挂在内心，就像是偌小厨房里的烟雾不能散尽。实际上，无论是奶奶还是我儿时的伙伴晓奇他们走后都没有回来过。我们家人还会偶然说起他的故事，他父亲不在了，母亲也不在了，再过些时间真的没有人会再唠叨起他的，而我呢？灵魂作祟，还经常会与他见面。

悉心观察世界，在全部的空虚和宁静中寻找来的开始或者去的归宿，只是语言的世界产生一个词语的结构，也永远无法在时空的任意端点，绕出自己的线段在天际中寻找道路前进或者后退、希望或者绝望，流浪人一生的总和是用生命书写事物自身的行进速度。伟大的事情不是人人能够做到的，三岛由纪夫给自己的肚子上一刀，用腹部的温柔保持他作为世界级作家的温度，用血滴溅红他所有的著作，这也是一种灵魂的伟大。而海子呢？他是卧轨自杀，用血肉之躯完成诗的鲜红，照亮了他一生所有的诗章。

我现在才明白，沧浪漂泊的个体依旧还是那个孤单的个体，默默地走向衰老走向死亡，还能特别体会到苦难的缠绕，体会到日益磨损你的恐惧。恐惧其实是从内心滋生出来向外部泛滥的，只因为环境的强大，人们才以为是从外部攻向内心的。长风浩荡，匆匆而来的是躁动和不安，是鸟群的莺歌燕舞，匆匆而去的是没有归宿的爱情，是人群中的流浪者。没有路在诱惑就不会有起点到终点的焦虑。我们都是上帝的孩子，贪婪地等待着风的舞蹈。

灵魂一定存在，只是不知流浪何方。

烂泥的春天

一

三月，虫鸟发出了春的啼鸣。雪纷纷扬扬，河水清澈。阳光照在屋檐的冰凌上，不停地纠缠，翻腾辗转。

一月，二月，三月是春天的光景。春天是从光开始的，天地间五彩斑斓。一群蜜蜂越过春光，朝着梨树和桃树闹去。

光在大地上蔓延，土地开始呼吸，河流开始奔腾，树林里变得热闹起来。燕子，背着行囊，从远处飞回来。它们在天空盘旋着，叽叽喳喳地交头接耳，彼此间诉说着一些心事。烂泥呢，又臭又黑，黑得像牛屎一样，太阳照在上面，热气腾腾。田里的农人开始忙碌，清理田沟，把一些泥沙铲起来，转身堆在田埂上。

烂泥的变化是从泥浆开始的，各种物质落在它的身上，就像万年胶牢牢地黏着，多大的风都刮不走。这些物质和泥浆混合着腐烂，春风吹过湿漉漉的泥浆，干硬成了烂泥。烂泥是最有养分的泥土，无论栽种什么庄稼，都能够健康成长。

春天是从烂泥开始的。

春天的生命是从烂泥里长出来的。这个时候，大地上到处生机盎然，到处洋溢着光的温暖。所有的东西在烂泥里出芽长叶，从一场去岁的腐朽到今朝的重生，消逝而亡的再度出现，生命与生命连在一起，轮转不休。

我喜欢在这个季节听风。闭着眼睛养神，风就在耳边悄悄跑过。所有的春天都在风中再度酝酿开来，穿透我的目光。我发现每个春天都不相同。去年的时候，麻雀在地上觅食，被飞扑过来的猫给抓走了。今年，那只猫是一个失踪者，不知去向。我在憎恨那只猫的时候，想起那只无辜的麻雀，想起那只麻雀时，也必然会担心那只不知所踪的猫来。我猜想着猫的去向，猫或者和人一样，迷失了回家的路。要么是出了事故，要么被人拐走了。

今年的春天我会怎么过呢？我会去哪儿呢？今年的气候，有着新的变化。

很多个春天，我都觉得冷。立春后，还会降临春雪。最近几年的春天，一年比一年来得早，再也没有遇上寒流。这是什么原因呢？是人类过于贪婪这春日的暖阳？还是自然愤怒了？我担心，这种早来的春天，是否存在问题。

我开始想象着自然的各种变化，未来的各种科学，还有不可改变的规律。那时，我已经在北上的列车上。借着春光，来到了北京市朝阳区文学馆路四十五号的鲁迅文学院。一个人静静地驻守着，玉兰花开时，流水声过耳，晨光辉映着 611 室的窗台，心变得柔软而丰盈。很多人在说："这春天的花开得多么得好！"

花的香味使我回到了永久的童年时代。春天的花激起动物的情欲，证明了动物和植物的起源。人们从爱情的特殊花朵里闻到花香的愉悦，花香里隐藏着人的本质，特别是在春天，花朵在阳光的吹拂下，春天的香气越吹越远。

这里的春天与气候不相关，完全来自我的内心，也来于自然，只是空间不相同，感受也不会相同。

鲁院的院子不大，却能够容得下很多鸟儿。各种各样的鸟儿铺天盖地在天空打斗着，乌鸦、黄鹂、画眉等在枝头上跳跃着。这里的乌鸦喊叫的也是吉祥，画眉就叫得更好听了。黄鹂本身的声音就好，“听，黄鹂在唱歌呢！”每天晚上，我沿着院子的小道在里面走圈，去听听鸟的啼鸣。

听着鸟叫声，我的心情和自然一起发生着变化。我发现，我可以进入自然的内部，把自己和这些鸟和谐地融在一起，熟悉它们的性子，掌握它们的各种习惯，当然，我最想了解的还是它们高明的艺术特长。

到对面的小卖铺想买点东西，这条路风特别大，泥沙从地上刮过，朝来往的行人散开，走在街上的女人欢叫起来。风吹得很带劲，不像是来捣乱的。从东北吹到西边，再从西北吹到南边，吹来吹去，把整个院子打扫得一尘不染。我和鸟儿说话的声音，也被吹到了九霄云外。

二

或许这时，可以静下心来，去思考一些有关春天的问题。春天的景象，从那些层层叠叠的树叶里，投射出世界的各种变幻和人生的变化。

我们通常会看得见自己不变的部分，比如一个雕塑，它一直矗在那里，无论是春天还是夏天，它的表情没有发生变化。但其实，地球上的任何事物都在变化，哪怕是固定的雕塑，塑造它的材料在日子里不断变化，它的形象在不断地变化，人的心情在此刻不断变化，它存在的背景和它存在的意义也在此刻发生变化。春天是人的精神地域，它的存在给人带来了希望。

当年沿着内心的路径寻找，发现春天无处不在。林中、河里、田间、群星，不紧不慢地挂在绿叶间，消除人间的艰难，消除人难以承受的不幸。

我离开修水时，接近春天的夜晚，村子里还冒着冷气，地上到处是堆放着积雪。大块的黑云飘在天空，等待着春风吹散。月光从云层里爬出来，照在门前的雪地上，发出晶莹剔透的光。村里的很多人，早早地进入了梦乡。他们睡得很安稳，听不到我出行的脚步。

这是村子里的春天，有点闭塞，春的脚步好像也缓慢了些。

这不是我的心情，完全是地域的缘故。

村子的气候，是地球给予的待遇。我小时候，害怕春天的雪。可现在恰恰相反，觉得春雪是上天赐予的兆头。

夜里的风，无论在什么时候起，都很特别，不会刺骨般寒冷，像是女人的手，抚摸出各种奇怪的梦幻。

春天一进村子，乡村便动了起来。就连说话也很兴奋。什么臭话都敢说，甚至连昨夜和女人做爱都聊得有味。孩子们也开始萌动，不愿意躲在屋子里，他们不会畏惧寒冷的风，在草地上跑着，跑着跑着，蜻蜓就被他们喊了出来。蜻蜓在前面引路，孩子在后面追赶。“快点，别停下来。”“差点就抓到了！”蜻蜓在孩子的指尖上飞舞，就差那么一点点儿，只能遗憾地坐在地上望着天空。不过，对于孩子们来说也已经知足了，他们已在其中品尝到了乐趣。

村子里的房屋矮小，窗户小得有点单薄。站在屋内朝外看，如镜子一般反映着外部的世界，呼啸的风控制着我的梦，我理智地观察着窗外飞行的鸟，观察着它飞行时的姿势和饮食的习性。某年，我夜晚去攀岩，见过停歇在陡峭悬崖上的乌鸦，它没有半点害怕，不会恐高，也不担心脚底会滑。甚至，见着举枪的猎人，它也不会害怕，悬崖太高，它大概是能估测得到猎枪射杀的距离。人世间总会有人讨厌乌鸦，他们不想乌鸦活着，乌鸦的声音太难听了，会给一些人带来恐惧。他们听着乌鸦的叫声，就会惶恐不安。这些害怕乌鸦的人，有部分是做了亏心事的善良人，还有些是胆小如鼠之人。我很小的时候，也讨厌乌鸦，那种讨厌完全来自大人的表情，以为乌鸦就是不祥之鸟，殊不知乌鸦和白鹤是一样的，无非是颜色有些不同。乌鸦中有百鸟的身影，百鸟也是一只乌鸦的千万种变幻。

它们的存在给人们带来忧愁，也带来欢乐。于是我开始懂得敬畏生命，敬畏自然。就算是孩子把蜻蜓抓回来，也不会折断它的翅膀，大自然会教育我们什么是生命的意义。我很小的时候，喜欢给地上的蚂蚁送粮食，也常常会逗它们玩，吹笛子给它们听，真的是有趣极了。我把这种办法，教给了孩子，每次回到农村，他都不忘给蚂蚁喂粮食。

村子里的天气千变万化。中午的太阳在猫尾巴上闪耀着。午后，下起细细的雨。我对美的兴趣完全来源自然的美，自然高高在上，把一切有趣的东西都创造成风景画。

临近黄昏的时候，村子里静悄悄，暖洋洋的。早稻已经种下了，田野里就会响起自然的乐曲，青蛙爬在田埂上，仰着脖子对着夜空呱呱地叫，非常地悦耳。我想，除了这自然，人间再也不可能有这么丰富的音乐会。

刚一黎明，就会听见麦子破土的声音。那是光刚刚开始的时候，几乎是在同一时间内，沉睡的泥土颤抖一下，苗子就从缝隙里探出头来。它们是为追赶春天而来的，追上春天，和春姑娘说说话……这时四面八方的公鸡开始啼鸣，一遍遍地叫得欢，直到把村子里的人全部喊醒。

母亲也忍不住走出了屋子，露出来的泥土在光里更黑。“大麦也可以种了。”母亲说。

春天分三个阶段，孟春、仲春、暮春。每个阶段种的庄稼都不一样。母亲喜欢把豆芽种在孟春的烂泥里，烂泥的土质松软，于烂泥来说，阳光会使它们复苏，阳光会使它们回归生命。豆芽从烂泥里长出来，叶子青绿，像欲滴的水珠鲜嫩。

夜里满天星斗，风从门缝里钻进来。母亲掐着日子，数着接下来的农事。孩子们不想睡，在地场上仰望星空。天空是白色的，像是冬天的最后一次冰痕，遮挡着星星。我喜欢这样的夜空，可以静静地享受夜的安宁，内心害怕太阳起得太早。

我沉醉于自然的风景里，望着万青的森林，想着更长久的日子，人和鸟一样，真的是需要一块可以栖息的地方。那个地方，是黑暗的等待，能够看到光和水的春天。无忧无虑的生活，没有任何东西侵扰。躺着感受阳光，坐着写作，那该是多么的悠然自得。

我出生得比较迟钝，像是一堆烂泥。村子里的烂泥是宝，我是被嫌弃的。不会想事，不会干活。我的名字叫“木林”，从小就木头木脑的，手指短而笨拙。父亲见我走不稳路，听不清话，担心我长大没有出息，于是把名字改为“春林”，他以为春天是生机勃勃的，也会带来春的希望。

父亲的这种做法并非完全无效，自从改名后，我的脑门上像是被阳光照着。产生了各种奇怪的想象，一些遥远的事情，在我的脑海中变得不再虚无。我开始识字，开始做梦，想着长大后成为作家。开始思考和探索，对自然中的各种奇怪的事情展开追捕，也对生活产生了热情。我经常会把日子记录在本子上，不停地堆积着厚厚的时光。

我奇怪地发现，我是被春天唤醒的人。

我家的院落里，经常有鸟飞来。院子不算大，可以供鸟安家的地方很多。燕子的家安在楼板底下，泥丸一个个筑起来。麻雀的家安在墙壁的洞孔的底部，洞孔转着七八个弯，就连风也吹不进来。蝙蝠紧贴着屋檐下的树皮，夹杂在树皮的中间。门前的橘子树上还挂着鸟窝哩，一种极小的鸟，窝就像是粘在树枝上，风怎么刮就是刮不下来。

清晨，露水还没有被太阳带走的时候，我就听见母鸟呼喊小鸟的声音，起来吧，太阳都出来了。紧接着，鸟歇在枝头上不停地叫着。

三

我到北京后，时常会想起村子。想起村子里的春天，这时就会惦记那些鸟巢。北京的风，连树都可以吹倒，风一吹，我就想起鸟儿。那些鸟儿像是飞在我的内心，一个连自己都很难感知的角落。我想象着鸟巢中的生命，虽然看不见它的变化，却总是会产生奇怪的幻想，小嘴仰着，眼睛眯着，小虫丢在舌尖上。我想着，我在北京是四个月的时间，回去时小鸟已经长大了。大概会飞走了。鸟只要一长大，就会离开鸟巢。每年我都是这样看着它们试飞的，飞不高就落在地上，再飞，就能飞点距离，但还是落在地上，后来就飞得看不见了。

北京的夜晚不比乡村。街道从不停歇，夜晚和天明很近。我们村子，一到黄昏就会停下来，至少不会有人为的喧闹声。这里是不一样的，生活的人过于忙碌，车流声从黄昏一直到天明，又从天明到傍晚，像是一场不愿停歇的风，没完没了地吹着。

不过庆幸的是，白天可以长时间听见鸟叫，这些鸟叫声从窗户外传来，目光朝着窗外望，看不见鸟雀飞翔的声音，大概它们躲在树林里。鲁院门前有一片小树林，虽然是人工栽种的绿化，久而久之他们长得繁茂，给鸟雀留下了一个安详的生活空间。它们叽喳着，快乐地跳着。这便是它们生活的自由。

我住的611室对面是一栋居民楼，目测至少有两千米的距离。这也是附近最高的楼房。无论夜多么深，楼内的灯光都是亮着的。我总是站在窗前猜测，主人还没有回来。其实，再忙也是需要休息的。所以，对于那些光的猜测，我想一半是楼道，另一半就是有人习惯开着灯睡觉。第二天，阳光出来时，那些灯就消失了。它们不像是被光隐退的，而是与光搅和着。

深夜，我睡不着就爬起来，悄悄地在鲁院的走廊来回徒步。我走得特别小心，害怕自己的脚步被人发现。也害怕呼吸声，惊扰到了四壁的神灵。不过，我路过某个房门时，屋内的夜猫子还在看球赛，声音关在屋内，丝毫没有妨碍到他人。

刚来时，我内心有些怕高。我本没有恐高症，但不知道为什么害怕楼高。还是多年前，我在青岛参加过文学笔会，和一名年岁大的老师住一间房，半夜爬起来朝外走。幸亏他警醒，才喊醒了梦游的我。这之后，我会很小心。睡觉前观察门窗，是否已经关牢。我害怕又会半夜爬上床，翻栏杆掉下楼就惨了。于是想着换房，可最终还是没有说出口。想想，自己小心点就好。睡前在门内堆上东西，不会直接扭开门出去。

我以为，这种恐惧会阴魂不散的。但奇怪的是，大约两个月后，这种恐惧消失了。难道我会给自己疗伤吗？当然，我不以为这是一种伤，也就始终也没有买过药，是怎么消除的，没有半点知觉，就像是时光一样，在眼前的尘埃里不见影。

我又想起了去年的春天，和更早些年的春天。想起春天的时候，千头万绪不知从何说起。冷静下来的时候，我便想到了父亲，我得感谢我的父亲，是他让我对春天有了异样的认知。

树木仅用一星半点的技艺，就让大地到处花香。

记得来时的早晨，公鸡在村子里喊着。那种喊声，像是在追赶着我的脚步。

这是我人生里一次漫长的出行。在路上，我和迎春花相遇，它保留着性感的形态，露珠从额头上滚落下来。周围的树木簌簌响。树木只在上部发出声响，只有枝丫和娇嫩的叶子才会颤动。春风轻轻一吹，便能听到彼此碰撞的声音。脚下是寂静的，蚯蚓在泥土里忙活，也许还在早睡。

山沟里的水，一直在响着，这是上天赋予的声音，没有谁感觉到吵闹。自然界相安无事地，彼此过着平静的日子。

我的思绪总是包围着自己，围着我多年来的梦想打转。这种萦绕在脑门上的念头，渐渐地让我明晰关于人的道理。当人的理想和这水流、飞鸟、虫鸣生活到一起时，耳朵里听到的声音就会越来越明晰。人和事物一样，都会从内部发生变化。但有一点是不变的，那就是童真，恰恰就是这份童真，后来催生了一个人的成长。

在我痛苦煎熬的时候，是菩提树安慰了我。安慰了好长一段时间，可我却根本没有注意到。那棵树围着我，一直朝我招手，发出神秘的光芒，而我只看见从大空而来的光，并未注意到那棵菩提树。

“人为什么一定要有梦呢？又为什么一定要寻梦呢？”我曾无数次

问过自己。大概是对生命的挑战，或者寻找心灵的出路吧！

鲁院就像个庞大的宝藏，有着各种矿物质，我得用心发现和挖掘，学习陪伴孤独的夕阳。只有在冷静中思考，才不会过于偏颇。慢慢地，在静中，我对人生有了另外的体会，文学里的人性原来是善与恶的战争，恶是被善打败的，人间最伟大的神灵是善良，只有善良才是文学的本真。

现在我对文学越来越好奇，就像好奇我母亲是怎么生下我一样，总觉得文学有必然性，这种必然是人性的理想，在从万丈光芒中不停地闪烁，呼我过去。

我得静下心来，探究春天的奥秘。春天赋予了太多的想象和希望，春天的阳光有着多重的分子，那些分子里有爬动的蜘蛛，它比燕子要聪明和美丽千倍，只是我们很难用肉眼分辨出来。但是如果解构出来，那将是一张巨大的网，有着包罗万象的知识。这一切都是太阳给予的，光是这个世界最大的源泉。

春天与阳光一道散步，彼此谈着恋爱。每个年轻人，在春天里都应该想到，也许这是最重要的春天，也许会是最后一个春天，春天的离去永远都不会再回来了。有了这种想法，对春天的欢乐就增加千万倍。

后来，我仔细揣摩过，人的内心只要有梦想，就会和春天一起绽放。一些始料未及的意象纷纷扑面而来，把那些繁重的东西放下。也许于烂泥来说，这也是春天的价值。

时间真快，我得走了。在黎明来临前的早晨，鲁院停留在灰淡的时光里，幽幽地见不着喧闹。我对自己说，今天我从“黄埔鲁院”退役了。那一刻，眼皮上沾满了星星点点的泪花。

我立在 611 室的窗前，今晚的星星很高，我伸手时，仿佛就挂在我的指尖上。今年的春天多么美好！

流　　年

光是黑暗过后尘世者的面容，和地球上的事物勾连在一起，形成一场巨大的幻觉盛宴。我们通过眼睛去搜索光，以及光洒落的空间，所到之处充满神奇。

月光与日光，像是天然揭起幕布的顽童，他们粉碎记忆、再造记忆，洞穿过去、现在与将来。

据说婴儿刚出生时，眼中不见光，几日后，才模模糊糊地看见世界的轮廓。一个人大概记不起第一次遇到光的情形，假使可以记起，他的眼中看见的光定是恐慌。婴儿眼中的光，一定有一个适应的过程，他展开眼角，成为光的搜索者。

婴儿在胎盘中苏醒，他的眼中幻化出纷繁的世界和母亲的乳头。他看见母亲和父亲争吵，看见隔壁小朋友偷拿橱柜上的糖果，看见奶奶深陷的眼窝和爷爷额头的皱纹，看见夏天的冰激凌和冬天的飞雪。于是他背上小书包，背上帅酷的挎包，背上公文包，搜索着世上的文字、语言、情感。他用光去衡量世界的温度，用光去搜索友人、爱人、熟人、仇人、陌路人，撞见甜蜜、痛苦、阴谋、狡诈。他看见光，渴望变成光，于是将自己弹跳成光，不断地拉长自身的光束，触及更深广的领域。他摊开手掌，光穿过指缝，有风的时候，寒意顿生。影子是光的背面，是搜索者的胶卷底片，友谊、爱情、仇恨、熟稔、陌生的底面覆盖着新的生机。

命运将不同的人剪辑成不同的形状，我们在成为搜索者的同时也成为被搜索者。

车站里等待检票的父亲与女儿亲昵地玩着拍手的游戏，父亲要求女儿在他手掌放下的时刻，要学会把她原本摊在下方的手掌抽离。幼小的女孩反应并不快，可是父亲却从未打上她的手掌。

爷孙俩浇花，爷爷微笑地看着瘦小的孙子执着长嘴喷壶，将水从一处渐渐地喷涌出来，注入花土之中，浸润花枝。

搜索此时是一种别样的剪辑，将不同人的情感温度剪裁到一起，成为无数情感的叠加影像，以散落的方式等待着人间的搜索者去点击收藏。人间的光搜索是如此漫无目的，搜索到的影像是如此的多样。

一个孩子，张开双眼，看着这世界，成为光之搜索者，成为某人某天被搜索的影像。

声音是世界变化的开始。声音在空气中的传播速度慢于光的速度，声音首先是物体发生振动而产生的，物体一振动，世界便有了声音。搜索声音，是在以听的姿态去感受这个世界。

婴儿对于声音的搜索是从自身开始的，他的第一声啼哭无关喜哀，只是知会这世间一声：我来了。

世界的声音如此具有魔力，对孩子来说，游乐场的声音如同磁铁一样紧紧吸附周围的声音，充满谜一般的蛊惑。摩天轮上人们发出的尖叫声是由于恐惧还是欢乐，似乎已不是那么重要的事情，搜索游乐场的声音是搜寻一种不同于以往日常欢乐的瞬间，旋转木马上小王子或者小公主的欢声笑语是他们的父母所乐于搜集的。

声音对于搜索者而言，是连接两个地方的方式，有时候光线不能到达的地方，声音却可抵达，乘舟度千帆。这种声音的搜集就好比小的时候玩捉迷藏的声音，有时候声音的暴露会让寻找者心中泛出一丝窃喜，便侧耳，循声，力求精准定位。爱玩弹珠的小孩子也是如此，当弹珠渐渐地脱离他们掌控的时候，他们便循着那弹珠弹跳的声音，迈着小步一点点地跟过去。这种声音的搜索让他们获取到快乐，搜索本身也带有一些游戏者的意味。打电话的时候，声音仍然是两端通话的人互相搜寻的方式，通过声音，说话的两个人了解一些信息，进行一些交流。

声音的搜索也关于万物，曾听见有人录下自然界的声音，那声音真是曼妙。试想一朵花开的声音、一片叶子落下的声音、一只虫子鸣叫的声音、一场沙沙落下的细雨声，当你用心去聆听之时，便能够感受到在声音深处荡漾开来的寂静。这个时候作为一个自觉的搜索者是极其幸福的，你可以用心去感受这个世界在某一瞬间激荡起来的声音的错落，你能感受到这个世界所赐予每种物体的独特发声方式，这个世界变得极其辽阔，又变得如此微观，可见日升日落之宏声，可感草长莺飞之细密。

正是因为声音有着极强的穿透力，搜索声音本身便成为探索世界的方式。音乐本身就成为声音的一曲曼舞，它将声音的特质发挥到极致。搜索者通过音乐本身的旋律使得主客体之间形成一种乐感，这种乐感是一种审美经验的解读，使得搜寻音乐的人也产生内心的喜怒哀乐。

人们主动地在充当味道的搜索者，由味道出发，去感受大地四季的轮转与人们作息之间的关系，味觉充当了人类与土地亲密接触的媒介。味，其实不止酸、甜、苦、辣，还包含着对味觉刺激的更多可能性的理解，如此那些餐饮者才会绞尽脑汁寻求更多适宜消费者味觉的味道。人，往往会主动地去搜寻一种味觉，但这种主动搜索的瞬间往往是因为某种记忆点的触动或者是嗅觉的会意，一种食物的大搜寻背后，常常有着搜索者自己的故事。

最难的搜索不是季节，而是逝去的滋味。一个人曾与另一人共赴一餐，餐亦素朴，时间一转，可能就失了滋味。童年常吃的食物，长大以后再去苦心寻找，用同样的食材，同样的烹饪工序，也很难找到当初的感觉。譬如，一个孩子小的时候最喜爱吃的一种雪糕，长大以后倘使这雪糕还在生产，买给他，他也必然失去那份滋味，留下的只有甜味。滋味如此巧妙地与时间有关，与地点有关，也与烹饪者及饮食者有关。如此环环相扣，可见滋味是一件并不轻松得到的东西。

然而，大部分人都在搜索一种滋味。味是味蕾对食材的反应，味是人们对生活的体认。生活的内涵与外延是如此丰富，所以滋味是那么精彩纷呈。倘使你得到一条鱼，那么这条鱼是否能带给你滋味，便生成了不同的钥匙去打开。比如，做鱼的人是谁；比如，这条鱼可以与你过去的某段时光发生共振；再比如，你千辛万苦地参与了这条鱼的捕捉过程。有些滋味是超越食物独立存在的，从而主动地变成一种感觉。风雪中的一箪食一瓢饮，是一片不会随意凋零的记忆，虽不见得搜索者会那么乐意主动去回想，终究内化在生命中。

我们常常搜索一种过去的滋味，期盼未来的滋味，也希望享受现在的滋味。味，终究是百转千回下的人间姿态。人间滋味很多时候是被迫接纳的，而更多时候人们希望主动地去攫取令人愉悦的滋味，而非被动地等待莫名滋味的降临。降临，是一个突如其来或许也不知所踪的动词，人们总是需要勇敢地迎向不知如何形容的滋味的降临瞬间，那一瞬，可能更接近赤子的无畏。

滋味，其实只能向心中索取。

一棵树你错过了它的成长，错过风雨交加、雨露浸润的时刻，你无法同时看见一棵树的枝干的全部细节，但是你可以通过触摸大树的枝干感受到这棵树的生命状态，你用手掌去抵达一棵树的内核，抵达一棵树的灵魂，抵达一棵树从小树苗到大树的所有时刻。这是触这一动作直接带来的你对这棵树的认知，这棵树通过触觉在你的掌心完成了一场生命影像的复制。你触摸到嶙峋的树皮之时，搜集到这棵树的春暖花开与冬日萧瑟，遇见这棵树蜿蜒的梦境与幽深的心语，你与树达成了一种无言的默契。

触是上下楼梯时你感受到扶手的材质，你感受到一种木质的纹理或是金属质的凉意，你能感受到不同的人曾和你一样来过这里，看见你所看见的东西，步过你所经过的台阶，在这扶手上留下他们手掌的温度，你知道扶手比你所知更多，它见证了无数人的生命痕迹。你搜集这些生命痕迹，在这之中似乎能看见自己的某种情绪的影子。触，是用你的生命温度去感受他者的温度。

小孩子对触觉天生有着极强的灵敏度，他们爱和他们的玩具一起玩耍，用他们的手指和那些玩具形成一种互动，他们甚至于对手下的材质也从不挑剔，玩泥巴也可以十分欢乐。这个时候的他们对一切皆有着一种新鲜感，生命通过不停地搜索触觉而变得鲜活可爱、真挚有趣。

你拿起水杯时，感受到水杯里水的温度。冬季大雪纷飞之时，感受到有一种轻柔在飘荡。风起之时，感受到衣摆的微微摇动，风住之时，感受到万物归于寂静。

有些触觉是愉悦的，但是有些触觉必定是忧伤的。很难定义触觉，搜索者从不同的触觉搜索中体验到不同的信息，柔软、坚硬、温暖、寒冷……这些触觉被搜索者在脑海中编辑，再形成一种情感链接。当搜索本身以触觉的方式伸展到生活的每一寸肌肤，搜索触觉本身就成为一种触及生命底色的方式，触觉的搜索以更直接的方式去感知这个世界的肌理，这是一种生命之间的交流，无须任何言语，甚至也不必时空的一致，便可抵达。

一个人搜索的东西，是他情绪的浮动，是他眼中拼接的图案。这个世界总是在以搜索者的眼光进行组合，变幻出不同的形态。世界是一个巨型的万花筒，所见的未必真实，搜索者在眼睛里安装了辨识器，在透视世界时有了更多的维度。

第一滴露珠

一个人在荒野中行走，单独面对的只能是自己。

——题记

人只要活着就不会停止记忆。那片无际的森林，就是自然的国度。在这里到处留着昆虫的足印，到处生长着碧草。我时常会为那些土地上的青色痴迷，把心中的害怕撒向了九霄云外。我没办法停留在时间的钟表上，停留不是生命的开始，相反是生命的终结，可我还是在领会时间终端的神奇力量。

自然沉默的时候，会使人彻底回到现实生活中来。很多草木都是痛苦的，那些痛苦的草木在人们摊开双手的瞬间，就消失了，留给人间的也仅只是青色的羽毛。

春天是会给人带来欢乐的。无论是风，是雨，还是泥泞，春天对于人来说都是难得的季节。在春天，老的树木它会用自己的身躯去栽种生命，从它身体里生长出来那些绿色，人和树一样，会从精神里创造出花朵：我是幸福的，观察着自然的新景，生命从此有了新的开始。

水开始波动起来，青蛙多么兴奋。青蛙从水里跳出来，朝着岸上奔跑。在这漆黑的夜晚，青蛙朝着四周奔跑而去。夜晚是多么伟大，苍穹多么伟大，星星点点的遥远，缥缈着生命的奇幻。

在漫长深幽的夜里，只有在下半夜，青蛙才是自由的。这时草木都已睡着了，一些野兽却活跃起来，在林间东奔西窜，设计着月光下的美餐。

青蛙坐在田埂上，迎着自然的微风，发出咕噜咕噜的声音。它们的声音就像是从舞池里发出来的，一个丰富多彩的舞池，就是一个丰富多彩的人间，里面翩翩起舞，精彩夺目。

这个时候蛇是不是也会出来呢？蛇是捕杀青蛙的，它有一双明亮的眼睛，蛇的目光比青蛙看得更远。青蛙的身子虽小，可愤怒的声音太响，蛇的嗅觉很敏锐，这时它的美餐是田鼠， 只田鼠足够省去一个晚上的徒劳。

深夜至黎明，整个自然里都是青蛙的咕噜声。到处是一片青蛙的叫声，有些青蛙的嗓子坏了，憋屈着，心里很不畅快，没有咕噜，仿佛这丰富的声音也是它们内心发出的指令。有些时候，滥竽充数会产生氛围。经历各种磨难的青蛙，朝着高处越爬越高。它们摆脱了命运的困境，这夜便是它们的整个自由。

青蛙到底是益虫，可缺少了保护。青蛙的生存变得孤单，习惯依赖自己的歌声来奖赏。

雨下着，太阳透过雨水照耀着大地。像面镜子，倒映着各种姿势。

树叶上的水一滴一滴地落下来，发着光，冒着热气。蚂蚁堆在王国的深处栖息，它们早已预料到今天的天气。把家里的东西都收拾好了，安放在高处，水怎么涨都不会浸湿。

鱼塘里的鱼隐藏在水底的石缝里，包围着它们的是硕大的石头，可它们在缝隙的深处摇摆着尾巴，在死一般沉寂的生活里发出嗡嗡声。也许，包围着它们的是一个梦。这个梦很少有人知道，但从雨的动静里能听出来。你看，有些小鸟冒雨在树杈间跳来跳去，跳得痛快，心情十分酣畅。

太阳照在水面上发着光，闪烁着，星星一样特别耀眼。鱼儿感受到大自然的温暖，顿时活跃起来，在水中游动，拍溅起水花。闻着玉兰花香，看着一片清脆的绿，还有挂在半天的彩虹。一切的精彩都在困惑的日子里，只有时光有着各种颜色，会随着气候膨胀起来，比星星闪烁和寒意陡峭更加声响大。

夜晚是万物开花的时候，只要露珠落在花苞上，花苞就会毫不犹豫地绽放。紧接着整个大地就会闻到她身上的香味，香味会唤醒沉睡的动物起来奔跑，唤起树木回想往事。还有比花苞绽放更香的味道，那是漆黑里的果子，闪闪发亮的果子，那些果子像核桃一样好吃。

风暖暖地吹着林间的万物，安静的森林终于按捺不住了，树木间开始窃窃私语。它们在彼此招呼着，用自己身体的味道和声音相互呼应。当天色阴暗下来，花苞就会隐没在深深的黑色里，但它们身上的水滴却是闪闪发光。水滴是闪光的，天空也是亮的，水滴从天空获取光并在幽暗的人间把大地点亮。

清晨的空气尚好，第一滴露珠落在公鸡的掌心，它便喔喔地喊叫起来。四周的公鸡也跟着叫起来，山野里的野公鸡也叫起来。所有的动物都已经醒来，它们想起了昨天的一些事情，在荆棘里奔跑起来。它们得重新寻找一个安稳的地方，这里的生活不再安静了。

尘世间有许多的不幸，谈论生活时缺乏人性和无情。但我现在觉得，善良比什么东西都重要。第一滴露水，就像时间追赶着春天，追上了，碰到它，它就会停下来。

我去村外的早晨，走的路两边全是杂草，走过时裤腿被露珠扫得沉甸甸的。周围全是露珠，晶莹剔透的。一会儿在高处显现，一会儿又隐没，然后又浮现出来。露珠没有拦住我，我越走越远，村子里的公鸡啼叫的声音越来越大，我甚至以为到后来那不是啼叫，是欢喊。在浅蓝色的叶片上朝着大海移动，向疑惑不解的森林奔驰而去。

温暖的早晨，露珠就会大。有时遇上大露珠，白天一定会是晴朗无云。我想着，我的童年就像是个花朵，若无其事地过着春天的生活。

太阳会是最好的裁判。落日时啄木鸟在啼啭。它在树的半腰间吊着，竭尽全力为树诊疗。太阳照在啄木鸟的身上，极小的身躯，背着庞大的药箱。裁判在它的身上晃动着，它就会歌唱起来。我似乎明白，自然的力量是多么伟大。

而对于啄木鸟来说，在这庞大的自然里，再也没有比为树木诊疗所做的事情更重要的了。森林里的大树的身体，由于年深月久生长出了很多的蛀虫，这种虫可以使大树丧命，啄木鸟是医生，始终用自己的生命，守护着一棵棵高大的树木。它似乎一刻也不敢忘记，自己身上的使命。它明白，有一天树会老，它也会老，树老去后还会有小树生长，啄木鸟也有子孙后代做着同样的事情。

很难想象，森林里的名医竟然这么小。但是太阳却给了它大得无边无际的光辉。

在深不可测的夏天夜里，总能看到各种虫鸟在夜间飞行。夜间村庄里满是星斗，屋内凉凉的。我出去看看夜色，正巧碰到蝙蝠回来。它仅仅在屋檐的缝隙里停歇了几秒钟，又朝着夜空拍打着翅膀，在天空绕着看不见的圆圈，然后又飞回来落在屋檐下。它的身子特别薄，飞着的时候像面小扇子，又像是夜空里披着蓑衣的怪兽。飞的速度特别快，姿势特别美。蝙蝠在夜行中不断地打猎，必须把周围的害虫一网打尽才肯罢手。

“蝙蝠是益虫。”在漆黑处，父亲坐在矮小的凳子上和夜晚一起静默着。他不出声，谁也不知道他的存在。我望着满天的繁星和来来往往的萤火虫，感觉自然的世界真的无比繁茂。

遇上蝙蝠和萤火虫，自然是夏天了。整个村庄都被热气笼罩着，就连猫和狗都跑出来乘凉。它们在地场上坐着，听人们聊天，说些近来的事情，也聊些今后的打算，有些时候也会聊到猫和狗。聊着聊着的时候，就能听见昆虫越来越响的声音，嗡嗡地就在耳边，但是看不见，它们隐藏在黑夜里。我注意到狗的表情，不时伸着爪子朝空气中比画，像是在表演着一个剧目。昆虫在与狗玩乐，狗的眼睛能够看见。可它的爪子太小，蚊子的身子更小，它伸出爪子时，蚊子从它的爪子间飞过。猫呢？仅仅眯了一会儿，像是突然想起忘记了什么，纵身跃起，朝着更黑的夜的深处奔去。我清楚它要去的地方，紧接着听见躁动起来。自然已经给猫和狗划分了责任，谁都不能失职，否则必定会天下大乱。

夜深了，人们大概都睡着了。但是自然是醒着的，人们的思想和情绪没有中断。只是不知道时间去了哪儿。老鼠在水里跑着，不时把烂枝踩着弹跳起来。老鼠拼命地跑，猫不慌不忙地追。追到后来，老鼠被堵在一个死胡同内，胡同很小，老鼠蜷缩在角落里颤抖着，它想着法子逃出去，可腿已经没有气力。猫坐下来，藐视着它，又给老鼠让出了逃离的机会。老鼠仓皇地跑着，一会儿就变得无影无踪了。猫这才慢悠悠地站起来，又朝着老鼠跑去的方向追赶。猫知道，无论老鼠跑到哪儿，它都能闻到老鼠的味道，那是食物的味道，只有饿得慌的时候味道才越来越浓烈。它开始追踪，跑跑停停，我没法设想那是一场怎样的游戏，没有猎枪，只有着惊惶和不安，夜晚的歌唱和老鼠的死亡。

蛇隐藏的地方通常会在土墩下的小孔里，如果朝洞穴里多灌些香烟，蛇就会乖乖地溜出来。冬天过后，只要天气温暖，蛇就会跑出来晒太阳。它们自由地盘在茶蔸下、树叶上，那是它们长期出没的地方。农民在地里忙碌着，从未发生过人蛇大战，也未遇上蛇袭击人的事情。因此，农民见到蛇的时候通常会给它生路，用篾条把它赶走。村子里的蛇的寿命都很长，一条蛇会在多个场合与人相遇。

多少年后，丛林里骚动起来。有人干起了捕蛇的活儿，蛇成了餐桌上的美味佳肴。我很惊讶，森林如此大，蛇怎么就没有想到逃命的对策，或者说，怎么就没有找到个可以栖息的地方？我小时候见着蛇是绕着走的，从不敢去惊扰它的睡梦。我以为人是怕毒蛇的，放出来的毒液瞬间能取人性命。相反的是捕蛇人，所捕捉的蛇往往是毒蛇，银环蛇、眼镜蛇，都是丛林中最毒的蛇。蛇只有在伤人时，才会喷射毒液。毒液是蛇用来捕食的，关键时候这毒液还可以保命。毒蛇的蛇肉人吃了不会中毒，更不会夺人性命，相反能卖个好价钱。蛇没有罪，可谁会同情蛇呢？我在餐馆闻到蛇的香味，看着满桌子被剥去皮、削除骨的蛇肉时，我仿佛看见满桌子的蛇在蠕动。

蛇有蛇的生活习性，在村子里生活久了，很多的村民掌握了蛇的特征，知道蛇走路的方向，蛇不会咬人，见着牲口也会让路，但它会用咝咝的声音发出警告。真的，蛇不是不会伤人，蛇暗藏着很多种袭击人的方式，可以趁人不备时咬人的臀部、脚腕，只要留下一丁点毒液，就足够让人丧命。可蛇不愿意干这种小人之举，只要人不侵犯蛇，蛇就不会冒犯人，但是少数的蛇被逼得慌时，它也会愤怒，也会和人拼死一搏，有时候还会出现蛇咬死人的现象，这种人往往是中毒太深，无药可解。

树林中有很多黑琴鸡，所有的蚂蚁窝被它的爪子刨过。蚂蚁王的洞是深得见不着底的，无论黑琴鸡怎么刨都刨不到底。没有人知道这个谜，神秘得深不可测，正常人的大脑是猜测不出来的。但是自然科学中有一些答案，那些答案总不能让人满意。有一天，我在林间繁茂的大树下歇息，树蔸上长着泡沫般的青苔，厚厚的，裹着树蔸，但树根是露在地面上的，一些小的根须扎在土里，大树的青苔很漂亮，颜色鲜艳碧绿，仿佛照着它的不是太阳而是月亮。青苔干枯后会散落下来，在地上积淀得越来越厚，揭开干枯的青苔粉末，里面是蚂蚁的窝，它们就生活在青苔的粉末里。

我对自然提出过许多好奇的问题，这些令人费解的问题，就像一个个令人费解的蚂蚁窝，只有在沉寂的时候，听见啄木鸟飞来的时候，与自然融为一体的时候，那个时候的问题才会变得冷峻。那份冷峻可以辨析出温度，或者雨雾来临的时间，包括乌云会被太阳遮挡多久。

有时候想想，老鼠的命运也挺悲惨的。它所做的破坏性的一切，都是为了思考鼠族的生存，为了生命的延续和今后的生活。地球上任何动物的存在都是上天为了平衡地球的生态而放养的生命，如何生活下去，这是它们自己必须解决的问题，如果寻找不到有效的自救法子，那就只有在地球上消亡。

某天，我看见一只老鼠掉在水中，它拼命地想寻找到一个支点。但最终还是筋疲力尽，最后阳光照在它的脑门上闪耀着。一只顽强的老鼠，它最大的意义不过是发挥能量救活自己，然后让自己留在地球上，因为消失后，地球上再也寻找不到这只老鼠。

很多时候，我们的命运也和鼠一样，需要给自己寻找生命的意义，也需要顽强地在意义中重新生活。

如果每天都是乌云密布，那自然间就变成了万劫不复的黄昏，这是个非常可怕的信号。天空变成紫色不停地朝地面扑下来，人们感觉呼吸急促，动物也感觉呼吸急促，必须想个法子躲起来，不然就会被这紫色的天空改变往后的生活秩序。

我沿着乡野的小路赶着回家，路上到处是各种动物的脚印，很多动物是夜行者，野猪不一样，遇上紫色的天气也会出来。村子里有一种狗叫红毛狗，眼睛能够看清楚黑夜，野猪的眼睛也能够看见黑夜，可它肥大的身体遇上瘦小的红毛狗时就遇上了克星，很难逃命。红毛狗虽然小，可勇猛，有着巨大的威名，它们作战时是集群式的，野猪是胆怯的动物，遇到动静就害怕，实际上如果真正硬拼起来，就是红毛狗也咬不过野猪，野猪的力气大，牙齿也很锋利，连地里的红薯都能刨起来。可这一切都是身份决定的，红毛狗也是个好斗的猎手。

对于野猪而言，紫色而可怕的天空是它期盼的，因为这个时候还没到红毛狗狩猎的时间，红毛狗习惯在白天睡觉，晚上才会出来，那个时候野猪已经完成了它白天的劳动。

漫长的夜里，野猪有它藏身的地方。但这是非常牢固的，也是不轻易被敌人发现的，只要它不出来活动，就是绝对安全的，就算是再好的猎手也不可能攻破坚硬的堡垒，或者说也不会发现它的窝。从这点上来说，野猪并不那么笨。

鸟类是在晨雾中更容易靠近的。你朝它靠近的时候，它不会察觉，只要你扮演成自然植物的模样，无论多近，都可以欣赏它们的生活习性，如何刷牙、如何洗脸、如何化妆都看得一清二楚。

鸟是善良的。只有乌鸦是危险的，可我不觉得乌鸦危险。黄昏时分，天地间忧郁着雾，猎人端着鸟铳卧藏在地坑下的树蔸里。他在观察从天上飞过的乌鸦，乌鸦停下的时候便会哇哇叫起来，人们把乌鸦的叫声视为不祥的征兆，说乌鸦喊叫就意味着有不好的事要发生。这时就会有做贼心虚的人，想着把天上的乌鸦打下来。鸟铳响起来时，乌鸦从天空纷纷落下。但也有猎人在瞄准乌鸦的瞬间放下了猎枪，因为他在瞄准乌鸦的瞬间，发现了乌鸦的美，也发现了乌鸦的善良，乌鸦也就是只鸟，它的声音是天生的，因此而丧失生命太过冤枉，于是便有了善良的猎人。

冬天冻死了树林的害虫。它们没有了躲藏的洞穴，洞穴太浅，就连泥土也被冰凌翻开了。但是早晨的阳光出来，森林又会热闹起来，冰凌上留下了很多飞鸟的足印，它们是为了这个寒冬的圣诞节而来的，那些害虫就是鸟的美食。它们抢食的样子很贪婪，有点狼吞虎咽。

这注定是个漫长的冬天，日渐寒冷，也让鸟儿哆嗦着，它们在感到幸运的同时，也发出了孤独而悲怜的信号。林间的风太大，躲藏在哪儿都会被风掏出来。望着万顷的树林，鸟儿的眼睛越来越迷茫。它们的身子太小，风可以穿透而过。

无论深冬多么深，我都能从无边的树林里听到万物的声音。声音响起，就像是遇上了盛大的节日，就连家畜也跟着叫起来。

我想循着声音追寻鸟儿的足迹，空山不见鸟，只闻鸟语声。仅凭我的脚力和眼力，必定是难以寻找到鸟的踪迹。野兽就不一样，它们在树林里有它们生存的方式，隐秘起来鸟也觉察不到它们的存在。野兽也会被这寒冷的冬天逼得发狂，鸟是不能下地觅食的，还未落地就被野兽扑上来，来不及咀嚼就吞下了肚子。野兽的食量较大，一次能吞下几十只鸟。

当然了，我居住的村子的树林是没有猛虎的。听说，很多年前有人见过猛虎，森林资源被破坏，虎早已不知所踪。但还有少量的野鹿、野兔、狐狸。它们的生活要求没有那么高，除了鸟，老百姓地里的薯也能刨起来饱食一餐。

冬天是打猎的好时节。寒冷疯狂感染了打猎的人，在树林的密集处，地上到处是野鹿、野兔的足迹，狐狸的足迹是隐秘的，它躲藏的地方人是找不出来的。狐狸是狡猾的，猎人来过的地方，它还会回来；猎人呢，不会守株待兔，去过的地方就不会再去了。这也难怪，野兽都是生活在树林的边缘的，山越深越容易藏身，躲在林子的背后，用眼睛扫视着周围。野兔是最倒霉的，缺乏智慧，喜欢东张西望，就连夜莺也能扑进丛林把它抓出来，它的生存似乎就是为了喂饱这丛林之百兽。野兔的肉松软，香甜好吃。狐狸会借着野兔的足迹奔跑，可这一切都是假象，猎人追到的永远是野兔，没有追到过狐狸。

其实兔子珍贵的不是肉，而是雪花一样的毛。在春天的捕杀下，兔子白色的毛都被撕下来，到处可见白茫茫的一片。在树林的深处，在麦穗和豆秆的中间，一只脱毛的兔子正跑来。它的毛落在地上，把黑色的土地覆盖得雪白。

对于猎人来说，这无限的树林是巨大的考验。夏天路是很宽的，到了冬天就变得很窄。树叶层层叠叠地覆盖着泥土，树叶上是层层叠叠的厚冰，冰上是层层叠叠的雪。在这里，猎人是没法通过的，踩下去就拔不起来，只会越陷越深。所以，追到这里也就停住脚步，那些狐狸就会站在雪上回望猎人，用暗淡的眼睛看着猎人，有些愤怒，也有点失望。远处有砍柴的响声，大概这树林里还有很多双眼睛，静静地欣赏着猎人的贪婪和顽强。

林子的深处会有无处可觅的尽头，没有路，任何鸟兽都走不下去。动物不喜欢走直路，走的都是荒野，从一块林中空地到另一块空地，又从一段林子到另一段林子。我发现狐狸也有跑累的时候，蹲在地上喘气，还在做记号，它还想着回来，它是一只瞎了眼睛的狐狸，它再狡猾也逃不过猎人的算计。它的眼睛看不见了，可心里还是明白的，这回跑得太远了，它害怕寻找不到来时的路，那样就会走丢自己，也找不到家，重新建造一个家该是多么艰难，它得在树林恢复宁静的时候回来，那时它走的是一条出逃的路。

我似乎明白，树林真正的深处也就在近处，也就在狐狸安家的地方。

一阵寒风吹过，搅糊了看得见的一切，但有些东西永远是用肉眼看不着的。风从黄昏一直吹到天明，山野间野兽没有发出任何声响，只听见树木相互碰撞，黎明来临之前，整个树林的气温都要下降，多么期盼阳光能够早点照射过来。

我的想象力相当有限，只有依靠自己的努力发掘寻找身体内的种子。

村子里的每块土地都有先人行走的足迹，他们在这里挖掘过，盖过房子，打过地窖，在草地上仅凭着一些绿色，就猜测得到很久以前这里长满着庄稼。

很多时候，在我的身上会出现很多种奇妙的感觉。风从我的身上吹过，我能够感觉先人就是这样走过的。当年和我一样，在这里种着种子，在日子轮回中形成了各种骨骼的绿意。

当另一个人在我的身体里复活时，我在另外的一个地方找到了种子生长的姿势。那棵老树终于死了，啄木鸟也没有把它救活过来，它绿色的衣裳都已发黑，整个身体已枯萎，外衣一层层地掉下来。草选择了枯死的树，沿着它的身体不停地攀升，它想爬到最高处，每天欣赏着森林里所发生的事情。

草只有在强烈的阳光下才会变得可爱，它身上的绿色在阳光返照时，会变换成各种颜色。草望着无比茂盛的森林，忽然明白，肥料都是那些过往的日子堆积起来的，不断地轮回，喂养着新的每一天。

我不是说非要回抱着过去，那些沧桑的过往却是保留记忆的方式。像树构成的生命一样，在轮生上，总离不开种子，种子是大地的躯干，能够把世界竖立起来。

夜晚，我坐在窗台前，看着晚霞背负着黑色的云朝北方行走。根据云霞的走向，我知道今夜会有大雨降临。

借助一眼捉住世界的这种能力是有极限的。是的，我们看到的往往是自己的事物。有些人看见得多，有些人看见得少。但是所有的人眼睛都是有限的，看不得更遥远，能够看到天气，却看不透时间。

有些人说，自己参透了，实际上那仅只是某些细节，醒悟的也仅只是某些细节。那些小的片段切入人的身体，就会永远地保留下来，永远也不会忘记。于是，我想着法子亲近自然，我明白，我们的生命也来源于自然，我们是上帝奉献给自然的物什，我们也是打开自然的钥匙，可以毁灭自然，也可以使自然更加美丽。

一个人的智慧是有限的，有些时候，打开的不是一把锁，而是通过一把钥匙不停地转动方向。全部的方法就全在钥匙的转动里，信念也会被这把钥匙打开。

人是有个性的，大自然创造的都是没有个性的东西，世间没有任何东西是有规律的，在自然里一切规律都会被打破，人在创造精神的同时也在适应自然。

树叶飘落，簌簌作响，做着永别。就像秋天，叶子离开树干，掉落在地上。所有的存在都会是这样，都会诀别和消亡。

自然里，时常会露出痛苦的目光。看到这些目光时，有些人会脸红，有些人却很镇定。尘世中一个将死的人，他怀抱里的小狗看着他，舔着他的胸口，他会睁开眼睛看看，这是大自然对他的关注，他在沉醉中合上了双眼。

远处有袅袅升起的炊烟，像雾霭中颤抖的柱子。周围没有一样东西是活的，只有这股活的烟，还有我们活着的心在跳动。独立地和烟过着时间，心里就不那么害怕了。

时间太快，剩余的时间不多了，我想，我写这些会有人懂吗？我想把这些都转移到你们身上，我的读者，也许你就是那只啄木鸟，你会开孔，会做手术，会拯救这个自然。好了，大概就这样吧！很多的问题真的来不及思考，我得离开这片漆黑的村庄和这片孤寂的自然，去寻找真理。我想，也许上帝会有时间吧！他知道，将来有人会把那截树木搬到博物馆来，然后说，这是外科医生啄木鸟的极品。你看见时，你会说，孔好多。再看一下吧！

柴　扉

夜有点深了，她踩着厚厚的雪地，深一脚浅一脚地朝着深山的灯光走去。灯光独自亮在夜里，一闪一闪的像星星。她听到狗的叫从地底下传来时，浑身的毛孔都竖立起来。她闻得出那种熟悉的气味，一种久违的熟悉。她还记得那条路，朝山里拐几个弯左边就是她家的矮屋。

二十多年前，她熟悉这里的一切。柴扉虚掩着她家的门，门前是一片绿油油的菜地。她父亲挑着粪给菜加肥，她则在不远处的地场上捉蜻蜓。蜻蜓调皮地在她的头顶上做着各种逗人的游戏，她怎么扑打就是扑打不下来。那时她弟弟还站立不起来，全身软塌塌的，一张稚嫩的脸不时发出咯咯的笑声。可这种笑声，她一直记着。在那个单薄的记忆里，弟弟的声音以各种方式隐藏在她的内心。仿佛她的内心是条河流，那个声音不停地奔跑着。

日子在浮云中抵抗着残酷，村庄不停地舒展着身体。万物都在变化，每天都在寻找生活的趣味。只是这种变化，一般人觉察不着。比如她的个头又高了几厘米，比如昨天的风比今天大，又比如牛的叫声更悠长。

不是细心的人，是觉察不出来的。

她父亲是个奇人，一直在做着一个荒唐、艳丽、最秘密的梦。这个梦是不会被村民认可的，生平是一种叹惋的笔调。她家只有七分地，种麦子不够吃，种红薯也一年四季吃不饱。村里的一些人白天给自家干，晚上还要给别人干。有些干脆跑到城里打工，晚上就睡在桥洞里。一些讨饭的人，来了村里打都打不走。她家很穷，可父亲从容。从容的根底，还是不改的习惯。

在父亲眼里，穷和黑是一样的，不是密不透风的，也不是绝对的，白天在黑夜的背面。因此，黑是光明的精灵，也剔透出生命的气息。

一九九六年的夏天，弟弟七岁，她十三岁。平常夏凉的山里，今年的天气十分异常，白天热，晚上还热，那种热不在土地上，而是热在心头。她母亲决定再去鄱阳，还是和村外的几个女人去。说那边有适合女人做的事，可以弄点钱回来改善家庭。今年家庭比往年更难，还没到六月，就没油盐下锅了，白水烧开，凉后解渴，也当作是菜。作为主厨的女人，这是不容许的生活。

他父亲的脸色像天上翻滚着的云，再怎么阴沉，却丝毫影响不着大地的庄稼，干旱数月，到处是裂痕。按理说，干燥的时候咳得轻的，可她父亲偏偏咳得没完没了。她母亲很担心，这么咳下去，不知如何是好。

一大早，父亲就咳着不停。整个屋子被他咳得摇摇晃晃的。她爬起床时，看见父亲靠着门框，望着往山外延伸的路。

头天晚上，父亲和母亲吵到半夜。相互在撕咬着，不时还发出奇怪的声音。声音不大，她听得很清楚。父亲说，别去，别去，去了就打断你的腿。父亲的声音半求半迁就，母亲说，你的身体越来越脆弱，孩子们总得吃喝吧！父亲还在说，但那些话都是空的，空得长久而洁净。

她记得，这是母亲第三次去鄱阳。第二次回来后，本没计划再去的。一个女人出门，即便有伴那也是孤独的。

第一次回来时，母亲背着几个包，头发烫得发黄。给他们各买了几件时尚的衣裳，也给她父亲买了件西装。可他父亲不领情，像头不听使唤的倔驴，把衣服扔在门槛上，用柴刀砍成布条。那天晚上，一家人什么声音都没有。第二天，她见着母亲像往常一样，去沟里挑水，父亲坐在门口咳嗽。那时的父亲就像个孩子，一脸的荒废。

父亲患的是痨病，呼吸急促，气在咽喉处咕咕地旋转吐不出来，这几年越来越严重。天气变得阴沉，他的呼吸就跟着阴沉。一整夜都在努力地咳，不停地咳，像是要把整个肉体咳走，只剩一缕精魂在夜中。

这也许就是他的追求。

母亲就这样独自收拾着行李。她不敢前去搭把手。那个时刻，她的内心纠结万分。母亲收拾得很仔细，很慢。把屋子里的东西，都重新收拾了一遍。然后又一件件地叮嘱她，哪个柜子的衣服是父亲的，哪个柜子是她的，哪个是弟弟的，分门别类，叠得整整齐齐。磨磨蹭蹭好长时间，行李包里还是空空的。这种动作母亲不知道重复过多少次，弟弟半岁的时候做一次，提着包走到门口，听见弟弟的哭声就回来了。弟弟一岁半的时候又做过一次，弟弟的哭声又把她喊了回来。现在弟弟七岁了，她的动作也越来越娴熟，可每次天亮时，她又会出现在屋头的菜地里，哪也没去。清理排水沟，除草。父亲起得晚些，起来后提着锄头去帮忙！

后来，可母亲终究还是去了。她有点不可思议，甚至怀疑母亲在寻求更好的生活。村里人都是这么说的，一些女人陆续走后就没有再回来。

有了第一次，必定会有第二次。她感觉，接下来母亲会没完没了地往外跑。其实父亲不是个吃软饭的人，骨子硬得很，像一头在沙漠行走的孤象。他就这么自嘲着自己，在无垠的沙漠中奔驰。

村里办学校的时候，外面没有老师来。他充当起了这个角色，腾出一间卧室当教室。村里的孩子不少，可真正来上学的没几个。连饭都不得饱，谁还送孩子上学呢？可他不计成本，不收取孩子的学费。就连书本费、纸笔墨很多时候都是贴的。母亲和他说话，骂他是猪，父亲不聋，可他多半听不懂，不管是好话，还是坏话，脸都是平静的。母亲内心受挫，一个人坐在门墩上哭。她父亲的举动，成了母亲最不能理解的障碍。她父亲办学，不仅没有挣钱，相反也没有落个好名声。他对学生十分严肃，有过几次体罚学生，家长不仅不领情，相反咒骂他怎么没咳死。那间临时的教室，后来没有了学生。

在她印象中，父亲没那么严厉，可从那以后，像是变成了个陌生人。对她越来越野蛮，有次她和弟弟偷了村里小卖铺的饼干，回来被父亲狠狠地扇了一记耳光，那一记耳光把童年的父亲记忆沉到了很深的地方。有了这次，她不再敢正眼看父亲的脸，他的眼睛锋锐，有一股寒气投射出来。因此，每次父亲发火时，她感觉有一团火焰围着自己，被炙烤得满头冒汗。她发现，父亲的严厉仅此是对自己的，对弟弟又是另一副嘴脸。回想起，她有着很多恨父亲的理由。可当她真正去恨父亲的时候，又发现力不从心。

父亲在她看来，是男人里的悲剧。

那是个冬天的早晨，外面的风咆哮着。粘贴在窗户上的挡风报纸被风撕个碗口大的洞，风顽固地朝里不停地钻。

她有点睡过了头。屋里到处是青烟，每到这个日子，家里的干柴就所剩无几了。湿柴边烧边烘，烟雾特别大，呛得她眼泪汪汪。

父亲坐在火炉边，像个木讷的雕塑。火炉里不见火光，见她起来了，缓了下神情说，待会儿记得帮弟弟穿衣服。然后说，你妈妈去鄱阳了。她的心里顿时一空，腿脚有些不听使唤。离过年的日子近了，她不理解母亲怎么这个时候去鄱阳。以为那么多日子都熬过来了，这次出走没有半点征兆。她感觉腿好像突然矮了小半截，差点没有站稳。父亲连咳两声，她知道弟弟醒了。

她在屋里屋外走了一圈，第一次怀疑父亲说的话。她没有见着母亲的影子，内心冷得辛酸刺骨。家里没有女人，屋内冷风肆意乱跑。父亲到底是个怎么样的角色呢？那一刻忽隐忽现。她真的很害怕，生怕风把屋子吹倒下来。菜还是那几道菜，吃着总感觉是半生的，有些硌牙。

晚饭后，父亲立在火炉前。还是和以往一样，用严厉的眼神盯着她说，眼睛里装满了话，可他一句也没有说出来。父亲的眼神就是这样的吗？她感觉，自己离父亲很远，琢磨不透中间的距离。

接下来的日子，父亲经常会出家门。她想和父亲说点什么，问点什么，可又插不上话。她感觉父亲真的很孤单，没有一个读懂他的人。他就像是个气球活在针尖上，内心的疼痛不停地颤抖着。可面部的表情，却十分安宁而平静。他只听过父亲墙裂般的咳嗽声，没见过父亲脸部扭曲着的起伏表情。

那天晚上，还是黄昏。父亲把窗户被风吹穿的报纸重新用油布补上，风再大也没法再吹开。那个冬天一场大雪把村子封得严实，母亲没有回来过年。她的心里空荡荡的，不停地有风在心里吹过。父亲凝重的表情松懈了下来，父亲说，过完年你就十四岁了，是个大孩子了。你是没去过正规学校的，那里的五星红旗特别的鲜艳。我打算过完年就送你去镇完小，没有小学成绩上不了初中。她看着父亲的嘴唇，像两张叶片在上下蠕动。后来父亲还说过什么，她一句也记不得了。

村里的孩子书都读得少，尤其是女孩就读得更少。十几岁就下田下地，晒得黑溜溜的。她没有干过苦活累活，父亲不允许她下田下地。说一个女孩家，干这些能有什么出息呢？出息是什么呢？在村民眼里，出息是从庄稼里长出来的。父亲和她说过，田地就是他的希望。那时她把父亲的话仅仅理解为庄稼的丰收，后来她有了更多的想象，把这种年复一年的照旧看作是无限的理想，那种理解在田土的日积月累中变得无穷无尽。

村里有人劝她父亲，要不要去北京上海看看。一提北京上海，他就滔滔不绝。他在书本上对这两个地方充满好奇，他说总有一天会去这个地方。他计划的是两个孩子，将来能去北京上海读书。这可不是个胆小的计划，说出来是腾云驾雾，可还是有人背后指他背脊，说简直是痴心妄想。父亲没有在意，任何人的任何话，在他耳朵里停留不下几分钟。这些话如果要计较起来，恐怕还得伤神劳肺。

父亲这个病是遗传下来的。潜伏在他的体内，伴随着他的成长。他觉察到潜伏在体内的某个地方，可不是他用意志力能够驱赶出来的。它是无形的命运，至少他自己是没法摆脱了，可他想着将来孩子呢？祖父仅活了五十岁，曾祖父就更短了，他想，自己至少也能活过四十岁吧！

这病开始没有症状，也不是每个人都会遗传的，她父亲生下来体弱多病，曾祖父就送他去私塾念书。私塾的先生说，他是个读书的天才。他自个儿笑着说，世间哪有什么天才？先生你也不是天才啊。先生乐得笑呵呵的，《贤文》《幼学》我得学三年，不，三十年，甚至一辈子都还没有背熟。你小子就三个月熟背如流，能不是天才吗？他的脸色很平静，自知不可能变成天才。

她母亲是隔壁的村子嫁来的，村子里的人都知道他家有这个遗传的痨病，谁也不愿意把女儿嫁到他家来。有人也劝过她母亲，可她相中了，说到底是喜欢这个男人，任何理由都抵挡不了。

洞房的那晚，她父亲和她母亲细细地说着话，说将来有一天，如果他家遗传的痨病发作了，她可以随时离开，去哪儿都可以。当时，她母亲就感动得哭了。用手捂着他的嘴，说哪儿也不去。

月亮挂到半天的时候，已经是后半夜了。床才发出声响。她是第二年春天出生的，出生时正下着春雪。阳光照在雪地里很是刺眼。

她两个月的时候就会笑，父亲成天把她搂抱着。她八九月的时候，父亲就把她扛在肩上。她三四岁的时候，父亲就弓着腰让她当马骑。她对幼时的记忆，一概的模糊不清的。只记得后来，父亲送她去镇里上中学。

那天，风和日丽。虽是九月，气温还热。那时村里到镇上没有交通工具，只有靠两条腿走路。父亲挑着沉甸甸的担子，她走在前面，父亲走在后头。路是崎岖不平的，弯弯曲曲的。拐个弯时就见不着了父亲，她只好又往回走几步。父亲没有了气力，额头上全是汗水，脸色有些苍白，可没有停下来的意思。那时，她还不知道父亲发病了。快到学校的时候，父亲实在坚持不住了。放下扁担的一刹那，他看见两条腿搅和在一起。整个人倒在地上，额头撞在旁边的石头上。顿时脸色苍白，嘴唇发紫。她吓得腿脚发麻，没有一点办法。过了好一会儿，父亲才爬起来。父亲说，今天腿脚不辨认路，鞋又大了一点，所以走路有些吃力。说着，父亲又挑起了担子，这回她走在后头。他从未见过父亲如此费力，也从未见过父亲如此野蛮。两条无法铆力的腿，彼此间纠缠在一起。父亲一点也不着急，顺着一歪一扭的姿势慢慢地朝前走。

这是她从前未见过的父亲。

母亲是年终回来的。大大小小的包好几个，有好看的衣服，也有食品。父亲没发脾气，坐在火炉前脖子朝里缩着。母亲拿着衣服在他们身上比画，大小刚刚合适。

半夜里，她听见父亲和母亲在吵架。她仔细听时，只听见窗外的风声。母亲说，有本事你去赚钱啊，总不能让两个孩子回家种田吧！根傻头傻脑的，听说是可以治好的。她醒来时，发现是个梦。

母亲年后又走了，还是去鄱阳。她不知道鄱阳在什么地方。有人问她母亲去哪儿了，她就说鄱阳。她回答完后，见着一种很不自然的表情。村里人说到鄱阳就是另外一张脸，她知道，村里的女人都往鄱阳跑，去干吗呢？有人说是去做保姆，大多数人说是去做情人。他父亲的脸色不好，不知道什么时候少去了尊严。他的病越来越严重了，还想尝试能否拖些日子。尝试着在全国各地购药，没有哪个药方是有效的。她给父亲煎过药，雷公虫，鱼腥草，各种虫草混合在一起，药渣倒出来整个屋子都被熏得呛鼻。可她父亲没有觉得苦，本来用鸡蛋换了点白糖回来下药的，可全被弟弟泡糖水喝了。

她初中毕业那年，市报社来学校对口帮扶。报社的女记者特别喜欢她，说愿意帮助她上学。这个消息让她父亲高兴了好一阵子，他正犯愁呢，不知道接下来的日子如何是好。不过，那年她中考的成绩很不理想。没能考上重点高中，被湖北的一所化工学校录取。她以为，一定会受到父亲责骂的。可这回父亲不但没有责骂她，反而给她竖拇指，说她是村子里唯一一个考上学校的孩子。她知道父亲是在鼓励自己，要自己继续读下去。

不知道什么时候，她家安装了电话。那天下午，她听见父亲给母亲打电话，说孩子考上了学校你得回来。没几日母亲就回来了，还带回来了两千块钱。她记得很清楚，百元版的八张，五十元的十九张，剩余的都是十元的。父亲说，我打算让孩子复读一年，来年再考。父亲的话就像是从地下钻出来的，一屋子的人都镇静了。还是父亲的咳嗽声，把大家缓过神来。我想让杏上高中，今年没有发挥好，来年一定能成功。父亲的话在她的心里像春风拂过，不知朝着哪个方向跑。一个女孩读那么多书干什么？迟早都是别人的。不知道是谁在后面说。女孩男孩是一样的，她走到哪儿都是我女儿。她父亲说。

再也没有人赞成和反对。她母亲说，我把孩子带去鄱阳吧！在同一所学校复读，孩子也要面子。

她跟着母亲坐班车去了鄱阳。下车时，一个六十多岁的老男人来接她们。母亲说，叫大伯。她想了想，这人比她爷爷小不了多少，怎么也喊不出口。让她没想到的，她们在鄱阳就住在这个老人家。老人倒是很积极，帮她联络学校。学校的环境和条件比镇子里的好很多。不知道为什么，她特别怀念那些日子。好久没有听见父亲的咳声，她就特别想念，还有那个傻傻的弟弟。

每次放学回去，她总是看见母亲忙里忙外的，那个老人坐在阳台上晒太阳，看书，有时候也会抽烟。见她回来了，就会和她笑着打招呼。反正，她没有正眼看过他的眼睛。

母亲也曾教育过她，你吃人家的，喝人家的，不要见着都不喊一声。

有一天，她终于忍不住了。问母亲，你在这帮他做什么啊？人家就白白养咱们两个人？母亲被她问得满脸通红。你这孩子问的什么话？我还不是为了咱们家。为了咱们家，你就可以背叛爸爸吗？你也太没尊严了吧！每次晚上，母亲趁她睡着了，就会偷偷地爬到隔壁那个老男人的床上，紧接着就听床嘎嘎地响时，她就整个人快要崩溃了。于是她开始写日记，在日记里发泄自己。

老男人见她的脸色不好，会主动和她搭话。可她从不理睬，也不愿意正眼看他。老男人有家庭的，妻子去世有段时间了，还有一个女儿两个儿子，而且都已成家立业。

儿子劝过他，不要扯女人。可他说，屋子里总得有个人收拾，请了好几个保姆，他都嫌弃人家的饭菜不好。她母亲是别人介绍来的，屋子打扫得很干净，一尘不染的。开始并没有感情，那次春节回乡时，他多给她母亲支付了两千块钱，那时她母亲计划带她父亲去大医院治病。父亲呢？他没有这个打算。他说，这个病去哪都不可能治好。她母亲是爱父亲的，可村子里还是有人说，这么年轻的女人，出去后就可能不回来了。不回来也是正常的，谁愿意过这种日子呢？可她母亲是个好女人，没有打算离开她父亲。

她不理解母亲，不知道为什么半夜非要爬到老男人床上去。那时她父亲还在，她这么干要是让父亲知道，他必定会被活活气死。她真的很闷，真想爬起床把门踢开，可她没有这个勇气。这时她就会哭，躲在被子里哭。

那年暑假，母亲和她说，她打算把弟弟接过来。开始她并不同意，父亲一个人在家挺难的，弟弟虽傻可有个伴。可后来母亲说，鄱阳有所特殊教育学校，弟弟可以去那接受教育。弟弟在家对父亲来说也是个累赘，可父亲是乐意的。现在要把弟弟带走，她想父亲是不会同意的。可她母亲说，弟弟如果不接受教育，恐怕日后彻底是个废人。商量后母亲让她回去做父亲的工作，顺便把弟弟带到鄱阳来。父亲的病不见好，依然咳着不停。弟弟见她回来了，朝她扑过来，差点把她扑倒在地。我带你去鄱阳读书吧！她抱着肥胖的弟弟说。好啊，好啊！我可以去读书了。高兴得在地场上跑圈。她看见父亲脸上的肌肉抽动了一下，接着又露出了笑容。爸，鄱阳那边有所特殊教育学校，弟弟可以去那边读书。得要好多钱吧？父亲说。母亲说，再多的钱也得送弟弟上学。父亲站在那一动不动，眼睛一直盯着弟弟打转。那天晚上，父亲给她做了好吃的。这是她吃过父亲做得最好的菜，父亲说，弟弟在家跟着我受苦，世上只有妈妈好，孩子跟着妈妈会更好！父亲在考虑问题上总会瞻前顾后，他最担心的还是弟弟。外面可不比这闭塞的村子里，哪种可能性都会发生的。

那天早晨，父亲送她和弟弟到路口。父亲走路很吃力，脸红得像关公。她很心疼，答应父亲一定好好学习，一定好好照顾弟弟。父亲说，还要照顾好妈妈，跟着我没有过好日子。

那个老男人对她弟弟很关心，每天送他去学校，晚上接他回来。他在退休前是科技局的副局长，在没从政前是中学老师。退休后每月工资还有六千多元，而且在县城有套一百平方米的房子。阳台上养着两只八哥，在铁笼子里不停地吵闹着。她来之后，那个铁笼子不见了。客厅里多个透明的鱼池，几条金鱼自由地摇摆着尾巴。

她的成绩还不错，老师也特别喜欢她。第一学期全班第一名，全校第七名。第二学期，她的同桌跳楼了。前排同学的钱包掉了，不知道为何说是同桌偷的。同桌不堪压力，从五楼跳了下去。突然间她就发病了，医生说是抑郁症。成绩直线下降，学校让她先回家疗养。可她很着急，父亲可是对她充满期许的。不考个好成绩，她觉得很对不起父亲。

母亲和她谈心，叫她不要压力太大。可她怎么也听不进去，闭着眼睛就会看见那个同学。很多个夜晚醒来，全身都在冒冷汗。她醒来时，听见母亲和那个老男人说话，孩子压力太大了。那些叹息声，一直从半夜到天明。医生说，她这病解铃还得系铃人，唯一的办法是转学。离开现在的学校，过些日子就会好起来。学期转学可不是好办的事情，那个老男人在外跑了好些天，每次回来都是脸色灰白。估计是碰了不少钉子，还没有找到解决方案。但问题终究是解决了，她被转入鄱阳英才学校。英才学校虽然是所私立学校，可不比公立学校差，尤其是英才班可是县里鼎鼎有名的。

转入英才学校后，病情稍微有些稳定。成绩与之前相比却大相径庭，离重点高中的英才班相差三十多分。她没有脸面把这个消息告诉父亲，躲在屋子里谁也不见。她越来越害怕见着父亲，害怕见着他那失望的神情。这个暑期，弟弟吵闹着要回家，可她却不愿意回去。可她的心里，却是无比地思念父亲。想着他一个人的生活，以及瞩目远方的日子。

那天半夜，她听见母亲的哭声。说她父亲去世了。她感觉整个黑夜朝着自己压来，胸部闷得疼痛。她父亲是一把药呛死的，脖子青紫，死得很难看。她很痛心，没有想过父亲会突然离开，他的死太突然了。她甚至想过，考上大学后，以后的未来，都会有父亲。现在父亲走了，她怎么也接受不了。没几天，她就瘦得像根麻秆。

老男人担心她的压力过大，复发抑郁症。找尽各种关系，花钱把她插进英才班。这种不劳而获，不是她想要的。可是除此之外，再无别的选择。她感觉自己欠这个老男人的，父亲不在以后，母亲虽然没有和他打结婚证，可明着也就是他的女人。她见着有些恶心，吃饭的时候夹着菜坐在旁边。这种生活过了两年，让她惊喜的是弟弟有了变化。他没有以前那么傻了，特殊教育学校的老师说他可以去正规学校学习。弟弟的变化给了她许多希望，父亲的希望就是她上大学，如果弟弟也能上大学该有多好。

这个夏天老男人一直在规划和盘算着往后的日子。不，在她的心里早已被这个老男人潜移默化了。她已认了这个继父，只是她不愿意开口喊他父亲。她觉得继父实际上是个可怜且善良的男人。继父和亲生的儿女往来不多，他们彼此间空着，互不干扰。不过也有闹得不可开交的时候，比如他把房产证的名字改成她弟弟的名字时。他两个儿子来吵过几次，说他这么干可以，死后他们是不会负责的。继父的决定，没有给两个儿子半点面子，这让她非常费解。

她无意中发现继父还有另一个计划，把弟弟永久地留在鄱阳。这个事情她并不能接受，如果她父亲还在是绝对不会同意的。可后来她弟弟的户口还是迁到了他的名下，户口本上就他和弟弟两个人。

她高中毕业时，考在南昌航空航天大学。资助过她上学的女记者与她不期而遇，知道她后来的情况后决定收她为义女。女记者的老公是省法院的副院长，鼓励她学法律将来当律师。这可是个不错的远程规划，南昌航空航天大学的几年里，她发奋图强，刻苦学习。几年后，又考取了北京大学的法律系。

弟弟后来，考上了南京农业大学。毕业后回到了鄱阳，在科技局当技术员。本来她还想鼓励弟弟考研的，可他不愿意了，他说现在老父亲年纪大了，不能再给他增加负担。她很不理解，弟弟怎么会这样想？她私下和弟弟说过多次，父亲已经去世多年了。他是咱们的“继父”，你知道吗？这个“继父”在她的心里，就是个侵犯她母亲的人。有时候她会恨他，也会恨母亲。她觉得父亲的死，很大程度上与母亲有关。而母亲最终留在鄱阳，是这个男人造成的。当然，这种想法她一直没有说出来。

她知道母亲不是贪图享乐，可内心还是愤愤不平。

弟弟上班后的半年，继父在修水县城买了套六十平方米的住房。跟着她母亲回到了修水。那时，村庄里的人都整体移民搬迁到了城郊。回来后，亲戚朋友相互往来，谁也没有把她继父当外人。

他会下棋，棋谱烂熟于胸，没有几人是他的对手。

母亲说，继父患了重病，你有空回来看看。她的心里一惊，什么病呢？母亲没有说出来。“你要是不想回来就算了。”她想着父亲去世时一个人，耳畔全是父亲的咳声。一阵一阵的，很快就忘记了继父的病。

那个晚上，继父突然走了。走的时候七十三岁，她母亲五十六岁。他是患肝癌走的，她根本就不知道他得了这个病，不知道是因为她对他有成见还是咋的？她什么信息都没有张罗到。直到那个夜晚，她听到消息时，大雪已封山。继父生前交代过她弟弟，死后非要埋葬在她出生的村子里。她远远地看着山下的灯光，嗓子瞬间失去了知觉。她努力地想喊声父亲，却怎么也喊不出来。她害怕，被自己的亲生父亲听见。

那年清明，她回到了村子。满村子“嗷嗷”地喊狗，狗听见主人的声音就会回来。狗老远见着她时，是在进村的路口，疯狂地朝她跑来，扑上去，她抱着狗的头良久，狗孤独地生活在村子里，吃的也是自己找的野食。

她的心里有着太多的结，她先去了父亲的坟墓前，点燃香烛，倒了一满杯酒，刚把酒杯放下，她又重新端了起来。父亲不喝酒的，她居然忘了。山的背面是继父的坟墓，她想着他在生时烟酒不分家。

清明一过，窗外的阳光就亮起来。这是中春，中是正的意思。那个冬天显然过去，冬天实际上也是春天。她突然呜呜地哭了起来。

第三章　昨夜西风凋碧树

黑夜里，当你在文学的林中行走时，你会发现每一滴水的力量是无比巨大的，它会像艺术，巧妙地摆脱困境。又像是长在背脊上的一棵树，伸伸脖子会向四面八方畅游冥神。

酒　坊

那是多年前的春天，我去一个叫桃花源的村庄。

我到时，已近中午。阳光穿过松林，照在流泉上闪闪发亮。最早迎接我的是一条黄狗，它依着酒坊的门框，把头伸出来又缩了回去。没过一会儿，又把头伸出来，开始汪汪地叫。没有人理睬它的叫声，酒坊经常会有陌生人来。

我刚进村子，狗便跑过来，在我脚下绕了几圈，然后摇晃着尾巴，朝着酒坊方向跑去。

酒坊是松木构建的，一个天井式双重庭院，靠着山岩。院的东北角里是一个灶台，低矮的灶台灶膛朝下，木柴朝里扔，全落在低处。

屋柱与檐匾均有雕刻花鸟鱼虫。长年累月，院落的小瓦熏得漆黑。阳光从瓦缝里流进来，一个姑娘拿着相机给酒徒照相。屋内的酒气栩栩如生，绕着房梁到处跑。

在酒坊窄小的巷道里，七八个人挤在一块儿，彼此说着话，相互碰撞着酒杯。见我进来，一个脸蛋圆圆的、眼睛黑黑的女人从侧门走过来。“你就坐这儿吧。”一张低矮的小桌子，旁边放着一条旧板凳。刚一坐下，残缺的板凳一扭，我整个人和风一起飘起来。腿碰到了桌子的吊板，一阵生疼。

“别动，坐下。”

她叫砚台，二十出头的姑娘，是酒坊的主人。眼睛很大，黑黑的，像酒坛子深不着底。

我是照着邀酒信的地址来的，来之前，读过她的《走吧，砚台》。那本书我很喜欢，至今还记得封面的那个背影。据村民们说，砚台的祖先，以前也是酿酒的。砚台是在山外长大的，后来又回到了村子里，继承祖业煮酒为生，空闲时写写文字。其间相继带有三个徒弟，都是女性，大徒弟比她大二十五岁，原先在广州干丝绸生意，身价已过千万，喜欢摄影。二徒弟比她小两岁，大学毕业后一个人悄悄来这儿喝酒，喜欢自然。小徒弟与她同龄，是从湖南来的，会写诗。一到冬天，酒坊就会发出邀酒信，信里夹着小徒弟的诗，配大徒弟拍的照片，酒徒们从四面八方赶来。

酒坊的侧门处架着一座木桥，两个桥墩栽在流泉的深处。黄昏的时候，砚台坐在桥板上，脚吊在桥板下荡漾着。砚台和我说着后半生的事情，头顶上远远的星光照着我们，松林里的风哗哗地响着。大徒弟正在屋里洗碗，锅碗碰得哗啦响。二徒弟出门抱着柴火进去，蹲下身子烧火。今天晚上是她煮酒，在她眼里，自己就是个天生的煮酒人。小徒弟拿着扫帚，把地上的松针扫成一堆，装在麻袋里，那是点火最好的原料。

到了六月，流泉被太阳晒蔫了，一点儿声息都没有了。这时，砚台的日子是颠倒着过的，白天睡觉，一到晚上便爬起来煮酒。酒在夜里生长得特别快。

二十年前，村子里分土地，砚台家的地分在这流泉的峭壁上，孤单的一块，离村子好几里路。以前大块的田地，都是划成一畦一畦，抓阄分给每个人。

地不能说不是好地，可一到春天，种子种下去，什么都长不出来。几年后，砚台一家人被迫离开了村子。有人想挽留，分些田边地角给他们，最后他们还是离开了。去了哪儿，谁也不知道。几个人影，一闪一闪地在山的那边不见了。

砚台一家离开村子后，村子的麦垛似乎一夜间矮了许多。开始几年，还有人经常唠叨他们，再过两年就没人说起了。

砚台回到村子时，已长成了一个大姑娘，水灵灵的，村子里再也没人认识她。她离开时只有五岁，和她一样高的松树，现在长得比山还高。

不过，这时村子里的人响应政府的号召，大多数搬迁到了山外，村子里到处是荒芜的田土。昔日的鸡鸣狗吠，也退出了乡村的舞台。所幸的是，松树常青，挑战着酒的空虚。春天来的时候，砚台把那些荒田荒地都租种起来，红薯、洋芋、茄子、辣椒、豆角和西红柿，这些蔬菜生长快，很快就挂果，每亩的收入有上千元哩。她把卖菜的钱捐给村子里一些贫困的孩子，帮他们买书包和生活用品。

到了春天，满山都是酒味，酒在春雨中孕育，伴着竹笋破土而来。酒徒就像是南归的燕子，从四面八方叽叽喳喳地赶来了。阳光把云块顶开，穿过酒坊的缝隙，照在酒坊的灶台上，发着金闪闪的光。三个女徒把日子调制在酒里，所有的光阴都入了松与酒的道行。

夜半出酒的时候，我听见，呜，呜，呜哇，咕咕咚，像是繁复的水流声，咚的一下，感觉酒摇摇晃晃地坠下去，感觉声音像是从天上来。

砚台的酒不卖钱。酒徒自带下酒菜，只需讲一个故事，以故事换酒不限量的。

一些酒徒没把这酒当回事儿，尽情畅饮，三杯下肚便好奇地仰头望月，铆着劲喊山，声音飘到了星星上，回音又一串串地返回来，很快就跑到了酒坊的屋顶上。晚餐后，大家神情释然，师徒四人一个说河南话，一个说湖南话，一个说四川话，砚台说江西方言，借着淡淡的月光，把白大的故事记录下来，夜晚才踏实。

小道上阵阵微风掠空而过，空气在叶冠的扑打下，一飞缕一飘线，酒香长空，金针度日，一棵松树，几壶酒，入自然，灵魂，也入自然。砚台的心便留在那酒的长夜里，与松木一起守黑夜，守白天，守一个个日子。

嗅山间酒味，听流泉水声，人便融入古典的情怀中。我突然领会到，松与酒之交，便是君子之交，松和酒的互文，用沉默写出了新的颜色。在砚台眼里，酒其实就是一个人的形状。

夜晚，一个人在村子里行走，月光松影下，女人和风说着过去的事情。那山，那水，那树，像是大地的服饰。隐隐约约闻到酒的松味，那味道在酒的世界里飘荡着。想来每个人都不过是松针的人生，一个人喝醉时，心里是亮堂堂的，有着松的坚韧和苍劲。

酒是什么时候喝醉的，居然一点儿都不知道。我从酒中醒来时已近黄昏，酒坊非常热闹。又来了一拨人，他们端着酒杯，彼此碰撞着，给我讲种菜致富的事情，怎样种菜，怎样卖钱。今天砚台一早就上山去了，说是采摘些松花回来，碾成粉末酿酒。这便是她新取的酒名，松花泉。我还是头一回知道，松花是可以酿酒的。她笑着说，还有药用的功效。每次她都是一个人出门，狗在前面带路。谁也不知道她所去的方向，也不知道什么时候回来，只有狗知道，狗不会告诉任何人。为了见她一面，有些人，得等上两三天。有些人，却得等上两三年。因为她回来时，他们已经喝醉了，醒过来时，她又走了。如此往返，来来回回。

在酒坊的那个晚上，我做了一夜的梦。梦里见到了好多熟悉的事情，听到了好多陌生的故事。醒来时，阳光照在脸上。我想，和自己喜欢的东西在一起做个梦，也就足够了。

我后来还知道，砚台父母亲离开村子后在一场车祸中去世了，是一名退休的老人把她养大的，也就是她的养父。我听后根本不敢相信，我没有见到她的养父，我去时，他已去世好些年，埋葬在酒坊后山的松林中。

多少年后，砚台的小徒弟回到了湖南。在湖南常德仿造了一座酒坊。不知道什么原因，就是酿造不出原汁原味的松花泉来。

某日，我又来到了酒坊。当然，这已经是几年后了。我是来拜师学艺的，可这时酒坊已经没有了，一棵苍老的古松还立在那里。整村移民后，村里不要说酒坊，就连铁皮棚都拆除了。

再次离开村子时，已过黄昏，我隐隐约约地看见那条狗还守在酒坊的门口，不时朝天空叫着，像是在和我告别，又像是在等着酒坊的主人回来。我发现，酒的味道还在村子里，哪儿也没去。

田螺小镇

好些天过去了，我一直没有回过神来。那天我和溪流文学社副社长赵小虎、何明生、韩汤三位老师去浏阳，去的就是这个叫田螺的小镇。汽车在高速公路上飞驰，我们四个人彼此交换着故事，感觉田螺就在两旁的田野上，鼻子、嘴都张着，弥漫着一种陌生的气味。打开车窗，我确信听到了一些混杂的话，感觉是从田垄的泥土里传来的，一时半会儿不能辨识出来。我不敢肯定，那是不是田螺的声音。

半中午的时候，阳光把我们从山外照进了田螺小镇。我们的车停在田螺的池边上，不远处一辆车刚停稳，见着几个文质彬彬的书生下来。他们有些兴奋，我猜测他们也是来采风的作家。那天早晨，我们从修水出发时，天气还阴沉沉的，像是有一场大雨要来。刚跨进田螺小镇的地界，天空便豁然开朗起来。阳光从高处照下来，把整个田螺小镇照亮。

在我小的时候，对田螺有一些错误的认识，甚至对田螺还有些偏见。我把田螺从田沟里捡回来，放在水缸里养着。我以为，田螺养大就可以烤着吃。我发现田螺长得慢，生命特别顽强。为了取乐，我还会用硬质朝着田螺壳上敲打。将田螺坚硬的外壳砸烂，柔软的肉便粘贴在石头上。

我上学后，才知道田螺是益虫。与水息息相关，与河流密切相关，吃水底的小微生物，能保持水的环境。这个时候我的内心才感到羞愧，从此再也不去捕捉田螺。

在田螺小镇，我看到了一条碧蓝的河流。像是被人收拾过，干干净净的一尘不染。河岸的左边是错落有致的房屋，右边是辽阔的田土。在不远处有座茂密的森林，里面有一个改造过的公园。各种娱乐设施齐全，几个人在一张网上来回跳，就感觉能把内心的憋屈跳出来。瘫倒在网上，摸着网又爬起来，接着追赶，跳得有些晕的时候，田螺的叫声在四围响起，从东边传往了西边。

我们住的屋子是一栋低矮的别墅，横竖着两排，有一个露天的窗，帘子一半挡着，站在窗台上舒展手臂，呼吸新鲜的空气，生活也就变得清澈透明。

刚进屋子，便听见旁边有人敲门。韩汤老师就住在我们隔壁，同屋的是一名叫杨英的作家，好像是长沙人。我们的门没有关，她探着头和我们招呼着，说的也都是一些礼貌应付的话。那天来田螺小镇的大多数人，都是浏阳作家彭晓玲邀请来的，这些人基本上都是作家。负责接待我们的是田螺小镇的主人，听说田螺小镇最近要举行一个盛大的活动，准确地说是要做一次文化推广。推广的方式非常有意思，叫“浏阳打卡记”。我至今还不太明白“浏阳打卡记”的意思，怎么样才算是打卡呢？会和打卡上班是一个意思吗？还是必须得在浏阳待上一段时间，或者写篇到此一游的文章来。

中午的时候，我小睡了一会儿。刚闭上眼睛，韩汤就在敲门，说我们得去一个森林公园“打卡”了。几个人坐上一辆旅游大巴，朝着一个叫大围山的地方进发。那个公园的地名我很快就不记得了，后来我在赵小虎老师写的文章里读到两个小名：西溪简和云水谣。实际上这里山水相连，应该是一处地方，取了两个不同的名字。刚到山脚下，带路的人就不知去向，我跟着一群人东转西转，后来又回到了原先的地方。忽然发现，对面的山脚下的林丛里有几个闪动的人影，才知道沿着沟底还有条路，是绳索架设的桥，韩汤正在桥上摇晃着。我一眨眼睛，就不见了她的身影。喊了几声，也不见回应。

落在后头的人越来越少，一些面孔也越来越陌生。我只好一个人朝着绳索桥往上爬，半路上又见着了些人，老远处似乎看到了赵小虎和何明生老师在拍照，努力朝前追赶时，又不见了。我一个劲儿地往上爬，想着法子去追他们，力气耗尽没能追上。当我爬到顶端时，见一栋小屋子前的地场上坐着几个人，还有家卖水果的小卖铺。几分钟后，韩汤老师气喘吁吁地爬了上来。我问她路上是否见着赵小虎和何明生老师，她说刚刚见着了，还在后头哩！我感觉很是奇怪，一路朝上未见岔路，是在哪错过了他们呢？她笑着不语。

不知道为什么，在那条神奇的山道上，我感觉有一种特别的空，感觉耳朵内空荡荡的，内心也是空荡荡的，不像是在朝上走，反而像是落入一个深不见底的空洞中，不着边际地往深处坠，像是把整个肉身全部放空。

对一座山的认识和了解，需要用漫长的时间来领悟。我的步子走得太急，在山头仅歇息了几分钟，居然睡了好久，我做了一个梦，梦见自己飞了起来。在山涧的玻璃道上，居然见着了谭嗣同。他和几个年轻人说着话，后来听见一个声音在喊我，我知道这时我该离开了。“往后坐，脚收在里面。”我和另外一个同伴坐上了漂游船从山上往下滑，脸朝着天，一个拐碰着另一个拐，左一下，右一下，耳边是“轰隆隆”的声音。我看见漂游船两旁的青山，不时有大小的田螺跃起。听见有人在山的深处唱歌，声音很快就变成了一种果实的颜色。

回到田螺小镇，已近黄昏。吃过晚饭后，我才知道白天在爬山时，韩汤老师掉进水中打湿了鞋。湿鞋里藏着水，晚上特别冷。晚上八点还要召开座谈会，趁着座谈会没开前，我陪着她去了趟集镇买鞋。镇子不算大，找个买鞋的地方不易。东走西走好几条街，鞋总算是买了回来，还挺合脚。

我们回来时，座谈会已经开始了。我在最里边找个空位坐了下来，静静地听着他们说话。气氛有些热烈，说话的是田螺小镇的主人钟子平，一个在报社干过记者多年的中年汉子。他对我们非常客气，说江西人去湖南是走江湖，缘由是他的祖先是江西人，这里面还有典故。他说下海建这个田螺小镇，不是一个常规的想法，这个项目不仅是用作旅游，而是建立一个田螺的故乡。把各种田螺汇集到一块儿来，给它们一个安静的着落。自由的田螺愿意在一起生活吗？我问。田螺和人一样，聚在一起时就不会孤独。总会有着说不完的话，还能构成独特的田螺景观。

田螺，生命的图腾，繁殖的象征。它跳上一张白纸，便是文章的封面。如果错过了这个活，也许往后一百年，一两千年都不可能再实现。我的耳朵有些恍惚了，很难想象田螺的来处和归途。

座谈会结束后，我们几个人回到屋里，泡着茶，边喝边聊。风从屋外吹进来，卷着茶香，我们嚼着茶的味道，聊些生活，聊些文学与田螺的关系，还聊着白天吃的大碗菜。到底是火灶和厨师的手艺超凡，所烧出来的菜香味不一样。我们探讨田螺和人的关系时，聊得最多的还是人和人之间的问题。实际上田螺的风俗，也是人从别处带来的。风从小镇吹过，所有的味道都停不住，来过田螺小镇的人，必定还会再来。

深夜我睡得迷糊的时候，仿佛听见有人在院落里喊我。我便爬起床，在田螺小镇的里里外外走了一圈，也不见半个人影。走到后山半坡处时，突然下起了雨。于是在山上的亭子里坐会儿，白天我们四个都去过这个地方，晚上一个人再去时却不一样。一张小桌子上摆放着一盘炒熟的田螺，田螺贴着夜晚还冒着热气，田螺旁边是一壶美酒，仿佛是专门等着招待我一个人。

就在我得意的时候，突然感觉在我的对面有个人坐了下来。“来，喝一杯，我敬你。”我不知道她是谁。我想看清楚她的面目，怎么努力都没法看清楚。她就坐在那儿，与我只隔着一层薄薄的夜色。我们聊着一些事情，那些事情也都是白天见过的，或者说是聊过的。一开始我对田螺小镇有些偏见，我以为田螺小镇是田螺的屠场，没想到它还有另外的用途。我回到屋子的时候，同室的赵小虎老师正在说着梦话，“田螺姑娘住在小镇的北端”，我很是惊诧。一觉醒来时，听见有人在喊，还不起来，田螺姑娘都走了。我才知道，我昨晚所遇见的是田螺的化身。

是的。也许当一个人被尘世的一些东西包裹着，一时还不能够放下时，选择去田螺小镇住上一宿，也许是个不错的办法。酒是田螺小镇的招牌，喝着酒便神不知鬼不觉地遇上田螺姑娘，也就有了一颗度人的心。

“来，再喝一杯，我敬你。”离开田螺小镇数日，我一直还在回味那个夜晚，仿佛一切都在梦中。那些呼噜和梦话，不时在我的耳边响起。

有些人一生也就梦见一回，有些人一生不会相见。夜宿田螺小镇，干一杯酒，与田螺姑娘相忘江湖，的确是妙不可言。

北京大风

我意外发现北京的风停了。

那天下午，我一个人出门。来回坐了三条地铁线。上午去了北面，下午去了南面。南北都是六环之外。房屋不高，阳光正好，来往的人极少，像是离开了北京城。回来时，我在地铁上睡着了。

冬天刚过，春天刚刚开始，我从南方修水小城来到北京。凌晨两点，出租车司机把我载到文学馆路四十五号时，门卫室内还亮着微光。我轻轻地敲着玻璃窗，里面有人走了出来。他揉了揉睡意的眼睛看着我。我说，鲁院新来的学员。他打开门，把我让了进来。我不经意间一抬头，看见一幢建筑物，上面写着“中国现代文学馆”的字样，落款是巴金题。

我问鲁院在哪儿？他指着旁边的小道说，你走到最里头就到了。

飕飕的风声像是在打扫空气中弥漫的尘埃。我轻轻地朝前走着，害怕扰动了路旁的草木。前面，“鲁迅文学院”几个字赫然在目……我的心一阵悸动。我想，此刻我已抵达了光泽之地。

鲁院的门是关闭着的，灰灰的光从玻璃门内透出来。我敲了敲门，里面鸦雀无声。记得来鲁院之前，我问过老师，他说这个晚上通宵达旦都会有人报到。我又连敲了几下，还是不见动静。我想，他们大概忘了下半夜还有人来吧，于是计划到外面找家宾馆先住下来。正打算离开时，里面瞬间亮堂起来。“你是新来的学员吧？”我点了点头。“门铃就在那个地方。”他指着门框边说，然后打开了门。“实在抱歉。”我说。我一进去，风很快就把门关上了。

院内暖融融的，没有丝毫的冷气。

我住在六楼，611 室。是一个套间。

很舒适。床、电脑、电视机、水壶，包括电蚊香器，桌子上的书、本子和笔像是列队等待我的到来。

“终于见面了。”我对自己说。

洗完澡后，我开始一个人不声不响地在房间里翻找，被子、被套、衣架。在抽屉里找出一个厚厚的黄皮本子来，这是一本旧旧的留言簿。

2011 年元月 10 日凌晨 1 点 29 分。鲁院此刻很寂静，我们的结业典礼要开始了……

2012 年 2 月 28 日凌晨 3 点 10 分。睡不着，收拾东西……

2018 年元月 8 日凌晨 2 点 48 分。来过！体验过。都值得怀念。

拿着留言簿，我感觉内心沉甸甸的。我想着，我在南方小城里的生活。一路走来，有一串痛苦而美好的记忆。一个人住在县城的一个破屋子里，夜以继日地写作，写得不见阳光，写得像只幽居的病蝉。如今，总算是看见了细软泥土里向上的高枝。然而，想着数日后的离别，也要在这本子上留下记忆，内心有种涩涩的味道。

是的，我想于我而言，611 室会是我人生里最为值得记忆的时光。一个人，静守着一间房。一个人，静守着一份寂寞。守着一方可眺望星空的窗台。

天明时分，大风响起。像是做一场猫抓老鼠的游戏，像是要把整个北京城翻个底朝天。到处是杂草撞墙，树叶划破苍穹的声音。

北京的风大。忽远忽近，纠缠不休。

接下来数日，风愈吹愈烈。从南吹到北，又从北吹到南。似乎要截住形形色色的路人，要把树杈上的鸦巢吹得七零八落，把天空吹得洁净澄明。

鲁院被吹得一尘不染，到处都像是新的。像是为了迎接我们这些学员到来，重新洗去了一些尘埃和旧色。

门前的鱼塘里鱼儿欢跃着，玉兰花无拘束地放肆着。听老师们说，今年鲁院的春天比往年来得更早。你看，那些花丝毫没有害羞的意思，像是赶着把春天的静美定格在画中。

花径不曾缘客扫，蓬门今始为君开。我想，人生有很多可遇不可求的机会，但自己要把握命运之神，不断地进取、抗争，就会有新的希望。

在这个被大风吹醒的春天，我的内心是柔和的。每天，我的生活简之又简，只做着重复的几件事情。从房间到教室，再从教室回到房间。早上去食堂，中午去食堂，晚上去食堂。从食堂回来后，窝在屋里写写字，翻看各种书籍。然后拉开窗帘，看远处落日的霞光。我想就这么幽居下去，不问时间。

北京的风大，天气就会干燥。夜半口干舌苦，起床喝水是经常的事情。起床后，便再无睡意。于是立于窗前，看看星空，和风说说话。我忽然发现那被风吹得干净的夜空中的星星点燃的才是自己发光的灵魂。

北京的风大。风从四面八方吹来，整夜窗外呼隆呼隆地乱响。觉得山墙在摇动，屋瓦被揭开。

白天出门，逆着大风走。泥沙像是从地里钻出来的，不停地朝眼睛飞扑而来。四面八方的大风就像惊涛骇浪，把街上的行人吹得摇摇晃晃。

数日后，我的指导老师徐则臣来鲁院，第一堂课和我们说天气。说外面天气好，阳光好，该出去走走。不要成天埋在屋内看书写字，错过了北京的大好春光。

我似乎觉到了则臣老师的话外之意。我先前来过一次北京，那次也是来学习的，待了一星期。回去后，有人问起，不要说北京的风物，就连地名都说不上来。

我开始躁动不安，喝开水也不顶用。

每到深夜，我就像变成另外一个人。除了倚在窗前听风言风语，就是一个人在鲁院的走廊内来回走动，熟稔四壁的大师们的神情。我想，大自然用三个季节孕育一个春天，我用一生博取一个梦想，定会加倍努力，不辱"黄埔鲁院"的门风。

我的家乡在修水，那里是一个风比较少的地方。水汽充足，光线柔和，充满鸟语花香。对于风的理解，大概从来没有这么鲜明过。所以于我而言，北京的风变成了我印象最深的体验。

风停下来时，我似乎听到无数的风声从文字的缝隙里穿流而过。

我听见大风吹过时，鲁院已遍地芳华。

昨夜西风凋碧树

对我们这些从事写作的人来说，神灵是从希望的光开始的。民间有敬天地神灵的习惯，老百姓统统把家里好吃的东西搬出来。朝着天地祭拜，便能感受到逍遥和幸福。

昨夜西风凋碧树时，我在鲁院记述日子。不经意地拿起袖旁的小说来读，至于谁的小说，我从来不看作者的名字。我计划着用一个春天和夏天的时间，把这些文字全部读完。我给自己做了个简单的计划，同时也对自己的写作做了个设想。

“头顶三尺有神明，不畏人知畏己知。”我寻思着，是不是因为神灵可以改造神秘的恶鬼。一滴水是神灵，也是一把钥匙。很多人漫不经心地聊着神灵的时候，脸上会浮现出各种各样的颜色。这里面分信徒和道士，也有普通的人。我在读俄罗斯作家普里什文作品的时候，就会产生一种奇怪的感觉。我会对他笔下的自然文学有所善待，从而领会自然的一滴水也有三尺神灵。水声潺潺的时候，水边的榛林沐浴着阳光，吐出金黄色的花穗。我以为那不停鸣叫的声音，便是神灵的低吟。它告诉我们，神灵是从日出中来的。

我一直思量着，一篇好的小说如何书写。神灵会是小说的灵魂吗？我对小说的探测，就像是猎人狩猎，一场恰到好处的猎食。不彻底计算清楚，所有的意想就会和生活黏合在一起，很难准确地辨析出来。好的小说是随物赋形、信笔挥洒、不拘一格的。到了晚上，神灵会到处飞，进入一滴水中，随影附形，多变而又永恒。水能融化自然景象，也能私化人的情感，能够勾起人的精神和书写的温度，而且还有一些科学趣味。我想，这便是小说的秘密了。神灵仿佛不是太阳，也不是月亮。它是小说中小人物的日子，是一个好日子里的谜，也是假设的成分，还是神意恍惚的眼睛。

我对神的理解，一直是乱头发的。像条野生的河流，有它自己的流向。我平生还没有追寻过神灵，尤其是神灵的奔跑让我很新奇。遗憾的是无论我怎么寻找，都没有发现神灵的印记。我以为在通往神灵的路上，有一道铁栏挡着我的去路。我因此而做过搏斗，但没有获得过胜利。我想，这也是我未来需要克服的困难。

鲁院同学刘萌萌与我聊一些话题，其中难以避免地谈到神灵。她喜欢倾听，在沉默无言中交流，更为我所理解。她的散文平平淡淡，却总能把人推进去。构思十分美好，语言变幻无常。在她理想化的一些证据面前，与周边的人和事彼此相知。她问我，这世间真的有神灵吗？“刚刚有神灵来过。”因此而被我动摇了她的内心。

我觉得神灵是无解的，是自己眼冒金星。

在鲁三六高研班，有几位奇思妙想的小说家。他们一度用焦虑的神情扮演着自己，又会用败落的景象把自己掩盖起来。我推测，在他们的小说里有一个神灵的口袋。

我时常以为小说里的人是从很深、很漫长的黑夜中成长起来的。他的骨骼是从宇宙深处弥漫而来的，他在神灵的指引下重新轮回着一个黑色的夜，又会从黑夜的深处走来不死的神灵。神灵是很难猜测的雷雨，也是渐渐静息的夜晚。水里有诸多分子、原子、中子、粒子、量子，有很多的分解、融合、叠加、拆离，这些光怪陆离的东西，有机地补充和嵌入，建立起复杂精微的空间感知方式，从而形成视觉和听觉的自然。

我读过宋尾的《完美的七天》，他的小说里就有这些本领，而且是我所喜欢的，按照自然世界的模样，给人以滴水穿石的魔力。贝西西的《向老虎诉苦的人》，不是彻骨奇寒，就是细雨霏霏。杨芳、郑在欢、小托夫、王刊、翟之悦等，都是与神灵面面相觑的人，他们都各自有自己的算盘。

尤其是在读宋尾、贝西西、杨芳的小说时，我能感觉到满脸胡子的神灵。从个人的身体感知系统出发，从经验到抽象，从细节到总体，感知时间与空间，感知命运与未来，感知知识与经验，也是感知人所根植的文化和地域的深度。

在中国文学史上，神灵和文学就像湖里的鱼和水。也许大地上一切的神秘都会随时间的消逝而消失，而神灵不会，即便街道没了车来车往，林荫树下没有了鸟雀飞翔，仍然还会有得意扬扬的神灵。它是自然界万物的一种，在三尺地面之上，也在之下。

黑夜里，当你在文学的林中行走时，你会发现每一滴水的力量是无比巨大的，它会像艺术，巧妙地摆脱着困境。又像是长在背脊上的一棵树，伸伸脖子会向四面八方畅游冥神。

昨夜西风稍微安静些的时候，我看见神灵和水一样从天上缓慢地滴下来。

一个人在延庆

一个人在延庆行走，就像飞禽的影子，从长城上晃到沙漠。长城太长，脚力只能走一段，就得停歇下来喘气。我对长城说，请原谅我，我实在没法在长城上奔跑。但在我的心里保留着对长城的敬畏，我以为长城是血泪凝结起来的。长城的每块砖石就像是无数的眼睛，从历史深处穿透而来。看着我们时，还残余着汗味。

我习惯性地寻找景象，我以为一个地方的景象是会吸引人的。对我而言，这些景象无比的重要，景象会让人停留记忆。长城上的人特别多，他们就像是蠕动的蚂蚁，走得特别缓慢，就像是在心里朝前走，每个门槛都想着幸福。

我寻找了块石头坐下来。看着蠕动的人头，我在想，这些人会和我一样吗？他们是来看好奇，还是看风景呢？会不会也和我一样，此刻正在和长城说话。说着一场久远的战争：看见腥风血雨。我鞠躬下腰，擦着阴处的血迹，血迹都生锈了。

我想象着，会不会在同一个时间，一位瘦弱的老人，那时他还是壮年，赤脚踩着锋锐的石锋朝我走来。他的内心会是疼痛的吗？每朝前一步，我猜测在他的心里装着的都是和平，还有他的孩子般温暖的眼睛。我含情脉脉地看着每一块石头，我感觉到他们也在看着我，想说些什么呢？有很多很多的话都在人的善良和情感里。时间太过久远了，我迟到了延庆的时间。

人的缘就是这样的，你懂的，他即便是遥远，也会藏在心间，会在你的某个发现中，其中一切的发现内心都存在。我突然想弄明白长城里储蓄的另外一种景象，可无论我怎么努力都没法让地底下的人站起来。最主要的是他们也不愿意站起来了，他们在延庆的地下，把那段血泪史镀上了金光。

在延庆的夜晚，我一个人在街道上行走。街不那么繁华宽大，来往的行人也不多，却不见得半点的孤寂和无力。

我在寻找一样东西，左右走了几条街。那东西是什么呢？连我自己也说不清楚。也许是傍晚日落前的景象，也许是少年的微笑表情。能找到吗？我去过很多地方，一个人走着的时候，内心总会有些许落寞，在延庆不一样，我像是个离开很久的人，又重新回来了。延庆的风景是带有质地的，像是铸造过的，无比的坚固。夜晚揉着的是中华的文明史，那些文明是从生命中改造而来的。永远烙印在延庆的土地上，历经着气候的变幻和风雨的洗礼。

在那段时间内，又不得不提的是有太多的温暖生命，最后被迫于疼痛下失去影子。想到这，我又对世界有了谴责。人来到这个世界岂不是享受疼痛的过程，不过这种想法很短暂，阳光无处不在，能够见着阳光，哪怕是经受疼痛也是活着的美好，是人对后来生活希望的美好。

回来的晚上，脑海里一直有着一条长城蔓延。我想，如果有机会再来，能从长城的起端走向末端，那该是一件多么有意义的事情。那种意义，会是个人的历史。

延庆还有很多的自然风景。比如，那条峡谷就是自然生成的。在峡谷的桥上，我朝深不见底的水望去。怎么也看不见无限的深，还有不着边际的自然。一切的秘密都在深水中，有些答案和长城一样。而延庆的风景是这样的，在不知何时的条件下进行着。它的自然之美，变得无限的延期。

我还想说点延庆的什么？一时说不上来。我在延庆的时间是三天，三天就是三年。对了，那个叫滴水的地方也许是万物之灵的源头。水是天然之物，的确延庆的水是从天上来的。水挂在天边，朝大地源源不断而来。

如果你还没有来，我在这里吆喝一声，延庆是个不错的地方，尤其是长城，你走在上面时和我的感觉不一样。你所看到的，也许我毕生不会看见。当然有些东西我懂的，你不一定不会懂的。

这就是我一个人的延庆。这是鲁院高研班社会实践后，我对延庆的印象。这次实践是我人生里的风景，而由此我想到了塞外的江南。风光，多么美好。

晚泊宿松

从九江出发，车沿着优美的八里湖畔，过九江二桥往北，过了黄梅小池，就进入安徽宿松了。

宿松坐落于安徽省西南部，临长江，是大别山的支脉。

石莲洞与宿松有万世尘缘，得以在这闹市的城郊静卧。似一枚素笺，烟霞氤氲，黧黑的木屋与青葱的翠竹相依为邻。

我去的那天，是立冬过后。目光所到之处全是绿色，我对自己说，这里还是夏天，可惜缺了花朵，要不然还误以为是春天了。

我的一朋友从小学佛，是地道的佛家人。我在微信朋友圈说，我到了石莲洞，他随即留言说，这是我家师的道场。我顿感佛的虔诚，不大的庙宇高大起来，佛法无边。无意中得知的确是有位高僧在山中闭关两月有余，此人就是我朋友的家师。

为何要去“闭关”？

为何……

我试着用自己的方式去解释，但总是徒劳，最终我只好缄默不语。

我不懂佛，也不信佛。但遇上佛的时候，我却会不由自主地鞠躬。

缘来缘去，我们都不可强求，一切随缘多好。

自古以来，佛与文人有着密切的关联。就说我老家修水的黄庭坚，他就借佛化解了很多灾祸。南山崖下的“佛”字是用来镇邪的，以往从此过渡时，经常会出现翻船现象，自从有了“佛”字，此处平安。当然，也许佛并没有那么灵验。但我敢肯定，心所向佛之人，必定会有颗慈悲之心。慈悲会容纳万物，慈悲会化解怒火，慈悲会眷顾善良人。

石莲洞里的“五祖禅院”富有韵味，这味来源于“禅院”，也就有了“浪漫禅院”的气息。关于禅院有个久远的故事，说禅宗五祖师弘忍曾游憩息于此，爱石洞之幽，山林之美，在此开辟道场讲经说法，弘扬禅学，并建有五祖禅林，禅寺在明代以前规模宏巨。后经兵燹，修而复毁，现在重建，寺内梵音续接，香火渐旺。

站在五祖禅院的中央，仰望着后山那个低矮的小屋，我想这就是过去修复的禅寺了。它是那么微小，就像是个弱不禁风的老人。可他的姓氏和精神是高大的。在他的骨子里是不屈的苍劲，于是才有了现在重新建造的高大院落。

佛是奇妙的。他传承的是人之向往的精神。就像弘忍法师一样，他来过，这里就是他永远的道场。他的佛法就像是一条永不停息的河流，会在那个曾经的地方生生不息，就连那里的草木都会背诵经文。

实际上，石莲洞是佛的居所。整座山到处都是佛印。

半山的石莲洞从山中穿梭而过。清泉滴答，钟乳倒悬。洞口左右两侧的朴树虽然不算高大，树龄却是几百年了。听说朴树本来就难以生长，趴在洞口的岩壁上风餐露宿多少年，依然枝繁叶茂，的确是生命里成长的奇迹。

石莲洞遭到过多次破坏。当地人为了保护洞穴，曾经把洞口封了起来。也不知道封了多少年，当村民再次挖开洞穴时，发现洞内有一尊不知姓名的塑像。历史没有记载，凭相貌也识别不出来。到底会是谁呢？我想，塑像一定会与石莲洞有关，要不然村民不会把塑像留在洞内。也许专家考证会得知此人的身份。

年节间，或是遇到什么不顺时，会有村民来洞口朝外祭拜。拜什么呢？我朝着村民燃烧香纸的方向望去，前面是临崖而建的挹仙台。“挹仙台”是用来做什么的呢？当时导游没有解说，我也没有细问。回来后，我在网络上寻找到了答案。意思是说，这里曾经是神仙出入的地方。说八仙曾大战到这里，罗隐也在此接引和送行过仙人。当然，这只是传说，凡人都没有见过真正的仙人。但所有的传说都是有来历的，所谓无古不成今。

晚唐诗人罗隐，本就是世外高人。对于他是否与仙人对话，是否在挹仙台接送过仙人，没有人究其真假。但他所撰写的《晚泊宿松》的古文却流传至今，成了宿松人的骄傲。“解缆随江流，晚泊古淮岸。归云送春和，繁星丽云汉。春深胡雁飞，人喧水禽散。仰君邈难亲，沈思夜将旦。”

读着罗隐的《晚泊宿松》，我仿佛看见了一位老人站在挹仙台上，仰头看着苍茫的天空，与仙人诉说着古往今来的故事。大约会有，一千年后，还会有人重叠这个脚印。风物依旧，挹仙台依旧。古人呢？眺望着远山，和远山的云层，不禁让人触景生情。

佛学与文学一直以来都是流淌在同一血统内的。我怀疑唐朝大诗人罗隐是不是冲着五祖师弘忍而来的呢？弘忍与罗隐同为一个时代，虽然因为年龄没有缘分相见，但作为东山法门开创者、被尊为禅宗五祖的弘忍可以说博学超群。《祖堂集》卷二称他“幼而聪敏，事不再问”。

文学与佛学一样，是一种哲学的修为。石莲洞在历史的长河中，经常有文人墨客留宿于此。

清代诗人石圣历便留下了《游石莲洞》：“曾说桃源古洞幽，谁知此地有丹邱，玲珑直透烟霞窟，光霁常经日月流。水喷崖腰穿碧涧，云横谷口护灵湫，个中莫道乾坤小，万壑群峰一望收。”

石莲洞内还有很多景点，像龙啸石、四顾亭、一线天、荷衣古池、佛座石、五祖禅林、听雨亭及游乐场等。每个景点都是天然铸造而成，每处都隐藏着遥远的历史记忆，蕴藏着深刻的古今学问。

建于山顶的四顾亭为双层六角飞檐凉亭，在此可北顾天柱、南观匡庐、西揖五祖、东望小孤，可饱览千里云山，万顷云涛。佛座石形似半椭圆围椅，旁有仙鹤、神虎诸石，其神形并茂，惟妙惟肖。随行的谢亨和、翁还童老师非要在佛座石上打坐，说是能感觉到弘忍的气息，还能够听到远古的钟声。我刚有念头就打消了，我喜欢远处站着，不想打扰了佛祖的静修。

古代通常是以山为坐标的。大山、小山都因诗文名扬天下。

我想，也许在没有楼宇或高大建筑作为坐标的年代，石莲洞或许就是宿松的地理坐标。

在大肆发展工业的今天，我们又不得不敬佩自然界有这块生态宝地。我想，没有好的自然生态就不会有人文生态，古人来这里是因为这里有着良好的生态。佛学生态，文学生态，成就了弘忍法师，成就了罗隐、石圣历等这些影响时代的诗人。

如今的石莲洞得益于当地政府的保护，已经成为国家森林公园。一名在上海创业的叫王建国的房地产企业家“不忘布衣”，回到了宿松，他用在房地产上赚回来的钱着手把石莲洞打造成为人鸟共舞的天堂

（其实王建国的妻子并不同意他回来，可他依然固执地回来了。他说自己是宿松长大的穷苦孩子，怎么也忘不了初心。对此妻子很不理解，但我们理解）。

让我颇感意外的是，这里植物有六十七科五百余种，既有遮云蔽日的百年古树，也有观赏价值和保护价值较高的珍贵树种及特种经济林木，以人工栽植的杉木、马尾松为主，少量分布着如三尖杉、银杏、青钱柳、红椿、罗汉松、鹅掌楸、黄杨等，还有枫香、乌桕、三角枫、元宝枫等色叶树种，及落羽杉、枫杨、合欢、化香、朴树、杨树及栎类等落叶树种。天然的灌木如映山红、胡枝子、山胡椒、柃木、山苍子等混生其间。野生动物达八十多种，有小灵猫、穿山甲、环颈长尾雉、尖吻蝮蛇、黄麂、野猪、野山羊、獐、狸等，鸟类有杜鹃、灰喜鹊、红嘴兰鹊、相思鸟、伯劳、大山雀等。

这的确是一个时代值得记忆的标签，更值得世人去礼赞。

在石莲洞的时候，王建国特意抽时间来陪同我们。他说，他喜欢文字，也尊敬文人，我们随行的人都很感动。无意间内心多了几分敬意。

我们在山下的餐厅里吃饭，偌大的餐厅没有饕餮声，没有人境的嘈杂，只有细瓷的碟碗、不锈钢的刀与叉的缱绻交汇。

窗外，夜色渐浓，突然下起了蒙蒙细雨。一名素不相识的女子，竟然默默地举起了酒杯。与我们随同的青年作家朱强终于端起了酒杯，开怀畅饮。酒席半途，一在合肥工作的宿松书生闻讯前来敬酒，简要介绍了宿松的人文后端起酒杯一饮而尽，大有热情待客地主之谊的风姿。

我在想，一座山就和一个人一样，当他诚恳地广纳大好河山时，时间会给他万般的美好。人世间的所有相遇，有的掌与掌十指相印看似是不经意间，谁说不是一世最深最真的柔情。我合拢十指，双腿下地，紧闭双目，朝着五祖禅院跪拜。内心祝愿，石莲洞的荷花美丽芬芳。

有人说，修行之人，十分之七为了长寿健康，十分之二只是好奇求玄求妙，另外十分之一求道。那我是为了求啥呢？“不行不定，流息无恒”，我们的心早已不在原处。我忽然明白，空空静静一颗心，清明、不执着，又净悦，这才是我们原本的追求。

首次来宿松，给我印象最深的还是石莲洞。此地有古意，正合我心。

那夜我住在石莲洞的木屋子里，夜半睡梦中听露珠在竹林外徘徊私语，特别像是在与天人说话。时间可以无穷尽地延续，上帝不曾给人类与自然安排互不相同的语言时，某个静穆美好的夜晚会是那么科幻和谐。

夏至延安

早晨，一辆驴车停靠在梁家河的村口。一个胡须斑白的老人，吆喝一声，驴马上停下来。路旁惊起的灰尘，把早晨的日光收藏在草木的背面。

驴车稳住，穿着宝蓝色的印花衣，左肩挎着一个大包袱的知青，从车尾跳下来。然后转身去拧那只藤条箱，有些沉重，一只手没拖动，赶驴的老人搭把手，她用右手拧起半抱，箱子便到了腋下，离开车时往下坠，身子向左一歪，她稳住了，从村口的小路朝南边走去，路略微倾斜，过几个窑洞，便轻轻地喊着：我回来了。声音贴着墙面，在屋内走了圈，朝着村庄隐去。

故事在光阴的深处荡漾着，镂刻进黄土坡干旱的岩缝里。我到延安时，太阳还没有出来，天空笼罩着浓浓的白雾，簇拥着。像是从久远的历史中赶来的，在介质的物体里回旋着遥远的光束。这时，陕北的民歌躁动着，从墙内翻到墙外来。“来到了南泥湾，南泥湾好地方，好地方……”声音在我的耳骨内，不停地唤醒着我的沉睡。那一刻，那首结束我童年的歌谣飘在空中，闪耀着光辉，它们灵动地照亮了我搜寻的视线。

我曾经努力过，试图从书本上把延安给辨析出来，包括她的轮廓，眼神的样子，以及她的性情和内心的想法。仅凭我的眼里，终究是有限的。经过时间和遗忘的过滤，我仅此记得那座宝塔。从小到大，我有很多个梦想，其中到延安是我梦想的部分。

此刻，节气已临夏至，正是个半中午，晴光满天。一只蜻蜓在天空飞舞着，阳光透过它的身体。不远处是草丛，渠道沟坡的柳树，牛栏和羊圈分开。新长的稻草有青气，叶还嫩，如果你望着陕北大地，你会发现每片叶子都捧着一片魂魄，细微的虫鸣喊碎了隐约的虚影。

哦，你来了。欢迎。我似乎看见了那个老人，弓着腰站在村口的历史深处。他的表情憨厚，粗糙的手捻着绳索。

风轻轻地从我的脑门掠过，童年从镜中缓缓而来。在丰沛的江南，山头那间泥土建筑的教室里，翻开崭新的书本，咿呀呀地读着延安。散发着油墨清香的课本，就像是一顿丰盛的晚餐。

延安的宝塔不算高大，却像把锋剑寒冽地横亘在天空上，那是延安的地理标识，深深烙印在我的血肉里，就像是一条河流，在我的身体里奔跑。我对延安的情感，不单是这点感知，站在延安的土地上时，我就像是从缝隙里吹回来的那个孩子，能够看见那些别人终究不会去关注的事物。我想象着一座建于宋朝的九层宝塔，当时是一个怎样的人，提出一个怎样的构造。这个构造是延安人民的精神气质吗？

汽车在蜿蜒的公路上奔跑着，四围是低矮不平的丘陵。有些山丘裸露着石头，有的被青绿的小树遮挡着。从地质的外貌上可清晰分辨，这里的泥土坚硬，气候干燥，树木生长困难。老乡也说，这里的庄稼很难有好收成。地理环境是上天赐予的，可延安人没有屈服自然。陕北民歌至今还传唱着当时的生活现状，从歌里可以反映出当地的民俗和风情。延安就像一个被封闭的小世界，人们用各种形式在与命运抗争。试着一次次走向山外，沿着有口的地方奔走。每次出走都没有成功，甚至把命丢在了异地他乡。这些朝外奔走的都是些青壮年，他背着全家的重托和责任。每次出走都是苦涩的，也是带着希望的。在不断的无奈的尝试中，一个家庭渐渐沦陷得更加悲苦。谁能想象，一次次不可预知的生离死别，却还是要顽固地继续冒险。

现实随着时间不断地生长，历史早已扎根人们的内心，裸露的山梁上布满绿屏。田野里那些青嫩的庄稼，已抽出了长长的穗头，散开有些浅黄的毛茸茸，就像女人伸手滤过的发丝。越过几丘水田，还有沟渠，从南朝北望，山下全是起起伏伏的窑洞，房子和山根连在一起，一些人影从洞口进入，在里面拐个弯，从另外一个洞口出来。窑洞与窑洞之间就像房屋一样，就连着几间。光线从四十五度角飘进去，照亮窑洞的各个房间的书桌，你会发现任何一本书里都藏着陈年旧幕，只要揭开书页，所有的高雅尊贵从书页透出来，如《义勇军进行曲》，荡荡悠悠，贯通各扇门背后的秘密。

刀成了心灵白炽化的力量。夏日的白光浩浩荡荡地洒在远处的山岚下，像箭一样掠过花朵，光芒割开处的绿汁像是从天而降，没有边际，也没有尽头，不由分说地镶嵌着碧蓝的天。江南夏雨时长时短，延安的六月雨水稀少，树叶却很繁茂，倒卵形，互生叶，挨挨挤挤连成一片，却被精神的水滴盖住了沟槽。我想，这会是一个怎样的陕北江南呢？

一九三七年，就像是历史的一条河界，延安人民有了自己的理想和未来。中共中央进驻延安后，这块被人忽视的土地，一夜间被世界所熟知。

“窑洞会塌下来吗？”

“一般不会的，少数的窑洞还是会崩塌。”

由于地质坚硬的缘故，依山修建的窑洞，一直是延安人民生活的居所。窑洞是空间性的，它的内部成为重要的考量。首先它是一个时代的储存，它是时代的一个储存器，积容了很多空间的特殊效果。窑洞从此也被写进了历史，记录在淡黄的书页。在那个贫困潦倒的年代里，生活在延安的人民没有钱建房，只好采取相互帮工的形式修建窑洞。它固定在那里，成为延安大地稳定的家具一样，从不移动。这个建筑中的空间，隔离了人民的苦难。

听说延安的早晨是从半中午开始的，黄昏则在半下午的时候来临。在那个贫瘠的年代，人们就是这样看着天，把白天的光缩短，把夜晚的黑拉长。

夜晚的延安大学亮着光，目光如水，光在照亮深刻之处的火辣，我顺着光不停地搜索着，搜索光源的灿烂，搜索光洒落的空间，以及光里的人和物体。光是空间物什的依靠者，也是天然揭幕的顽童。它们粉碎记忆，再造记忆，洞穿过去、现在和将来。副教授程琴用民歌和我们叙述过往的男人和陕北的风情，漫长的劳动时间，繁重的体力劳动，远远超出了正常人的极限，在最劳累的日子里，民歌消解了人们内心积压的怨气。有咒骂的，也有传情达意的。歌声传播的地方，就像一条狂奔的河流，不停地冲洗着积淤的泥团，把周边的障碍洗得干净。也把内心燃烧的火焰，灭得没有半点烟尘。但是一年四季，血性不被洗空。他们骨头里冒着的热气，就像黄土坡的泥沙般坚硬，任由岁月如何洗礼，还坚守着一方土地，养育着一方人。

也就是这份执念，男人每次出走，每次长时间离家，民歌成了守家女人的寄托，也成了煎熬时消愁的药引。把思念唱得肝肠寸断，把日子唱得泪眼婆娑。此起彼伏的民歌，就像山岚，不停地在山涧起落。作为一个听众，能清晰地看到那些生离死别的情形。一滴眼泪落下，在空中便被尘埃粘成泥团，落到地上便是泥渣。谁会想过，一滴眼泪落到地上竟有这么难。

这种巨大的时空感于我们今天是陌生而遥远的，但似乎从祖辈的血液里流来，带有一定的可知性。因为可知，所以我们觉得古老与悲伤。我常常觉得历史是悲伤的，不是因为曾经多么痛苦的经历，而是已经消逝的拥有。这种拥有在今天可能是劣质而空洞的，但毕竟曾经是真实的存在。

都说沧海桑田，白云苍狗，一木一石尚可映照古今。岁月悠悠，今日延安已大变模样。宝塔顽强地见证着这块土地的世事沧桑，跟踪着百姓的身影，打开了社会的变迁之窗。那些苍老的民歌还在传唱着，不仅为延安留下乡愁，更多的是对陌生未来的祈求和向往。

但延安存在的和发现的，的确是平静时间流动着的整个过往，就像一种时光的百种折叠，神秘而清晰，混沌而凝练地存在于这个时空里。对于今天来延安的我们，更多的是历史情结和宇宙情结吧。就如同看甲骨，看青铜，看瓷器，看过往的存在以探索未来的可能。大到宇宙的何去何从，小到自身的何来何往。

现在的延安孩子见到这个世界时，是否会记得第一次睁开眼睛时的景象。必然是会忘记第一束光，以及缓慢走来的命运之神。

阳光出来时，风已经吹散世间所有的微笑和苦涩。你只要选择一个合适的时机到延安来，去洞穿其中的一滴水珠。你就会发现那些漂泊的时光之云，它们去到的是更广阔的世界。在那个无边的世界里，它们变成了一把钥匙，把自己与世界的壁垒打开，建立起与世界的互相厌弃或者喜爱。那是用自己的心去绘制的地图，然后用意念抵达。你会发现世间亦冷酷，世间亦多情和温暖。

我拥有高远的目光，但也有偏执的眷恋。离开延安时，我特意到宝塔对面山头的墓地拜别路遥。寂寥中，我看见，漫天繁星在飞舞。

浏阳笔记

二〇〇四年的秋天，我途经浏阳。坐在我身边的是一位老人，上车就不停地给我讲故事。我记住了他脸上的老年斑，像风化石上的碎片，只要车稍一颠簸，就会嗖嗖地落下来。汽车在绿色的屏障里飞驰，像是把我和老人运送至虚渺之地。

那是我平生第一次经过浏阳。传说中的浏阳河，我只看到一条细小的丝带，它的主流在哪里，我没有看到。半弧形的滩涂，一个紧挨着一个，水流装满了山的影子。

浏阳就在我旅途的中途，如果当时决定停留，浏阳就是我驱散疲劳的福地。可事实上，我还是去了长沙。靠在车窗的玻璃上，拍下了几张浏阳河的照片，回来后把照片送到照相馆洗出来，挂在墙壁的相框里留作纪念。并在照片的背面写上了几个字：浏阳河的体液清澈透明。

我开始惦记着这个地方，感觉无限美好。二〇一二年金秋，我在北京偶遇浏阳作家张仲秋。后来，浏阳女作家彭晓玲与朋友到修水采风。与张仲秋、彭晓玲两人相识后，我有了第二次去浏阳旅行的计划。仲秋兄说，修水离浏阳太近，你不来，实在太遗憾了。自从大广高速通车后，修水到浏阳仅两小时车程。

二〇一四年，浏阳市文联举办“醉美乡镇”采风活动，我随同修水县溪流文学社的发烧友去了浏阳。脚踏在浏阳的土地上，内心的兴奋难以言表。那首年少时爱唱的《浏阳河》，就像天空环绕的白云，在头顶飞来飞去。

毫无疑问，浏阳不是大地的中心，但它绝对是偏远版图的肺腑之一。与第一次不同的是，第二次抵达浏阳，我感到我所来的那条路，不是通向大地的心脏，而是通向世外桃源的幽径。它的存在，意味着花炮、苗木、蒸菜的双向旅行，勾连起湘赣两省七县，为贸易狂欢奠定了聚散的基本条件。

一踏入浏阳，我就陶醉了。作为大地的肺腑，它是热乎的，隐藏的，古旧的。一条条街道，两旁是收腹而立的房屋，像古代王朝的那个王后，用金裤子护卫贞操一样，守护着自己的躯体。

晚清以降，浏阳出的达官显宦、硕儒文豪不少，但我以为最能代表浏阳人气质的是谭嗣同、胡耀邦二公。他们一生行事所表现的诚朴刚烈之风，似乎是浏阳民气所钟爱。

对于谭嗣同，我始终保持着敬仰。然而对美好生命的亡失，我的匹夫之怒、我的悲悯，换来的常常是自己的迷失。而这种迷失与迷失的宫殿和庙宇教堂里不一样。它会让你把事物看得更清楚，把好人和信仰分辨得更透明。

同治四年（1865 年）三月，谭嗣同生于北京宣武门外斓眠胡同，五岁时得重病，昏死三日，竟又奇迹般复活，故名“复生”。他幼年丧母，不见容于继母，备尝艰辛与孤独，自是养成了“倔强自力”之性格。直到十三岁，才与父亲一道回了祖居地浏阳为母亲扫墓。从此，回到了这栋老屋。也就是现在的谭嗣同故居（即谭嗣同纪念馆）。

谭嗣同纪念馆的风格很旧，与左右房屋齿牙相错，左边的房屋埋伏在露台，右边的则伸进了另一家的屋檐下。两进院和三进院风格，小小的门进，进去后是个客厅，客厅后是正屋，再进则是后院。正屋左右两侧有卧室，父辈为大住左边。院中留有足够大的天井，用以和光线、云朵、空气打交道。

“谭嗣同故居”的匾额是由中国佛教协会前会长赵朴初所题。一个佛教界的领袖为一位烈士故居题匾，似乎令人惊讶。然而若了解谭嗣同的思想之来源，就会认识到佛家思想对其巨大的影响。

一八九六年夏，谭嗣同在南京结识了著名的佛学家杨仁山居士，从杨仁山受学佛学一年。在此期间，他“闲户养心读书，冥探孔、佛之精奥，会通群哲之心法，衍绎南海之宗旨，成《仁学》一书”。他认为：“凡为仁学者，于佛书当通华严及心宗、相宗；于西书当通新约及算学格致、社会学之书；于中国当通《易》《春秋公羊传》《论语》《礼记》《孟子》《庄子》《墨子》《史记》，及陶渊明、周茂叔、张横渠、王阳明、王船山、黄梨洲。”

真正的学佛者，绝不是遁世避祸之人，而是如谭嗣同所言“度众生外无佛法”。谭嗣同在戊戌变法失败后，本可以如康有为、梁启超那样逃生，然而他说“各国变法无不从流血而成，今日中国未闻有因变法而流血者，此国之所以不昌也。有之，请自嗣同始”，慷慨赴死。这正是以生命践行佛家舍身饲虎、“我不下地狱谁下地狱”的精神。

故居内还有一块赵朴初题写的竖匾“大夫第”，才是这座院落的官方称呼。宅子为谭嗣同之父谭继洵从周姓所购，加以修缮而成。谭继洵做到了湖北巡抚，照官场惯例，便是“光禄大夫”的虚衔，宅邸可称“大夫第”。这是杀害谭嗣同的清廷对谭继洵的体制内肯定，以“大夫第”作为谭烈士的故居，颇具吊诡之意。

“大夫第”内光线略为暗淡，每间屋子都显得空旷而高远。虽然这里没有多少物品陈列，但却让人感觉到每一个空间都飘扬着一个孤傲而伟大的灵魂——谭嗣同的灵魂。

历史是烧造出来的，留存下来都是烘云托月。谭嗣同孤独壮美的精神，却不得不让我们仰视与叹服。

第三天，我随同浏阳作家彭晓玲、刘正初、张仲秋等人去过金刚镇。站在江南有名的古宅民居前，我醉了。

“龙门世第；鹿洞家声”。这是挂在门前的一副对联，横批就是“六栋堂”。来到这里的人首先被这一副对联拒之门外。一番猜测之后，又诚意向随行人取经。听说，“龙门世第”的大意是说“六栋堂”为皇家后裔斥资所建。而“鹿洞家声”是标示着自家门第。这其中还有个故事，说是因为李家与朱家有着密切关系，还是从江西迁来的缘故。南宋朱熹曾讲学于江西白鹿洞书院，以后朱氏子孙以“鹿洞”标示自家门第。

“六栋堂”的得名大概与建筑有关，我是这样猜测的。而事实上也与建筑的风格密切相关。走进大门映入眼帘的是六栋房子。此单元与彼单元以厅相连，直通最后一栋，一栋比一栋高；打开厅与厅之间的隔断门，六个大厅一览无余。近百米的进深，一百零八根木柱整齐排列两边，形成一个幽深的空间。

走进去，能看到更加壮阔的起伏与曲折：黄泥墙体，黑色梁柱，漆黑的瓦片。古时对建筑十分讲究，“六栋堂”从外往内，楼宇一栋高过一栋。这里是预示着家族兴盛，步步高升。

关于“六栋堂”的来历，《湖南日报》有详细记载，故事读起来新鲜有味。说是清顺治年间，李姓的第九派时郁公生有九个儿子，二儿子李锦理财有道，富甲一方。其“道”就是收田租，说是一年可收上千担租子。之后又转做花炮生意，浏阳是花炮的发源地，这门生意自然是赚钱。先后在汉口、厦门等地设立爆庄，财富积累陡增。古代的地主富人的特点是，宽大的宅院，良田万顷。李锦也不例外，并没有把钱存放钱庄，而是建房买田。他说：“吾族人逾千，贫富难均，况天有不测风云，人有旦夕祸福。今建房九栋，为日后逆境之子孙遮风避雨；置田三百，与无食者果腹。功德自在，吾辈无忧矣。”遂安排兄弟们按“九栋十八厅”的格局打地基建房。

在岁月的层层叠增中，房屋的主人与历史同行在书的扉页。天雨早已将人世的兴衰冲刷得无踪无影，这些与世共争的豪华住宅变成了凡人民居。如今看来，李家在金刚镇所建的“六栋堂”又何不是一个临时客栈，它让村庄里的人感受了繁华。凡事都是时代造就的，都是命运造就的，都是人的智慧造就的。是是非非都埋在土壤里，留存下来的神奇往往都烘托在白云上。我对“六栋堂”的认知，却完全避开了这一切。只担心自己的一声叹息会不会惊扰到那安静的门窗。

古民居是有关居住的史诗，是用木砖瓦表达出来的生命，是乡野间勒铭以记的一个标志。一部民居源流史就是一部人的安居史、风俗史、社会生态群落史。

现在很多人认为，农村没有高楼就低于城市，没有大厦就不会繁华。在多种形式的逼迫下，乡村百姓总是带着偏执的情绪，带着远离贫瘠土地的简单想法，与荒凉的大地对抗。最后受伤的还是自己，怨恨的却是无辜的土地。到金刚镇之后，你会明白任何的物欲其实只是过眼云烟，古民居是对都市生活的警策。都市生活，就像一种肆无忌惮的愚蠢时时挤压着我们，唯独只有土地是诞生的起源。

古建筑学家黑川纪章说：“建筑是一本历史书，我们在城市中漫步，阅读它的历史。把古代建筑遗留下来，才便于阅读这个城市，如果旧建筑都拆光了，那我们就读不懂了，就觉得没有读头，这座城市就索然无味。”在金刚镇政府吃午饭时，听镇干部说，镇政府一直在保护“六栋堂”，还说把“六栋堂”列为景区。保护历史的延续性便是保护了人类文明的脉络。我想这一切都成就了“六栋堂”的情怀，时光的一半是恩赐，而另一半是降服。浏阳像金刚镇“六栋堂”这样以“官”“富”为名的建筑有很多，这些建筑大多被文学湘军才女彭晓玲写在书本里了。于浏阳而言，这是何等的宝贵。

离别的那晚，我们和浏阳文友以醉酒的方式告别。不是因为难以割舍，而是觉得只有这样才能与浏阳的另一个面上的图卷保持一致。

之后，还有一次机会重返浏阳，但因为不是秋天，被我委婉拒绝了。

浏阳，我还会再来。

在观音山，洗却尘世的灰

黄昏，静坐在观音山的草滩上，仿佛百年不过昙花一现。蒲公英裸露着单纯的思想，如众生云游四海，无风无浪。孤岛显山露水，像是在标示着航行的方向。思想如锋利的刀剑，在肉体内膨胀，不停地扩大疼痛的空间。佛渐渐地雕塑成了语言，屹立在山冈上臆度千年的活化老龟，仰或卧成了出山的一条路。

走在陌生的道上，心是虔诚的。我注视着道旁的草儿，夕阳从刀锋上划过，转瞬间浪底金黄。年年绿绿，从不间断，它以博大的胸怀辐射安息的笑容。谁能在史册上留下自己的脸谱，我双手合十，在不可预测的岁月里，祝福别人，也祈祷自己。在黑暗或者光明的尘世里明白事理，黑也是白，白还是黑。让暮春的花朵将我消融于风尘，将金钱、地位、权势掩埋于观音山下，让灵魂的乐音像春光片片消散吧。

佛有属于自己的语言符号。山不在高，有仙则名；水不在深，有龙则灵。佛如沉没的山，任由风侵雨蚀，巍峨不可动摇。我忽然发现自己是多么轻浮，物质上的奢华，精神上的追求，竟然是那么不堪一击。在观音山，那么多脚步纷沓而来，那么多履音橐橐而去。晓星的光度，如生命相约的等待，依山静坐千年。永恒的诱惑，在佛光下彻底地平静，如生命中梦幻的领地，只能让我空囊而归。跪在巨佛面前，我袒露洁白的贫穷，以及含辛茹苦的沧桑，心里说着难以启齿的秘录，心情也就变得透明清澈了起来。瞬间猛然发现，人的一生不如一根长藤，长藤能够串起狭长的竹简，竹简可以纳凉。而我的生活尽是浮光掠影，骨子里感觉隐隐作痛。始终没有人留意佛的姿势，不言不语静止千万个春夏秋冬，透明的汗水镶嵌在岁月的土壤里。那么多脚步纷至沓来，那么多涟漪荒芜而落寞。点缀在寺庙里的花儿，在蝶翅的旋舞下，变成了一首无声的歌。它吸纳了大自然所有灵动的音律，构成了完美而永恒的乐章。任何雕塑都存在缺陷，任何伟大的艺术都不完美。谁能完整地保存泥土中的骨头，谁能珍藏空中的声音？灵魂不是华丽的丝绸，它穿越深邃的巷道时，没有留下深深浅浅的脚印。我们丢了灵魂，却没有得到丝绸，最后只得了桑葚的枯叶。你听，从远处传来的诵经声，就像是一个扫把，洗刷满是灰尘的包袱，脑海一下子变得空明了起来。

大雄宝殿里众僧静坐，嘴里不停地念着佛经。耳畔灵动的佛音，像是一片宽厚的叶子伸展开葱郁的希望。那声音像是岁月的琵琶，在弹奏着一个白发苍苍的故事。我明白，尘世就如是黄庭坚在佛地留下的墨迹，历经千百的风雨侵蚀，墨迹依然鲜亮如初。巨佛真实地存在着，傲立在南天圣地。我忽然发现，朝拜的人们裹着满身的佛气，不再把自己沉沦在买卖的黑暗中。虔诚的祈祷灵气浮现，香火袅绕在殿堂上空经久不散。在深不见底的黑暗面前，佛光燃烧成火焰，烘烤着寒冷中走来的灵魂。灵魂能够将生命深埋在大地之下，也能让你光明磊落一生。

漫过那条长长的禅道，有冷风愁情彻骨而起。亭台楼阁，画栋雕栏。仿佛生命飘零在泱泱残红之湄间，背影从岁月的底部淡色而去。这时你会看见美丽的爱情，那是我心中淤结的冰。可谁会料到，佛会赐予毕生的幸福来呵护。枯木枝头干练而坚韧，蜻蜓之薄翼翩跹于此，一行一伫，像是要告诫人们，即使平庸的时间吞没了我们的身躯，大地还会给我们爱情的力量。你见过云会恋上石头吗？在观音山，我见到过云仙子亲吻石头。在这里我感受到的只有感动，没有遗憾，只有圆，没有缺。佛把光普照给大地的一花一草，生命力在光的照耀下绿意盎然。我想说，人的一生爱情只有一次战栗，一世的感动只有一次流泪。在爱与被爱的过程，我们就像被茫茫大雪覆盖着，进入同一种颜色的领地，在那里用爱情的火焰融化顽固的冰窟窿，用真情箍紧旷世的花朵。

夜晚，静在寺院内的石梯上，仰望苍穹发现有夜鹰从头上飞过，它舒展着骄傲的羽毛高傲地飞翔。夜晚的光明就是黑暗，是没有翅膀的死亡陷阱。一不小心就会陷入泥潭，只会越陷越深。佛给了鹰一双法眼，能在黑夜里普见光明。它的声音嘹亮，响彻云霄，从苍茫的夜色中，射向贪婪的老鼠，射向黑暗的幽灵！欲望深重的动物，在那一刻变得乖巧了起来。把倔强的肢体，疯狂的骨骼，变成了一朵色彩艳丽的小花。

夜深人静的时候，虫鸣如语，其声窃窃而绵长。殿里还有烛光摇摇，忧无所诉。观音安详地坐着，用法力运行着天底下神圣的光芒。触角未及伸展，触冰而折。镂窗外的月潮不涨不落，银霜洒落一地，令人流连忘返。观音山，我已抖落一身红尘，生活变得无比精彩。

我把自己沉默不语的影子留在观音山，任灵魂独自忍受思悼的背景。将怀抱一无所有的希望满月而归，等待虫吟波动水面的音符。

第四章　千年江湖　十年夜雨

那是一个遥远的信号，跨越了几个朝代，无数个年轮。历史的流失，能够留下的只是一些零碎，成不了大气候。即使有些许记载，内容也需要史学家去深入研究。

道台府书院

在我七八岁的时候，上学回家的路上要经过一个道台府。道台府那时还完好无缺，只是门长年紧锁着，只有等到正月才会有人打开。我偶尔会带着猎奇的心理停下脚步，趴在门缝里观赏里面的那个布满蜘蛛网的神台。神台上挂着的那张画像，我想大概就是道台大人。

村民们把自己的命运都交给了道台大人，说只要道台府在，道台大人就不会看见他们不管。可据当地志记载，村里并无道台大人到此任职。只是那年村里连续两个多月旱灾，城里的道台大人到此地体察民情后，便与村民一起下河挑水抗旱。在村里一待就是半月，最终积劳成病吐血死在了村里。道台大人一心为民的善举感动了苍天，一场及时雨拯救了村民的口粮。从那之后，村里连年风调雨顺。村民为了感谢道台大人的恩德，就卖口粮修筑了一座坚固的道台府。

那是二〇〇二年的一天，我在去白帝城的游轮上，巧遇了一名刚大学毕业的哈尔滨姑娘，她笑着跟我说冰城的道台府很有名。我听了半天才知道，她说的是一个叫道台府的老字号。我对她说，恐怕你还真未见过显灵的道台府，她听我说完道台大人的故事后半信半疑。

二〇〇五年暑假，我回老家。村人说，村小来了一名支教老师，是哈尔滨人。我一听，心里就有了一种跳跃的感觉。我想到了那个与我争辩的哈尔滨姑娘。

我们村里的学校原先是在大山头上的。虽说是南方，可到了冬天，天气甚至比哈尔滨还要冷。秋分过后，整个山头都是白茫茫的一片。野地里那些筷子般长的瑟缩荒草，被过膝的大雪活活把它们的幽怨埋住了。学校是二十世纪六十年代用黄土筑成的，窗户只剩下一个框。糊上去挡风的报纸，只要一起风就被吹得稀巴烂。

在我上学时，总是期盼着哪天村里能有一所像样的学校，还有一名好的老师。那些年村里换老师很频繁，每年村外都会分一些教师到村里来，但基本上都是代课老师。这些代课老师也不愿意在这待，一般都是来了半年或是几个月就走了，最长时间的一个老师在这里待了两年。

二〇〇六年夏天刚过去的一个晚上，我在电视屏幕上看到了那所熟悉的学校。红旗招展，书声琅琅。我一眼就认出了几年前在游轮上认识的那名哈尔滨姑娘。在电视里她对着记者的采访镜头腼腆地说：我真没想到这里的文化积淀如此浓厚，连大山腰上都修有道台府。我相信，总有一天这里会飞出凤凰的。道台府也一定能够享誉全国。我听了这话，不禁笑起来。

我这才知道，她是省特岗教师。是她自己主动申请到边远山区任教的，她将在那里度过她三年的美好时光。她说既然是支教，就要到最需要的地方去。

祖辈们把道台府当作神灵来奉供，说道台府是会显灵的。只有在正月初一到十五才可以开门前去祭拜，平常凡人是不得接近的。历经了几百年风雨洗礼，道台府至今保存完好。这大概就是村人的信仰，在他们面临灾祸的时候就会在道台府外的香炉里燃烧香纸，求得道台大人的护佑。

事情就像是某种注定的宿命等待着她来运转，女教师到村里后就把学校搬到道台府了。而在边远的山区农村，农民的思想观念若要一下子转变是很难的。他们宁愿让孩子们多吃点苦，也不同意打搅神灵的安宁。女教师则不同，她是大学生，是山外来的知识分子，她可不信这个邪。只要能让孩子们少受皮肉之苦，管它是神仙也好，神鬼也罢，就是要把学校搬到里面来。

本来村民们是不同意的，可村里有位德高望重的老人做了个梦。梦见一只仙鹤飞在道台府院子里的梅花树上筑了个巢，还孵出了许多小仙鹤来。第二天，老人醒来就把前夜的梦讲给村民们听。村民们听了大吓一跳，那女教师不就叫“先荷”吗？就这样，村民们同意了女教师把学校搬进道台府。这扇被岁月尘封的大门，就这样光明正大地打开了。

道台府与那山头的破旧学校相比，条件自然要好得多。不久后，上级部门把道台府重新进行了修整，还在墙壁上刻下道台大人留下的遗训，在道台府的天井上栽了寒梅。学校也重新命名为“道台府书院”，字迹是模仿北宋著名书法家黄庭坚的笔墨。

二〇〇九年寒冬，我回到了小山村。那天大雪纷飞，道台府书院的屋檐上挂着长长的冰条。我在道台府书院内见到了正在为孩子们上课的哈尔滨姑娘，她用诧异的眼神看着我。也就是这年，在这里独处了 3 年之后，她准备离开。我想把她留下来，但是没有开口。那天我看见她站在雪地里，任由那漫天飞舞的大雪把自己埋葬。我知道她对山村是有感情的，在这三年里，“道台府书院”早已名扬四海。

我后来想想，其实祖辈把道台府说得那么活灵活现，无非就是想后代把它保存下来，不让它毁灭。我想不只是我，还有那些孩子，还有哈尔滨的姑娘都会记住道台府，我们会在它的这种威严里体会它的宽厚。我想，它教会了我们如何温暖地固守，如何朴素地前行。

千年江湖　十年夜雨

在修水的文字古迹中，没有一处像黄庭坚纪念馆左侧石壁上的“佛”字那样更加古老的了，如同一首旧体诗，仍然印刷在课本里的主要位置，又像它代表的一个充满悲剧色彩的王朝，时刻诠释着往事。

对于没有去过黄庭坚纪念馆的人来说，“佛”字给他们带来了许多神奇的奥秘和丰富的想象空间。很长时间里，“佛”字一直隐藏在峭壁悬崖的树藤里，只有少数的文物专家才能走近它，与它亲切见面。绝大多数人并不知道藤脉里有个“佛”字，即使传说中大多数的修水人都知道有这么个字，但没有人真正见过。在南山崖的石壁，我们只能看到密密麻麻的树藤，和树藤下的河流。“文革”期间当地政府和红卫兵多次搜寻过，始终没有发现它隐居的地点。

我看见一大片绿叶簇拥在纪念馆大门上方右侧的翘角上。纪念馆以仿宋风格为背景，结合现代文化构筑而成，显得书味香浓。站在门口，我抬头仰望着“黄庭坚纪念馆”这几个含蓄深远别致的大字，想象着很多年前一位书法大家的样子。

对一个古老“佛”字的诞生进行描绘或是讲述无疑是困难的，毕竟它已经过去了九百六十多年。没有一个人对它的雕刻了如指掌，也寻找不到熟悉它雕刻缘由的见证者，更没有人知道当时是怎么把这个足两平方米大小的“佛”字雕刻在水之上峭壁之下的。难道是与现在一样，是用缆绳将石匠吊下悬崖雕刻的吗？如果是那样的话，那黄庭坚亲笔所写的这个“佛”字又是怎样写在岩石上的呢？难道也是用缆绳将黄老先生系住吊下悬崖而写吗？这似乎有些不合情理。但是除此之外，在这样一个下是急流、上是悬崖的石壁中间出现的“佛”字又从何来呢？这个，我们在史料中寻找到了答案，“佛”字确是黄庭坚亲笔题写，至于怎样题在石壁上，这就成了现代人猜测不到的谜团。我们还从有关黄庭坚的史料中，了解到一些有关“佛”字背后的故事。听说当时黄庭坚纪念馆所在地的南山崖下有个渡口，水流湍急，深潭阴险，行船过此常会莫名其妙地翻船，船翻后船上的人自然落水，无数坐船人无辜送了性命，成了水下亡魂。一次，黄庭坚回乡探亲听说此事后，提笔在悬崖峭壁的中间写了个大“佛”字，一“佛”镇万邪。自从有了“佛”字后，这段水系太平了，再没有发生翻船死人的事。当地人都把“佛”字作为神灵来敬拜。“文革”期间，修水人为了把这一救命的“佛”字保留下来，用石灰浆把“佛”字掩盖了起来，然后在山崖上种了藤，手腕粗的藤将“佛”字裹得严严实实的。直到前几年，文物普查时“佛”字才重见天日，重散光芒。黄庭坚贬官宜州后不到一年就去世了，家乡人为了纪念，在南山崖盖起了黄庭坚纪念馆，算是人们对这位受尽委屈的大文豪的怀念。人世间就是这样，人们总会记起一些好的东西，不论是人还是事，总会把一些不好的东西尽快遗忘。

当一个满载传奇色彩的“佛”字出现在我们眼前时，我们看到的只是它的局部，永远看不到它的背面，包括空间的背面和时间的背面。

我看见在岩的缝隙里扎满了树根，树根只是在“佛”字的四周环绕，没有要为难佛的意思。这着实让人感到新奇。如今，站在修水大桥上就可以看到南山崖上的大“佛”字，“佛”字在山崖的显赫位置上非常显眼。河流的渡口早已废弃了，横跨在南山崖上的是雄伟的修水大桥。我想这么大的“佛”字，任何妖魔鬼怪是接近不得的，否则瞬间就会化为灰烬。“佛”字现在成了大桥下一处包含着深远意境的风景。“佛”字周围长满了青葱的树木，岩上没有泥土，树木的根全部扎在石缝里。奇怪的是，这岩石给了树许多营养，树没有泥土也照样长得枝繁叶茂。岩石在为树营养，树也没有吝啬，毫不顾及地为岩石遮风避雨。

我们看不到的部分就是，宋朝时期一个学问甚高的文学家受尽折磨的片断，官与官之间的阴谋，时代给命运的践踏……时间隐匿在空间背后，谁也没有觉察到“佛”字在那个充满悲剧色彩的朝代里，黄庭坚真正想要表达的是什么。是表达自己命运的浅薄？还是修炼自己的人格？或是一心向佛？如果我们站在时间的纬度上逆境推算，我们就会发现，佛其实是黄庭坚当时所研究的一门学问。岩石上的“佛”字与他在佛学上领悟到的“佛”是有关的。一位史学家说过，能够把佛悟到一定境界的时候佛就会在心中。佛永远铭刻在了修水之上，也铭刻在了后人的心中。那些生不带来死不带去的东西，黄庭坚也就无所顾忌了。

俯身在南山崖的石头上细细凝听，有梵音从远处来，如一片云，一缕风。

那是一个遥远的信号，跨越了几个朝代，无数个年轮。历史的流失，能够留下的只是一些零碎，成不了大气候。即使有些许记载，内容也需要史学家去深入研究。

史书中说佛是智慧、德行、慈悲最高的成就者。佛是由人修行而成的，不是宇宙自然的神。更不是什么三头六臂、飞天遁地的鬼神。人人皆有佛性，人人修行皆可以成佛。佛是宇宙最伟大的圣者。旁边不远处的寺庙里突然响起了钟鸣声，已经傍晚了，拜佛的时辰已过，寺庙敲钟关门了。所有拜佛的人只有等到明天钟声重响时再来。

我想黄庭坚把“佛”字书写在南山崖峭壁上的用意，应该不是驱除魔鬼，而是提醒后人，时刻要将智慧、德行和慈悲铭记在心。面对“佛”字我胡思乱想，如果我有资格也成了佛，我会给社会做些什么。是化作一尊塑像等着人们来奉承？还是用手中的神鞭去驱除魔怪？或是用内心的善良去感化迷惑的人们？如果有人对佛质疑，那么，请你用等量的东西来交换。佛简单明了地注明了人的智慧和善良。如果你没有见到“佛”字，没有走近“佛”字，那么“佛”字在你的眼中只不过是一道风景。黄庭坚在《晓贤师续佛寿颂》写道：

养子续佛寿，非为养色身。
捧打石师子，只要实头人。
出家无正因，不得正命食。
是真出家儿，不费秋毫力。
讲得天雨花，说得石点头。
人人是檀越，负命者上钩。

诗文收藏在纪念馆内的文物专柜里，平常是不准开橱翻阅的。我是个例外，因为我是感受到佛光的慈祥而来的。翻阅诗文的时候，我们看到了许多黄庭坚有关佛的诗词。这些诗词都是后人用宣纸抄写下来的，原文是写在竹书上的，再好的竹书也保留不了九百多年，岁月已将它粉化了，诗文辗转了许多居住的地方后，终究一字不漏地流传到现在。

黄庭坚的三十八世孙、黄庭坚纪念馆馆长黄本修先生介绍说，佛在黄庭坚的心中占据了相当重要的位置，他对佛学造诣非常深刻，因此在为人为文上都有自己独特的见解。由此可见，这位大宋才子的人格魅力了不得。佛在他心里已经扎牢了根。佛在他的眼中也有着许多与别人不同的见解和诠释。那是一场风险和利益都最大化的游戏，人世间最大的一场赌博，他做出了惊人的抉择，不惧皇权和家族的压力，宁愿弃官也要追寻正义。他看不懂对手的游戏规则，最后死在别人争权夺利的游戏刀刃下，命运也在游戏中画上了句号。

在那样一个朝代，根本无人敢向皇帝的权威发起挑战，无人胆敢参与到这场残酷的赌博中，他们的资本太少，帝王的威严令他们望而却步。因此，少数的人反对，只有落个贬官回乡的下场，保住人头已是皇上格外开恩了。生活残酷得一丝不挂，没有任何属于自己的空间和余地，只有思想还牢牢支撑着他，漆黑的夜晚一定会等到黎明。但他没有等到，在那个短暂的时空里，黑夜已将他淹没。

“佛”被历史的浪潮洗礼了九百六十多年，依然傲立在山岩之上，悄然、严肃。如《诗经》中的淇河寂静沉沉。它就这样坐在温暖的岩石上，看着脚下奔跑的河流，听着笋竹拔节。与山为伴，与水为伴。

在佛站着的旁边，葛草茂密，郁葱，还在蔓延。粗或是细将岩石裹紧，密密麻麻没有丝毫侵犯佛的意思。在葛草的眼中，佛依然是佛。佛是世间万物都敬重的灵魂。

若干年后，一棵树仍伫立在原地；一块岩石，仍嵌在修水河长满青苔和灌木丛的岸边，这就是与“佛”字同龄的重阳木。重阳木原本是两棵，一棵在三年前因修河修水库，水位高涨，将整个树蔸浸泡在水中数日后，死了。就在树死去的那个晚上，沉寂了若干年的山岩发出了奇异的声响，人们说佛显灵了。此事引起了全国新闻界的高度关注，包括《人民日报》

《光明日报》和新华社在内的全国一百多家媒体一时间云集修水，就如何保护重阳木进行了追踪报道。新闻界、文学界、政治界都高度关注重阳木的命运，时任江西省省长作出了不惜一切代价保护重阳木的重要批示。不久，哭泣的古树从水深火热中被救了出来，得到了有效的保护。

阳春三月，大地复苏，活着的一棵重阳木长出新绿，死去的另一棵只剩下光秃秃的枝丫，就像一个脱光头发的老人，没有了生命的气息。我想人逃脱不了死亡的命运，植物也一样，只要是生的东西，就会有死的那天到来。有生就有死。想到这里，我们也就不再为古树惋惜而难过了。这只是我寻找安慰自己的借口，人们不是这样想的，他们在对佛无比信仰的同时，不禁发出了感叹，世上又少了一件珍惜的国宝。佛依然时长月久与河流对视着，无论水浪怎么凶残地搏击，佛依然肃立在那。每次河流冲上去后，立即又退了下来。始终超过了高大的佛，击不倒，也撞不坏。

站在南山崖顶往下看，有种一览众山小的感觉。眼下的修水县城很小，小得就像山妹子鼻梁上的一颗美人痣。

那天，我去黄庭坚纪念馆。馆内长满梨树。正是春天，雪落墙院。九百六十多年有多老，偎依在修水的臂弯里，岩下不绝的水声积淀多少往事。千年江湖，十年夜雨。修水大桥上走动着善良的山民。岸边无数茂密的灌木丛被修河水濯洗得那样苍翠，挽住每一缕过客的目光。光阴的手指抚摸这里的每一片绿叶。时间渐渐变凉，修水河弯来弯去，消失在远山深处。

纪念馆卧在山岩上，无比安静，像一部厚厚的宋版书晒在清澈的阳光里。此处为山谷读书处。东南山腰，有山谷祠，内立山谷像一尊，旁有联，石刻，集黄体字，曰：芳草有情牵戏蝶，飞花无主寄骚人。山谷一生正直，豁达。东坡赞曰：瑰伟之文，妙绝当世，孝友之行，追配古人。

在山谷祠的前面，我站立良久，舍不得离开。我默默地看着他，思绪飞得很远很远。我想我是在敬佩一位故人，一位才华出众的诗人和书法家。那安详的神姿，那有饱满诗经的脸，我仿佛看见了另一个朝代，一个离我们走得很远的朝代。我用心与老人交流，在泥潭深埋着的黑暗中寻找希望。我用心去感悟他跳动的脉搏，用那心灵深处的清凉去感受他的温暖。我为他庆幸，九百六十年之后，他那超越凡人的思想终于在电视的屏幕上出现了。这个等待是残酷的，残酷得让我们不敢过多去想；这个等待是幸运，终于迎来了曙光。

祠堂外侧，有木荷、香樟树、桫椤、墨竹和岩柏。这些植物全身散发出淡淡的苦香。走遍山岩，衣袖已被染绿。

双井村，在城西杭口乡。山谷出生地。山谷墓所在地。此地十里秀水，山峦苍翠，修竹茂林，真好风光！

在双井村流传着许多有关黄庭坚的故事。故事说：黄庭坚自幼天资聪颖。一日，舅舅李常来庭坚书房，见书满架，说："架上诗书万卷。"庭坚答："腹中礼仪全无。"李常又出："桑养蚕，蚕结茧，茧抽丝，丝织锦绣。"庭坚答道："草藏兔，兔生毫，毫扎笔，笔写文章。"

故事又说：修水有一种竹，微黑，像墨玉，与山谷有关。山谷幼时读书勤勉，一生牢记"勤"字。书房临窗，窗外竹林一片。每日课后洗笔，水泼向窗外，久之，竹子渐黑，遂成墨竹。

一个秋天，山谷漂泊到广西宜州。一个人静静坐下。一生中的江湖夜雨，落在灵魂的原野，所有创伤连成一片。荒凉山冈上，树在沉默。从树下走过一人，脚步沉重，若有所思。不知他在想什么。他停下来，抬头看了看天空。

佛与石岩就像是一对恋人，他们紧紧拥抱在一起，若干年后依然没有分开。

河流里传来了悠长的笛声，引领我们寻梦久远，回眸历史的幽深，追思古人。钟情过的声音无数，总会在某个瞬间洞开记忆，扑入脑海：林间风声，深山鸟语，树叶在风中的婆娑，早春冰河开化的碎裂，海浪扑向岩石和沙滩及至溃退的浪涌，月夜狼嚎，夜虫呢喃，雨夜蛙鸣，猫崽呜呜，小鸡小鸭梦呓般的啾啾，稚儿的牙牙语声，温柔的男声，带磁性的女声。

我听见了县城里木拖鞋在石板路上清脆的踢踏声从小街的这一端响到另一端，渐近渐远，好像一直走进时间的褶皱处。生命里奔腾不息的河流，浩浩荡荡，绵绵不绝，构成我们对人世的眷恋。

“桃李春风一杯酒，江湖夜雨十年灯。”一扇半掩的门扉里，忧郁苍凉的歌声从南山崖下飘起。

小舟撑出柳阴来

宋代著名诗人徐俯有诗云："双飞燕子几时回？夹岸桃花蘸水开。春雨断桥人不渡，小舟撑出柳阴来。"

在修水，仰望一条河。这条河仿佛在天上，只有仰望才可以看得见。河从天而降，从黄龙流经古艾商都，流入清澈的十里秀水，然后汇入鄱阳湖……

当你还未踏上修河的小舟时，你的心就开始绿了。这是自然的先期抵达。心轻盈了，一切的陌生都会变得熟悉起来。所以，通过绿色的距离，更像是由坚硬向柔软的过渡。对于以河流为统驭的修水，绿色已幻化为一种支撑憧憬的符号，它让更多人的心灵，保持着郁郁葱葱的生机。

也许是这种特定的绿色屏障，修水的姑娘驰名天下，修水的水抵达《诗经》。修水的空气满是甜蜜的分子，修水的人民富庶安康。

春天的修水河岸，像诗，像画，像人间的仙境。春水涟漪，如少女的薄纱，玉洁的肌肤若隐若现，乃尘世最大的诱惑。临波之人，心生荡漾。不禁让人充满怀想，满脑子里都是："蒹葭苍苍，白露为霜。所谓伊人，在水一方。"

河岸的草已是深深，一直在随性地生长，没有拘束，一株挨着一株，远远望去竟有了万顷碧波的神韵。如此，修河有了草原的辽阔，胸怀宽广起来。

小舟靠岸，草迅速漫入水中。像是一群会游泳的孩童，潜伏在水底打盹。俯下身子，将水鞠捧在手心。你会觉得任何一株草、一朵花都在冲你微笑，都在与你交流，就像熟识已久的朋友。你紧紧地盯着它们，慢慢地会发现，你会变成花，变成草，变成它们的伙伴。这儿的花儿会说话，会和你眨眼睛。甚至还会给你唱歌或是跳舞。这时，你也会跟着唱歌或是跳舞，而且可以尽情地随心所欲。或而激烈粗犷，或而舒缓悠扬，每一种表达都是自然支配下的能量迸发，它能让你的情感更加真实，更加接近灵魂。花草像是用自己澄明的境界在矫正来者的脚步。

极目眺望，芦苇也已经摆好了酷酷的姿势，等待着外来的宾朋。所有的视野一下子会被飞驰而来的精致卷排在图画中，如果再在画里添加个修水的白岭姑娘，那是再完美不过了。水灵灵的肌肤，水灵灵的大眼睛，可谓胜过莫言笔下的“丰乳肥臀”。

跳下小舟，松弛的泥土迅速抓裹裤腿。渺小的力量，这时变得无比巨大。你就像是个无助的孩子等待空气将你掩埋。泥土是有秉性的，与它熟悉了，你就会和它成为朋友，会赋予你心灵的养分。

这种泥土最适宜燕子筑巢。每到春天，燕子从北方飞回来。在河流和稻田的上空盘旋。那时，稻田刚刚犁过。稻谷种刚刚撒进泥田里。燕子不会去叼田中间的泥土，也许它们知道那里面埋藏着种子，也许种子对它们有着怎样的暗示。夏天虫蚁多的时候，燕子还会帮农人捕捉害虫。稻田恢复平静，再也没有发生过虫灾。充满万象生机。

无论是在哪个季节，修水的人们脸上总是挂着微笑。他们喜悦的不是某种寓言，而是从春天就可以看到丰盈。生生息息的人们与燕子、河流一起存在，构成青春活泼的生命特性。生与逝在稻田和河流里成了自由和幸福，没有半点悲伤和痛苦。偶尔有小鸟从天空飞过，微弱的灵性将这旷古的河流唤醒。这时，稻花留下的全是沉甸甸的谷穗。

无法阻梗的阳光从山坳间渐渐沉去。黝黑的山与河床泾渭越来越模糊。从花儿的声音里，你会听到一个农人勤劳的故事。在几千年前的修水，两岸住满了农人。他们用勤劳的双手，耕种了两岸河流的土地，还用智慧盖起了特色住房。这些住房简单而坚固。门前的千年梧桐，与日子一起熠熠生辉。坐在树下，品着修水菊花茶、宁红茶、双井绿。茶香飘万里。这里的饭和菜也特别好吃，丝瓜、蔬菜、青椒炒在锅里神清气爽。居住在修河边的老人，长年会饮自酿的米酒，寿命都特别长。不过酒好喝却不能贪杯，要不然一醉千年了。这里的人们从自然中来，又从自然中慢慢离开，就如稻田的谷子和房屋前的梧桐树一样，花开花落都是自然的。

这里的树木都极具灵性，树木是不能随便锯的，随意锯木会给锯木者带来灾祸。因此，锯木前要焚香烧纸，跪在地上诚心祈拜，取得树神的许可后方可动锯。树神是灵验的，有人自作主张不听奉劝，锯树时被树上掉下来的枯枝砸中，结果差点丢了性命。这么一来，河流两岸树木葱茏。再也没有人去招惹树神，青山绿水间树木人神共舞。

奇怪的事情远不止这些，比如爱情。河岸边的美女通过网络与外国的男孩谈恋爱，后来男孩来到修水，与女孩结婚生子。他们锄草，摘菜，刨地，割麦子，与植物打成一片，过着自由而浪漫的田园生活。闲暇之余他们爱上了文学，女孩写散文，男孩写诗歌，可谓美满。

小舟撑出柳阴来，一切都有了远意。

濂溪访莲

濂溪书院临修河而居，寂寂幽幽。

书院门前，横挂着一幅石雕壁画。壁画中人物形象精细准确，宏伟建筑的构图精巧，皆与宋画一脉相承。周敦颐与苏门四学士，如佛的莲花静坐其中，绝世而独立。不远处，一池清水满莲蓬。莲香扑鼻。“可远观而不可亵玩焉”。

我去时，庭院静悄悄的。看不见一个人影。刚跨进书院大门，就意外发现这里聚集着一群读书人，像是在此处等人。等谁呢？莲，还是周敦颐？瞧，大伙那紧张的神情！我想，大概怕是误了观赏莲花盛开的时机。

宋景佑三年（1036 年）的七月，正是莲花开放的时节。年仅二十岁、饱读诗书的周敦颐（今湖南道县人）被任命为洪州分宁（今修水县）主簿。

可谁又知道，在这偏僻的江南小城，寂寞的异乡深处，斜倚楼台，却是柔肠一寸愁千缕。年轻的主簿临风而立，轻合双眸，神思着家乡的潺潺濂溪水。

一个月悬高空的夜晚，微风四起，远处有莲香飘来。夏至的莲塘，有着喜事一般的热闹。一朵朵花儿从花骨朵里跳出来，俏皮地与路人窃窃私语。这“出淤泥而不染，濯清涟而不妖”的莲，带了几分醉意，依次拂过了三月的流水、笑语人声以及那些禁不住春天蛊惑而荡漾的心。

原来这世间的莲、世间的花都可以理解为警幻之妹。她们的存在就是要让人类在运交中体会种种的虚妄、绚烂与丰富。看来，这花是红尘里最让人心花怒放的天意啊！有了这次“艳遇”，雨雾朦胧的黄昏，在莲池边岸，就有了才子与莲的深情对话。“清莲啊，你出淤泥而不染。我为官一任，造福一方。”这也是周敦颐在提醒自己，老百姓是天，要时刻想着百姓。他清理户籍，清廉勤勉，深得民心。分宁一时百业兴旺，政通人和。周敦颐因为清廉正直，襟怀淡泊而很快被百姓爱戴。

宋庆历二年（1042年）周敦颐在修水县城东门外、修河对岸风景优美的旌阳山麓创建景濂书院，设堂讲学，收徒育人。书院门前的修河，如玉带般蜿蜒而来，酷似其家乡的濂溪。于是，周敦颐又将景濂书院改名濂溪书院。书院分三重：讲堂、尊经阁和文昌阁。院内祭祀孔圣人塑像。从此，濂溪书院远近闻名。

事实上，周敦颐一生坎坷，四处奔波，受尽了折磨。可他无论生活如何拘挫，始终没有放弃办学堂。如宜春的“宗濂书院”、吉安的“云冈书院”、赣县的“清溪书院”、湖南郴州的“周茂叔书院”、湖南零陵的“拙堂”、湖南邵阳的“邵州州学”、四川合州的“养心堂”……后人为了纪念其学说、人品、为官，重建书院时，全部更名为“濂溪书院”。相关史料记载，修水濂溪书院是周敦颐亲自创办最早的书院，也是周敦颐本人唯一以“濂溪”命名的书院。

“水陆草木之花，可爱者甚蕃……予独爱莲之出淤泥而不染，濯清涟而不妖，中通外直，不蔓不枝，香远益清，亭亭净植，可远观而不可亵玩焉……”

一代名人混迹于山水之间，他暂时还感觉不到这个世界对自己的诗文有极度温暖的回应，只能在寂寞中惶惑。

而在此时，全国的各家书院都更名“濂溪书院”。周敦颐因而成为北宋著名哲学家，被学术界公认为理学派的开山鼻祖。

“周敦颐与黄庭坚认识吗？”我奇怪地问院长。“当然认识。周敦颐比黄庭坚大一辈，两人常友好往来。多次在一起饮酒，品诗。”我想，或许这是上天的馈赠。周敦颐不仅与黄庭坚有着深厚的情谊，对修水这块土地也无比眷恋。他把一生里最美好的时光，几乎全部奉献给了这块异乡的土地。

晚清时期，后人为了纪念周敦颐和黄庭坚，就将濂溪书院更名为“濂山书院”。修水人把“濂山书院”当成了文化的标志。有了这“濂山书院”，修水变得更有文气了。

如今的濂山书院早已修葺一新。四壁合围，高墙环堵，朱门红墙，一对门墩守着一代代人在里面生长，把生命喂养得强壮，让生命静守着它的雄奇和贵重，也静守着它的牢靠和厚实。阳光把旧时的影子，照进了文人的墨迹里。

今夜，我想以北斗星作酒盏，一醉方休。醉了，天更黑了。有流星落在了南山崖下。流星是文星下凡，濂山书院里灯火通明，书声琅琅。

上 庄 记

古诗云：隆冬到来时，百花即已绝。

十二月了，由于气候的原因，上庄的秋天比外界来得晚。菊花开得正旺。水鸟在河面上唱歌。已近隆冬，却嗅不到半点冬的气息。我是无比陶醉这被菊挽留的秋天。

天蓝给了上庄。

温润的蓝，圣洁净美的蓝，明澈，灵动。就像你拉着秋天的手，一道走进寒冬的思想，走进灵魂的最深处。

天是蓝的，蓝得无边无际。水也是蓝的，深蓝深蓝的水，如一块厚实的宝石镶嵌在群山之间，晶透宜人，让人产生了神奇的向往。

上庄的地名来源于山的雄伟和高大。危峰兀立，如牛奔跑，如虎搏人。

毫无疑问，上庄不是知名的地方。可它绝对是偏远群山的肺腑之一。一脚踏进上庄，你会更加坚信人世间的平素是最真实的生活。

赵家庄和复兴大队中间仅隔着一条河。河将两座大山劈成两半。河的左边是赵家庄，右边是复兴大队。我出生在复兴大队，我的中学老师住在赵家庄。每当我上学的时候，都会经过那栋陈旧的老屋，会在老屋前的空地上歇息一会儿，听老师讲山外纷繁的世界和人世的哲理。

我的老师博览群书，是一位真正的先生。他喜欢在静夜里挑灯夜读，读《史记》，背《增广贤文》：“昔时贤文，诲汝谆谆。集韵增广，多见多闻。观今宜鉴古，无古不成今。知己知彼，将心比心。酒逢知己饮，诗向会人吟。相识满天下，知心能几人……”

在险峻的山涧间，一条蜿蜒的山道，它以曲线、倾斜的面，悬空和递进式，进一步扩充了道路幻美成分。

我家老屋一半跌落在了泥土里，另一半孤独地挺立在那。

平房前的树木，也像老屋一样，一半枯死了，另外一半还活着。树真的老了。它把自己的一生置身于陋室之外，以平和的心守候着房子，也守候着一代代人。

风有些瘦，村里的人们随着改革开放去了远方。有的长期在外租房子，有的在城里安了家，还有的过完年就走了，等到过年的时候才回来。村里还住着一些人，要么是留守老人，要么是留守孩子，他们在这里日复一日、年复一年地过着。他们用一颗宁静的心，静静地面对着这人世的淡然。

我不再是当年的少年了。我学会了站在远处凝望，望着它们的时候，我的心里满是苍茫。在漫长的冬季来临之前尽量多看一眼这里的一草一木，在未来的日子里也许能凑出绚丽多彩的图画。

晚霞在我的肩膀上渐渐暗淡，收尽老屋的人声和呼吸，我走进了冬天。今晚留宿何处？我身后的村庄变得幽深，时光一半是恩赐，而另一半是降服。

谁能在生活的风雨霜雪中让理想长成参天大树？谁能让人生总是充满诗一样燃烧的激情？谁能像贝多芬那样发誓“扼住命运的咽喉”？

只有那些伟大的精神缔造者，只有那些执着于精神生活的人，才会来到这个遗落的山村朝圣。也许他们朝圣的不是山，而是自己蠢蠢欲动的灵魂。

夜已深了。很静，很静。

我想，当和煦的春风吹开干冷的冬天、淅淅沥沥的雨水湿透泥土时，我们一定会在这里寻找到永恒的坚定证据。

鳌峰书院

我想寻找鳌峰书院的印迹。

在修水县城生活工作好些年，并不知道鳌峰书院的准确方位。询问过朋友，朋友说去过，在义宁镇肖爷巷北。现在只剩下半堵破墙和一扇门，墙没有了任何遮挡，可喜的是“鳌峰书院”四个字还在。坚挺在那，清晰可见。我当然高兴，文物专家考证时，光凭方位必定找不到书院的准确位置，更难寻觅它远去的历史。有了这半堵破墙和一扇门，我也不难寻找鳌峰书院的方位。

清同治八年（1869 年），修水县高乡众乡绅捐资兴建鳌峰书院，目的是为了让更多的人读书。鳌峰书院当时兴盛修城，成为修水境内规模和影响较大的书院之一。知识在贵族面前显得傲慢，在平民面前就倍加亲和。爱书之人不顾年长静坐院堂中，学习“四书五经”。

县城变化是历史前行的必然，谁也阻拦不了，也没有人去阻拦。破旧得无法实用的房屋，自然要拆除重新再建。虽然有些人牵涉经济和情感很不情愿，最后也是不了了之。鳌峰书院旁边的高楼大厦早已林立，以“鳌峰”为名的书院再也无法“独占鳌头”。这点也是时代发展的趋势所向，任何事物都会经历兴衰的命运。

修水教育史书有记载鳌峰书院的对联：“鳌峰凌紫府；鸿翼搏青宫。”“书卷莫教春色老；诗怀常伴月华开。”可见当时老师对学子的殷切期盼。

时光在指尖间缓慢流走。书院里的孩子们，伴随着书院里流失的时光都远走了。开始他们还会陆续回来，可他们的寿命比书院更短暂。他们只能在那短缘相聚的时光里，用自己的不尽才华彰显书院的辉煌。书院只容得下他们，只容得下琅琅读书声。

现在的书院变得孤零而清瘦起来。旁边林立的高楼，都是合法的建筑。从体积上看它们早已高大过书院，已是挺立云霄。然而精神的书院，没有人看得见它的高度。

在鳌峰书院的门口立了块“县级文物保护”的石碑。这是政府对它过去所做出的功劳的奖赏，实际上现在的人都在继承，只不过继承的方式已经改变了。也许，某个官员的祖辈就在这里受教育。而他血脉里流着的还是书院里的文风，只是他觉察不到，不愿意去相信这个现实罢了。任何的存在都会成为历史，这是存在最终的命运归宿。鳌峰书院呢？我想也会是如此。

实际上，现在我们想寻找半点往日的辉煌都勉为其难，可又不得不承认它的存在。《修水县志》记载，书院结构简朴，独具匠心，分为三重，下重左右各一个天井采光排水，中重有一大天井，站在大门口往里看，三个天井正好形成一个天然的“品”字。“品”凸显了鳌峰书院的特立个性，也体现了清贫乐道、品德为先的办学育人宗旨。

鳌峰书院随着一些制度的产生，留下的仅仅是一栋楼房。这栋楼有它的特定身份和地位。在那个经济不发达的年代，不能迅速摆脱“旧”

的教育方式。书院还能够继续派上用场，清末被改为高等小学。而在这里学习的孩子们，仍然会受到书院学风的影响。

一九四二年，县立第一中心小学由农村迁回县城时，就设立在鳌峰书院。之后，由于学生人数增长，办学条件滞后无法改善等缘故，学校撤离了书院。这之后，鳌峰书院就终结了它的育人生涯。

书院与人一样，都有苍老离去的时候。这是自然界循环往复的必然，万物皆是如此。我想不同的是，鳌峰书院在它特定存在的空间里已经完成了它的责任和使命。完整的，没有半点遗憾的残缺。

不过有一点是让人悲哀的。书院也许有太多辉煌的奖章，隐藏在箱底生锈。也许有太多的奖状粘贴在墙壁上，被尘埃掩埋得看不清字痕。没有人愿意去提及，不愿意提及依然是可怕的，一种是遗忘，而另外一种还是遗忘。人都有嫉妒之心。因此后来者害怕，那会是前无古人后无来者的丰碑。如果是那样，现代那点卑微的成绩，就没有任何奖赏的意义和价值。

这还仅仅是人的心理。“文革”期间的“破旧立新”，让这位心力衰弱的老人雪上加霜。很长一段时间，即便是“亲院”的读书人都不敢接近。害怕被牵扯其中，无法摆脱自由。

政府不会在短暂的时间内修复这个“无可用途”的书院了。于我们这些写文字的人来说，当然希望存留的文化遗迹都保留下来。留下过去的一点，哪怕是微不足道的一点，都是珍贵的。一些东西消失后，永远都将不复存在。而人类需要去做的，就像是保护这书院一样，不遗余力去努力。留下那些为人类生命史做出贡献的上等财富。

鳌峰书院也许会有重见光亮的一天。这一天不知何故稍微慢了点。这也与它所处的位置是有关联的，周边的建筑把它裹得太紧。加之没有其他的景点需要开发，从旅游的角度独立修建书院的脚步可以慢下来。

书院是一座城市的文化魂魄，也是一个地方的文化标志。修水古称“文章奥府”，鳌峰书院为其奠定了地位。

在不久的将来，鳌峰书院的大门重新打开时。我们看到的不仅是一个书院，而是一个灿烂文明的时代。

南崖的高度

南崖是一座位于修河水岸、历史悠久的文化名山。

船行江南水乡，你会觉得有一种无形的东西，在慢慢向你靠近。然后包裹着你，满载着酒和离愁。

千百年来，由于连绵大山的阻隔，住在修河两岸的人们都得依靠漫长而曲折的水路出行。一去就是数月或是数年才能返回，不知隐忍了多少炉火的等待。

黄庭坚出生在修河上游的双井村。这个背靠杭山的村庄，三面环水，一面环山。黄庭坚经常坐着小船从双井到修城，然后又从修城漂泊到远方。

公元一〇四〇年，时任分宁主簿的北宋理学家周敦颐在修城对岸的旌阳山麓创建了濂溪书院。黄庭坚来到修城，因为深深景仰着濂溪先生的“出淤泥而不染”的秉性，选择在濂溪书院读书，不久他把住所搬到了距书院不到一里的南崖上。

清幽的南崖，古木参天，藤萝满径，是一处读书参禅的宝地。

黄庭坚初到修城时，已是满腹经纶、名震四方的少年文人；他在南崖结庐而居，吟诗习字，吸引了县内许多文人雅士前来拜会。南崖一时高朋满座，煮茶论诗，文风涌动。黄庭坚到底是个清净之人，大部分时间他愿意独处南崖，巡视古树、亭楼。夜深人静时，立于莲池，赏池中圆月，背古文汉字。

当一个满载传奇色彩的“佛”字铺陈在虚实渐化的时空里，那些永远躺在历史典故里的故事也就栩栩如生起来。

一年春天，黄庭坚泛舟于南崖水域踏春寻诗，突然江上阴风怒号，浪涛翻滚，船只几欲翻沉，黄庭坚知道此段是急流险滩，翻船事故频发，情急之下，他朝天三拜，不久风浪渐渐平息，船只也安全靠岸南崖。事后，笃信佛教的黄庭坚提笔书写了一个斗大的“佛”字并镌刻于南崖绝壁，他欲以“佛”之威，镇妖避邪。奇怪的是，有了这“佛”字，南崖水域从此风平浪静。

我们听到只是穿越时空的默然苍立。红尘与佛心并存，默默地注视着晴明景和的时光。

公元一〇八三年，三十九岁的黄庭坚赴任德州时，从鄱阳湖水路进入修河，返回修水。修河两岸的烟囱中徐徐流出的青烟飘飘悠悠迷离了夜的眼，他不禁触景伤怀。炉火相伴，岁月无痕，掌心化雪。有炉火的地方，醇香浓郁，回味悠长。别酒一觞，有泪纵横，不禁悠悠吟道：阳关一曲水东流，灯火旌阳一钓舟。

黄庭坚一生的命运是坎坷的。公元一一〇五年，满腔愁怨的黄庭坚客死宜州贬所，修河的水隐退，从此再也无人行船。

二十二年后，即公元一一二七年，北宋因“靖康之耻”而宣告终结。后世人们用保护和修葺南崖景物的方式来寄托对黄庭坚的怀念。一九八三年，南崖下修建了黄庭坚纪念馆。馆内记载了黄庭坚的生平事迹，收集黄庭坚手书墓志铭等国家一级文物数件，大部分都是他的代表之作。

这些书法碑刻的原件现在都是价值连城的瑰宝，它们有的存放在北京故宫博物院，有的存放在台湾地区，还有的存放在日本。这些作品不仅代表了一个朝代文化艺术的高度，也让南崖有了耸入云霄的气势。

黄庭坚的手书《戒石铭》是存放于南崖的唯一文物，如今已成为镇山之宝。《戒石铭》所书是他的为官准则，当年南宋高宗观看后，敬佩之至，恨不同时，遂诏令全国州府郡县，勒之于衙门，以警示百官。

南崖就像是一块时光的碑文，九百七十年后一个夏天的温暖早晨，我在南崖下仰望一座名山的高度。我发现，南崖的高度，是思想的高度，是艺术的高度。

南崖到底是寂寞的。个人的历史，从来就不属于当下的时刻。那“坐禅长者”与我们熟视千年，可深邃的禅机谁人又能知晓？岩石的墨迹早已脱落，草木却诗意盎然。其间深意也许要我们一辈子去领悟。

鹿　　柴

山路元无雨，空翠湿人衣。清明是物候上定义的时节。天，很蓝。云像淡描的画。嫩黄的小花闪闪烁烁，像小提琴上一粒粒金黄的音符，明亮的曲调在空气中颤抖。瞬间，我听见了种子破土的轻吟，嗅到了花香的清幽。

应朋友之约，去辋川鹿柴踏青。当随人潮痴痴地跌进美得心痛的圣地时，我仿佛置身唐朝，一个盛产诗歌的年代。“空山不见人，但闻人语响。返景入深林，复照青苔上”。王维和他的千古绝句《鹿柴》，就如曼妙的音符轻快地在我的脑门上跃动。

四月的暖风，如同河水一样，涓涓流淌。鹿柴是一片绿洲，连空气都是甜的。我彻底被她那无法抗拒的力量慑服了，身与心，顿时瘫软如泥，沉醉如酒。

我是多么希望在这样美好的季节里，像王维一样长久隐居山中，写着清幽的绝俗。把那远山的落日、狭窄的村巷、晚归的牛羊、田间的雉鸣、倚门候望的老人、荷锄闲谈的农人，诗化在简单的田园生活中。

我知道自己在做着千年美梦，我是太过思念诗人，太过喜欢鹿柴了。

日夜苦思着的诗句，在这里经不起捣鼓，是何等惭愧，又是何等悲苦？诗魂的绝响却让我有了另外的理解。

鹿柴左侧有一条小道。沿着小道往前走，前面越来越陡峭，越来越凶险，就在我担心无路可走时，却意外发现枯藤树下隐藏着一个隧道。我豁然明白，车到山前必有路。人生可不是如此？当一扇门在为我们紧闭时，另一扇门却已悄然打开。领悟到这些道理后，我对鹿柴有了另外的敬仰。在我看来，鹿柴不仅是一首传世的诗，还是参禅悟道的净土。

当四月的阳光倾泻于萌芽的麦田，我会记得有一位诗人，曾在春天里平静地诞生，又于春日安稳地离去。物序轮回，周而复始。这位生于大地的诗人，最终又魂归大地。面朝着鹿柴空旷的天穹，我总是在想，或许，这就是诗人最好的结局。

从明天起，做一个幸福的人/喂马、劈柴，周游世界/ 从明天起，关心粮食和蔬菜/ 我有一所房子，面朝大海，春暖花开/从明天起，和每一个亲人通信/ 告诉他们我的幸福/ 那幸福的闪电告诉我的/我将告诉每一个人……

这是诗人海子的传世佳作。每次读他的诗都很激动，非常喜欢。它超越时空，被许多人铭记，它是对美好生活的向往，是对善良人们的祝愿。海子已经走了，他的诗还活在我们心中。我知道，海子的诗不属于他自己，只属于蓝天下广袤的大地。

我想问，人世间，有几人会把自己置于死地？谁不畏惧死亡？佛说，生不由自己，死由不得自己。

海子不同，生不由自己，死却是自己决定的。一个天才诗人，他对世界的理解方式是，只有空间的存在，没有时间的概念。这点于我们而言是多么的不可思议。在鹿柴，你能发现这个不寻常的角度，能够寻找到诗人心灵的足印。

王维和海子在时空上的距离是遥远的，但他们的对话不会受到阻碍。出生和死亡都是在特定的生命空间里，诗，证明他们都来过这个世界。在春暖花开的鹿柴，在某一处的石凳上，他们正谈笑风生。

每到清明，我就无比怀念王维，怀念鹿柴，怀念海子。清明是我生命里的一个特定符号。忍受生存的焦虑和空虚，寻找生存的勇气和毅力，这也是我谋划鹿柴之行的直接缘由。

轻风拂过，花枝婆娑，暗香悠然浮起，在鹿柴的小道上，似乎每一个细胞都浸泡在淡雅的芳香里。让多愁善感的文人，浮想联翩。攘开门窗远望，岖嵚上春草生兮萋萋。“龙德而隐，不易乎世，不成乎名，乐则行之，忧则违之……”《乾卦》里的这句话可以表达我此时的心境。

一个现实生活中人，不能长居鹿柴。世俗难免会改变红尘。“池塘生春草，园柳变鸣禽”。随着时光的翩跹，连啼鸣的鸟儿都变换了种类，我们在回望青春年华时，难道没有半点感怀吗？

记得那年的清明，春雪还掩埋着杨柳的枝条。我站在修水的河岸边，看着水中的倒影，如痴如醉，欲辩已忘言。我仿佛听见临湖的窗子传出一曲春天的奏鸣，于是，我对春天和诗歌的向往有了一个明媚的、灿烂的依托。

时光流逝，经历了岁月的磨炼，我终于明白，原来长大的我们都曾走过雨季，都曾憧憬在鹿柴的路口，相遇一位陪伴自己走过风雨的、走出迷茫的人。他们或许是王维，或许是海子，或许是内心的精神缩影。

薄暮降临。抖落一身残尘，踏上归来路。回望鹿柴，树木越来越矮小。陌生人，我也为你祝福：愿你有一个灿烂的前程，愿你有情人终成眷属，愿你在尘世获得幸福。我也愿——面朝大海，春暖花开。

泰安行记

泰山是名山。泰安是名地。

很多人说泰安时，说泰安就是泰山。当地人不辩解，外人也就默认。泰山就是泰安，而泰安是地名，山是泰安的名片。如果说，“泰山”得名是上苍的恩赐；那么，“泰安”则是古人的远见卓识。

时在夏末，节令却已融进了冬天。北方的万物开始枯萎着面容。这大概也是北方与南方的气候差别，北方的冬天来得更早些。

行走于泰安，你会觉得有一种无形的东西，慢慢地向你靠近。像是风，轻轻的，不知从何而来。温馨的，美好的，很快你就会被陶醉。

我不记得是去年的夏天还是秋天来过，大约是夏秋交替的时候吧！那次太过于匆忙，所以连具体时间想不起来了。这次来的心境不一样，有一种亲切的熟悉。这次来，不是游山玩水，是带着指令而来的。与一群作家，以文学的名义，指向山水人文的根系。

岱岳是泰安管辖的一个区。从岱岳在泰安的位置来说，可以说岱岳是泰安的心脏。也是此次“作家齐鲁行”必去的地方。实际上，几日我们都在岱岳的范围内。岱岳显然是泰安的名片，当然泰安还有更多值得去的地方。去了岱岳之后，我才发现岱岳就像是一个有了关系的男人和女人，不那么被遗忘。

泰山玉都、萧大亨墓、大汶口国家考古遗址公园、山西会馆、明石桥等，这些古代人类文化的结晶，经过时间的淘洗和沉淀，为泰安承载着丰富的历史文化信息。

在泰山玉都的展览大厅，琳琅满目的玉石会让你爱不释手。这“玉”的雅，就像文人的墨宝。要有人来传承，要靠人身体力行。“玉”取泰山之石，通过细细雕琢，变成平安福佑的宝石。脖戴玉石便能以慈俭守位，以清净化人，居安思危。

据史料记载，泰山玉形成于太古宇新太古代阜平期南涝坡超单元西店子单元，岩性为变辉石橄榄岩，形成时间距今二十五亿三千六百万年。形成过程为深源岩浆沿构造侵入，富镁超基性岩受高温气体——液体作用变质而成，属变质超基性岩浆矿床。

我似乎迷恋那些低温的充满凉意的“玉”。随同的山东青年诗人马晓康给我一小块玉石，我便如获至宝，回家放在书柜的台面上当佛供奉，祈求平安。我想许多年后这玉会是我人生里光明脱俗的财富，无须用时间来观赏，也会存留于心间。

萧大亨墓显得很古老。牌坊和高大墓碑还在，旁边还有守墓的神兽。我们去的时候，一群鸟从牌坊缝隙里飞了出来。多少只数不清，一大群，少说也有上百只吧。这让人感觉奇怪，难道这些鸟儿在牌坊的缝隙里安了家？很快我就从当地人口中得到了答案，果真和我想的一样，说整个缝隙里都是鸟窝。这鸟不把窝做在树杈上，做在牌坊的缝隙里还真是少见。我想大概是北方的风大，这里比树上更安全。当然这只是我的想象，还有一种解释是鸟是守墓的神鸟。

我仰望天空，鸟儿像一粒粒含苞欲放的花蕾，发出阵阵的鸣呀，散板一样奏响乡村大地如同天籁般的合唱。也许他们很少见到这么多人来，得隆重点儿，像是要将一枚枚美丽的音符谱写在遍地黄金的原野上。

我在萧大亨墓地停留的时间不长。却让我想了很多，一些过去的时光和人，一些过去的时光和事。也许再过若干年，这块文化古迹还在。这些鸟儿也还在，来的不是我们，鸟儿还会有这样的欢迎仪式吗？我曾经来过，鸟儿知道。墓里的人呢？他们是什么时候来的？又是什么时候离开的呢？墓碑里有记载，讲解的人顺背如流。历史呢？除了刻在墓碑上的那部分，其他的又都去了哪？

我追随着鸟的影子继续思索。每一个生命都与自然和谐，我们在大地上生活，让生命在自然中舒展，那该又是一件多么愉悦的幸事。但是想想，所有的生命都难免枯朽，而这样的凋零也有着落英的美丽。虽然没有了当年的生机，但在风雨的寝室中，神鸟守护着的栖息者祥和安宁。唯一可以想象的是那些神兽，写满了生命的质感。就像那些陈放在博物馆里的文物，或者之前它们也曾以此状态来面对岁月。

从生的土地甚至无法融化这些牌坊墓碑老去的遗迹。就像生命的注脚，只能在不见天日的土地中悄然做着自己的梦想。

在我们的生活里，在世间的长河中，总有一些东西或事物，随着时间的流逝会变得越来越少。大汶口国家考古遗址公园，偏偏在这些消失事物中成为另一种生命的存在。

大汶口国家考古遗址公园是国务院公布的全国重点文物保护单位。也许是因为出土的各种墓葬文物，陶器、石斧、磨制骨器等生产工具都是新石器时代的珍宝。当地政府为了保护好、开发好、利用好大汶口遗址，投资几亿元进行改造。区委宣传部领导说，要在最短的时间内将这打造成旅游景区。

行走在大汶口国家考古遗址公园，觉得脚踏在泥土上的声音是一种打扰。空气那么潮湿、纯粹、幽静，只想深深地呼吸。看看眼前的遗址，就像失散多年后又重新捡起来的梦境。

山西会馆亦称关帝庙。庙门并不宽大，低调而朴素。主要建筑有山门、戏台、拜棚、崇宁殿等，是泰山盘道起始第一庙。其中关帝庙主殿崇宁殿造型巧妙，空间丰富，建筑端庄、厚重。关帝庙创建于明代，整体建筑呈现出明代风格。

我想，若干年前这里是个繁华的地方。有多少人在这里商讨大计且不知，我敢断定来过这里的人必定是文人雅士。院子深处有关云长塑像，没有香火，我在想，这没有香火的关云长就像是高僧，可不食人间烟火。境界之高，乃是修为。

据说，对面楼台上的戏台平日里会有人来唱戏。不知会演些什么剧目，可以肯定应和着当年裂帛之音或缠绵之韵。忽然想到张若虚《春江花月夜》的诗句，“古人不见今时月，今月曾经照古人”。岁月如同春水，把青春、生命和许多东西裹挟而去，但自然和文化之美，却不会轻易被剥夺。

山西会馆周围是高低错落的古旧民居。古宅民居保存较为完好，被列入了政府重点保护，吸引了不少游客专程赶来。青瓦粉墙，木头门窗，以及院子里的天井、石头水缸，无不锈迹斑斑，荡漾着悠悠古意。经历漫长的岁月侵蚀，它们无言诉说着人世的沧桑。

明石桥是明朝建造的，很别致。横卧在湖水之上，两旁是洁白的芦苇，像是一幅美丽的油画。

于是，同一处风景，在作家的眼光里，是全然不同的性格与情调。有人发现了色彩的冷艳深沉，有人发现了烟水空灵的意境，有人发现了诗情画意的繁密铺陈之美。还有人发现了别的，或许比女人还诱惑的曲线。绕着明石桥走着，到湖的另一边看它，细问身旁的女人，她能说明明石桥的来世和今生。

清风轻轻地吹着。我坐在明石桥的石礅上，闭目养神，发现芦苇和鸟儿一样在说话。我很好奇，回头时几只白色的白鸽在水面上飞来飞去。

夜晚躺在寂静的宾馆，温婉和悠闲，让我感觉浸润在山光水色中，对身心无疑是一次有益的安顿，灵魂深处萦绕的焦灼纠结，也应该或多或少会退去一些吧。泰安的魅力，固然有一种静观默察的心性，但心性发育的壮大也不能否认环境所起到的助推作用。

文人喜欢泰山。有数不胜数的文人在这里留下了墨宝。这里也是帝王的祈福之地。因为东方是生命之源，希望和吉祥的象征。而古代汉族先民又往往把雄伟奇特的东岳视为神灵，把山神作为祈求风调雨顺的对象来崇拜，于是，地处东方的泰山便成了“万物孕育之所”的“吉祥之山”“神灵之宅”。

当然了，那晚的封禅大典让我难以忘怀。我们是第二天晚上去看封禅大典的，气势真的很庞大，场面也非常壮观。仿佛一个朝代与另外一个朝代就在这短暂的封禅中过去，而那些朝代的帝王也在这短暂的时间内被泰山铭记。他们的到来，代表着虔诚。“国泰才可民安”，这也是泰安的真正由来。

来泰山旅游的人很多。来这里的人都想看看封禅大典。看了一半的时候，天空下起雨来。顿时倍感寒冷，周围的人，拿出雨伞来帮我挡雨，我却不知道其真实姓名。

就在此刻，我在山下，拨开烟火里千年的喧嚣，循一束光，仰望泰山封禅大典，仿佛就在天上。

我希望那些过往的帝王带往凡尘俗世。

过故人庄

夏天是属于乡村的。只有在古朴的山野乡村，夏天才会更加接近自然。

小时候，我在农村长大，整个童年装满了孟浩然《过故人庄》里“故人具鸡黍，邀我至田家。绿树村边合，青山郭外斜。开轩面场圃，把酒话桑麻。待到重阳日，还来就菊花”的画面，恬静闲适的农家生活就在眼前。明山秀水，树树绿意葱茏，醉卧道旁的花草在夏天的长歌里忽远忽近。

我的夏天常常沉睡在莲的花朵上，那是另外一种心情。在村东头的池塘里养着一池睡莲，黄昏时分，晚霞把紫色的叶片凝成了彩色的梦。我和伙伴们相约，去池塘里采摘睡莲。刚一伸手，脚下一滑就掉进了泥潭，感觉身子在慢慢地往下沉。一会儿污泥就漫过了裤腰，脚下的泥轻飘飘的，像是掉进了万丈深渊的枯井。伙伴们跪在地上，伸手拼命地拉着我的手。折腾了半天，怎么也爬不出来。伙伴们拼命呼救，闻声赶来的大人，赶到后也无能为力。最后是村里一名老人想出的招数。叫我把裤腰带解开，然后就可以金蝉脱壳。这招果真见效，伙伴们轻松把我拉出了泥潭。我这才发现，裤子还埋在淤泥里。

从这之后，我只会远远地看着，再也不敢接近她。她的美丽依然是那么的美丽。我在想，有些幸福只能在远望中抵达和完成。就比如这夏天里的睡莲。采回来的只是即将融化的雪，遇热的雪只会变成气体。

那时候村庄里没有电，人们都习惯用煤油灯。爷爷喜欢在煤油灯下讲故事，《三国演义》《西游记》《封神榜》都是顺背如流。我们围着煤油灯，感觉自己成了《三国演义》里的张飞、《西游记》里的美猴王、《封神榜》里的姜子牙。听着听着就睡着了，半夜还会说着梦话。满世界，就只剩下睡莲开花的声音。清晨醒来，发现晶莹剔透的露珠缠绵着花瓣。我顿时彻悟，她的美，在每个人的心中都是不同的。欣赏的角度不同，风范完全不一样。

如今，我长年在庸庸碌碌中消耗时光。在上班的途中和回家的路上来回折腾，过着平静而简单的生活。有一日，路过县城附近的学校，听见孩子们朗诵《过故人庄》时，我才想到似乎有很多年没有在乡村度过夏天了。忙时只顾着赶路，闲时只抱着头睡觉。农村的夏天，只属于我的童年。

当然，农村的夏天依然很美好。依然会有人掉进莲池，依然不知道怎么样爬起来。

有一首诗歌爱好者创作的《睡莲》，大概可以表露睡莲的心迹。“睡里心思浮水面，风生碧绿任缠绵。清宵带露凝成梦，朵朵阳光茎上妍。”睡莲是恣意的，蕴藏着无限的活力。睡莲是昼开夜合，看起来脆弱，爱的却是最强烈的阳光。

我读着《睡莲》，不禁痴想。某一天，自己能拥有一个庄园，周围鸟语花香。庄园里，种一池睡莲。夏天来临，在庄园避暑，清晨起来，临窗赏览，那该有多好！

养一池睡莲。在夏天里养一个清凉的自己。生命短暂渺小，唯求澄澈晶莹，无尘无染。让一切的美好像睡莲花开一样：在云端，在天际。

仰望背影

鸟比人高贵。在乡野，鸟儿迫使我仰望更高远的天空。顺着鸟儿叽叽喳喳的背影，眼中就多了些怜爱和怅然。

许多人和我一样望过。望着浑身滞重的鸟儿，看起来有些壮硕，穿着却十分简朴。它们的脸上有些脏污，通身上下只有眼睛是清洁的。在花纹的簇拥中，像是蓄沉着一泓深远的井水，又像是洗涤日照的光斑，极有节制地扑闪着。

经历着自然变化的鸟儿，对生命的状态极其柔软。站在田埂的树杈上，一边抖动着羽毛，一边晃动着脖子，咽喉里发出稠密的声音。这些优雅的曲子，唱得村庄的灯火忽隐忽现，唱得老槐树落下眼泪一样的叶子，唱得池塘里的水泛着剪纸般的霜花。

声音有些参差不齐，有的像是在抢拍子，有的像是覆盖自然所有的声音，有的索性要努力站立起来，像是要给自己争个席位。

风是从声音里吹过来的，像是伴着手风琴的节律一样，抑扬顿挫。仰望天空时，一根羽毛从天上滑落下来。鸟儿已经走远了。

村头的小姑娘，还仰着脖子望着天空。她望得出神，仿佛鸟儿还在天上飞着，她就那么望着。仿佛自己也跟着鸟儿飞了起来，穿过白云，朝着辽阔的蔚蓝飞得很远。

可这样的念头，仅在一瞬间。谁能尽解时光？！

我突然想起我的乡人，一个与我割裂了九百一十四年的文学家、书法家——黄庭坚。我经常会在寒冷的冬夜循声而行，在极黑的夜里，还能看见他孤独的背影。他一个人踩着厚厚的积雪，满怀深情地行走在双井的道上。我习惯地站在他回乡必经的路口，以一种仰望的姿态，等着他的背影缓慢前行。

先生平生爱雪，爱雪者不惧怕寒冷。那夜的雪却非比寻常，干扰着他的脚步。他忍不住咳了两声，稍做停留，鞋被寒冰裹实。咳声把他带到了阴影的各处，转眼间就被风吹散了。

“喂，起来吧，起来吧，太阳出来了。瞧你也够暖和了吧！”“没关系，再吃一点不会有事的。”但实际上，鸟儿就此睡着了。

先生呢？永远客死在异地他乡。

每到冬天，我都会自觉地来到南山崖拜谒先生。我发现，这是个值得一生常去的地方。站在南山崖下，静静地注视着那个隐没于积年灰尘中保存下来的“佛”字，感觉历史并不遥远。风微微一吹，“佛”光灼灼，把整个修城瞬间点亮，让人恍惚间置身光明的庙堂之上。

弯曲的修河，静水深流。有多少文人乘着小舟，在这里渔歌唱晚？有多少墨汁，从这里汇入大江大河？

我轻轻地触摸着时光的墨迹，感觉我们这些后来人，是多么地需要墨汁的浸泡，多么需要一只可以陪伴的鸟儿。

先生在哪里？仰望无疑是一种再好不过的方式，只有保持着仰望的姿势，骨骼才不会低垂，骨气才不会松弛。随时会观察到鸟儿飞行的姿势，这种姿势我把它理解为生命的艺术。灵魂里的艺术，只有仰望才能感受得出来。

我不知道一个人要经历多少个冬天才能成熟，是不是经历的冬天越多，就越容易长大？越容易镌刻自己的姓名和出生年月？

鸟儿的每一次迁徙都冒着丢失生命的危险。它们在历练着自己的飞行技术、胆量和生活意志的同时，还要体察人间的温度。

赶在严寒侵袭田野之前，及时收完庄稼的人们，主要是怕延误了捕鸟的时机。真正的捕鸟只有在秋冬，如果庄稼不及时成熟，鸟儿会来抢收。

人们飞舞着镰刀的时候，各种鸟儿也在空中盘旋，它们在与人们抢夺庄稼。啼鸣声，或许会引来杀机。

我开始想象着鸟的命运，感觉自己就像是走在高地的群山深处，充满了神秘的探险意味。感觉在那个地方有不同灵魂的闪现，有着相逢或是遗失的记忆可相逢。我抬头时，看见一片落下的背影，被一阵风刮着柔软地落下来。

鸟的命运和人的命运是一样的。

我想，每个人都会经历春天、夏天、秋天和冬天。鸟因自然环境的变化，需要迁徙，这是鸟必然的生存规律。

鸟是可以把一个人带到另外一个地方的。人的渺小，让我感知到鸟的伟大。鸟的胸襟是温情的，恒久的。

我又梦见了那个飞鸟不惊的地方。

顺着鸟儿飞翔的方向，我看见一个背影行走在双井的道上，他像是在迎接一种行走的文明，开始着另一段神奇的传说。

敬畏绿色

在水清山绿的修水久居，成天面对青葱满目，内心十分欣喜。得上苍恩赐，让我的生命得以幽雅在这鲜绿的屏障之中。

我老家在修水县溪口镇的北面，这里松木、杉木繁茂，只要目光能够抵达的地方，就可以看到绿色的树影。幼时，我和小伙伴们在树阴下来回奔跑，阳光刺不到皮肤，浓绿温润着眼睛。

我工作后，在修水县城安家，住在公园左侧，前面是河，后面是叠嶂的青山。修河水就像一条绿色丝带，从家门前缓缓流过。清晨，我站在阳台上，闭着眼睛，静静地感受着修河带给我的浪漫以及身后山林里传来的鸟雀欢鸣。一幅自然和谐的山居图，徐徐印在了脑际。感觉生活在这好山好水中，是前世修来的福分。

前些年，老家响应政府号召，集中进行移民搬迁。搬迁后，村民还保留了山林和土地使用权，这些山林和土地再无人照看。政府联系老板到村里承包种树，种树的收益与村民分成。消息一传出，我二叔忧心忡忡，几天都没有吃下饭。他家门前那几棵粗壮挺拔的古树，见证了祖辈栖息，也守护了几代人的成长，他担心保不住。

按照移民政策，整体搬迁后，旧房屋必须得拆除。“房子拆了，树留着有啥用？”承包的老板看中了二叔的屋场，说屋场可以开“地”，树不砍，“地”就见不着阳光，栽种的树，常年在阴暗里也没法长大。“树是不能砍的。”不仅是二叔，就我父亲也不同意。我家门前的杉木，也有几十年的树龄。在没移民之前，曾有人打主意偷伐，我家养了一条狗，守住了这些杉木。父亲说：“十年树木。”砍树容易，长大一棵树很难。

“东家的树不能砍，西家的树也不能砍，这土地我也不包了！”老板要走了。政府上门来调研了几次，把收益的情况向村民做了说明。“移民是好政策。”这父亲知道，二叔也懂。生活在这穷山里，的确艰苦。政府继续为村民保留山林和土地使用权，目的是为了解决部分村民的生活保障。这地不种了，总不能抛荒。这山林没人看管了，也没有半分钱的收益。有些村民，搬迁到城里后，找不到工作，有点收益起码可以解决生计问题。

父亲的执拗，也引起一些村民的不满。说父亲不在乎这钱，所以不支持转让承包。矛盾在父亲与村民之间展开，有支持者，也有反对者。镇政府来了几拨干部走访，他们拿出的意见是百年老树留着，像杉木这样的树砍掉可以派上用场。城里的新房子装修也需要，再者还可以卖钱。这样一来，二叔没事了。他家门前没有杉树，父亲再不让步，恐怕就要成活靶子。

奶奶瘫痪多年不能行走，那天非要回趟村子。她说，她知道自己的日子不长，得回去看看。那几日，正是山林土地承包争执不休的日子。一群人，围坐在我家的地场上。

父亲刚把奶奶放下，地场上就鸦雀无声了。“这树能砍吗？”奶奶用微弱的声音问。“咱的祖辈来到这村子里，世世代代都是过着苦日子，你们看，就那棵银杏树。”奶奶指着对面半山腰的一棵老树说，“早年间，对门二爹卧病在床，有人出五个花边挖走，他宁可病死都没有卖。”奶奶说完，扯衣角去抹眼泪。“前人栽树，后人乘凉。”奶奶又说：“这下边，你们看，就那棵矮小的，那是我父亲六岁那年栽的，这是先人留给子孙后代的树。”奶奶再没有说下去。

这次回去后，奶奶再没有回来。她说，得留在老家好好看着那棵树。父亲给奶奶搭了个棚，奶奶在这个棚里度过了最后的时光。临死前她再三叮嘱，村里的树是有灵性的，树知道疼痛。奶奶去世的时候，镇村干部都来为她送行。也就是当年八月，县里在移民条例里加了一条——任何移民搬迁的“空壳”村庄，都不允许转让承包者砍伐林木。

如今，村庄里偶尔会有人来，来的人都是来观赏古树的，古树成了最美丽的风景。我感觉，这些树是有力量的。每次站在树下仰起头，总会向它们投去崇敬的目光。

我们在庇护树的同时，树也在怀抱着我们。

关于树，祖辈还有个美丽的传说。货郎老徐去到婺州做生意，在林子里听到狼的嚎叫声，他急中生智，迅疾地爬上了旁边的一棵大树。大树树干粗糙，树枝上的叶子早已落尽，缠满枝头的是密密麻麻的“藤”。说来还真怪，狼跑到树下十多米处就没有再靠近大树，只是对着大树吼叫。老徐在大树上平安地躲过了一夜，第二天醒来时才发现自己躺在树心里面。回到修水家乡后，老徐就在门前屋后栽种了各种树木，表达对树的怀念和敬畏。

古罗马哲学家奥古斯丁说，他宁愿跪倒在一棵无花果树下忏悔私缠的情欲，而不肯跪拜在教堂的十字架前。他表达的跪拜之意，并不仅仅是因为树的坚贞，也为我们人类往往轻慢了神圣的自然。

后来，我给奶奶的那棵树立了碑，取名叫“树神”。每逢清明节回家扫墓时，我也会给古树上香，我知道树一定能感受到这份温暖。

在修水的村庄版图上行走，我再次向自然的绿色致敬，以信徒般的虔诚，向树，向奶奶，也为向绿色做出贡献的人们。

修河偶书

江南佳丽地，修河水似图。

七百里修江，五千年古邑。修河在她命定的版图行程上写了辉煌。在鄱阳湖牵扯的水系里，修河有着她的绰约风姿。

我被上苍安顿在修河的怀抱里，吮吸着修河的乳汁慢慢长大。在我的记忆深处，老师曾说过：修河是通向鄱阳湖，奔向大海的，就像人体内粗粗细细的血管一样，最终都会奔向心脏。

在我脚步还没迈出村庄的年月，老师的话就像是一米从窄门里投来的阳光，成了生命里那抹永驻的光亮。我知道，山外还有大世界，宽广博大，玄妙神奇。于是我喜欢在某个落日黄昏，凝视修河，静静地思考。我想，或许有一天，我会跟着河流一起奔跑，翻越层峦叠嶂的风景，到达鄱阳湖，到达大海，然后，到达远方。

春天的修河就像女人的嘴唇，饱满而富有湿度。堤岸的柳树被春风吹拂，舒展着嫩绿的绸带；野蔷薇把深深浅浅的自己，簪在了河堤的胸口；芦苇就像俊秀的书生，自有独立于繁华俗世的清高。就这样，修河在色彩斑斓的画屏里静静地走着，演绎着她的安宁和静好。

暮春，桃花，梨花漫天飞舞，缤纷落于水中，落花近嫁于流水。便有了“我欲与君相知，长命无绝衰”的美好诗意。

我很想知道，婉约纤瘦的修河是怎样娉婷地走向鄱阳湖的。小学五年级那年，我与伙伴们一道学会了游泳。在澄碧柔软的修河水里，我舒展着胳膊，就像一只放归自然的鸟，自由地在天空展翅飞翔。

水在我的生命里，有了诗经里的清雅。

夕阳西下，我疲倦地爬上了那只停泊在晚霞燃烧的河面上的木船。我随着船，船随着水，一起向远方漂去。

我到了一个叫“明月湾”的地方。这里的半湾秀水优雅地隐没于群山之中，只有几棵孤立的芦苇，夹杂着青藤古木，像是一个航标，在指引着往来于此的船。

河水是清澈的，经常可见闪烁着的银色鱼鳞，像是世外高人，倏忽间已没了踪影。

追随着流水一路到了南山崖，这里是黄庭坚小时读书的地方。山壁峭立，庙宇里不时传来诵经的声音。我知道，我已离开我的村庄很远了，我跟着河流走得很远了。

那年秋天，我离开村庄，去了武汉读书、工作。来到了山外的大世界，我像春燕衔泥一样地筑巢垒窝，很长一段时间，无心再去寻觅一条河流的流向。直到我三十而立的时候，我又重新出发了，沿着当年的脚印，一路顺流而下。那些鱼儿依然泛着白鳞，自由来往；那些已经衰老的芦苇，又重新长出了稚嫩的新芽。修河在不动声色中，诠释着人生的玄机。我一直坚信，修河是归属鄱阳湖和大海的。修河把她的理想寄托在空间的行走上，我把我的理想寄托在时间的行走里。我和修河一样，都是大地上的行者。

我以为行者无疆，然而抱子石水电站修建后，一道闸门锁住了修河前行的步伐。只有在汛期来临时，闸门才会被打开，让修河的水倾泻到另一条河流。

佛家说，自渡方能渡人。可是，被锁的修河如何去承载它和我继续前行的梦想呢？修河再也到不了远方，现在的它，只能蜷缩在闸门里，和两岸的田野村庄相守着一份长久宁静。

我徘徊在修河蒙蒙的稻田上，头顶着万物生灵，感觉“漠漠水田飞白鹭，阴阴夏木啭黄鹂”的诗意。在河两岸，玲珑剔透的柿子和石榴守着农人傍水的宅院，一派吉祥；河堤的另一边，沟渠里正淌着修河来的水，田野里的冬小麦和油菜正绿着。我仿佛听到了河流奔腾的声音，那声音来自庄稼果树的根茎叶和果实里。我想，那里流淌的该是修河的支流吧！

是的，我躺在大地的修河上，在困顿中把自己的生命分成千万条支流，隐忍着伤口疼痛，在植物的身躯里重新站立起来。于是，我和修河一起，拥有了其他河流不可能企及的高度。